CAMILO CASTELO BRANCO

Coração, cabeça e estômago

Orientação pedagógica e notas de leitura:
Douglas Tufano

COORDENAÇÃO EDITORIAL	Maristela Petrili de Almeida Leite
EDIÇÃO DE TEXTO	Janette Tavano
COORDENAÇÃO DE EDIÇÃO DE ARTE	Camila Fiorenza
CAPA	Bruna Assis Brasil
FOTOS UTILIZADAS NA MONTAGEM DA CAPA	©Everett Collection/Shutterstock; ©Juhku/Shutterstock; © Donna Beeler/Shutterstock; ©Ollyy/Shutterstock
DIAGRAMAÇÃO	Michele Figueredo
COORDENAÇÃO DE REVISÃO	Elaine Cristina del Nero
REVISÃO	Andrea Ortiz
COORDENAÇÃO DE PESQUISA ICONOGRÁFICA	Luciano Baneza Gabarron
PESQUISA ICONOGRÁFICA	Cristina Mota
COORDENAÇÃO DE *BUREAU*	Rubens M. Rodrigues
TRATAMENTO DE IMAGENS	Marina M. Buzzinaro
PRÉ-IMPRESSÃO	Vitória Sousa
COORDENAÇÃO DE PRODUÇÃO INDUSTRIAL	Andrea Quintas dos Santos
IMPRESSÃO E ACABAMENTO	Bartira
LOTE	229653 / 229654

Dados Internacionais de Catalogação na Publicação (CIP)
(Câmara Brasileira do Livro, SP, Brasil)

Castelo Branco, Camilo, 1825-1890.
   Coração, cabeça e estômago / orientação pedagógica e notas de leitura Douglas Tufano. Camilo Castelo Branco — São Paulo : Moderna, 2017. — (Coleção travessias)

   ISBN 978-85-16-10582-2

   1. Romance português I. Tufano, Douglas. II. Título. III. Série.

16-08903   CDD-869.3

Índice para catálogo sistemático:
1. Romances : Literatura portuguesa 869.3

Reprodução proibida. Art.184 do Código Penal e Lei 9.610 de 19 de fevereiro de 1998.

Todos os direitos reservados

EDITORA MODERNA LTDA.
Rua Padre Adelino, 758 - Belenzinho
São Paulo - SP - Brasil - CEP 03303-904
Vendas e atendimento: Tel. (11) 2790-1300
www.modernaliteratura.com.br
2017

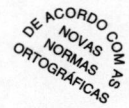

SUMÁRIO

Livros antigos para um público jovem, **6**
Camilo Castelo Branco: vida e obra, **7**
Advertência do autor, **17**
Preâmbulo, **18**
Primeira parte — Coração, **23**
    Sete mulheres, **23**
    A mulher que o mundo respeita, **45**
    A mulher que o mundo despreza, **73**
Segunda parte — Cabeça, **99**
    Jornalista, **99**
    Páginas sérias da minha vida, **107**
Terceira parte — Estômago, **142**
    De como me casei, **142**
O editor ao respeitável público, **167**
Coração, cabeça e estômago: comentários sobre a obra, **181**
Conversando sobre a obra, **182**

LIVROS ANTIGOS PARA UM PÚBLICO JOVEM

Para o público de hoje, a leitura de um romance do século XIX pode parecer uma tarefa pouco prazerosa. Além da dificuldade para compreender o sentido de muitas palavras e expressões de épocas passadas, da estranheza de certas construções sintáticas pouco usuais atualmente, há nessas obras uma sensibilidade artística bem diferente da nossa, valores morais que privilegiam outros comportamentos. Mas não será possível ao leitor contemporâneo entender essas obras e até mesmo extrair delas o prazer da leitura?

A Editora Moderna apostou no "sim" e investiu numa edição diferenciada dos clássicos. A exemplo do que já é feito em outros países, em que uma mesma obra é editada com diferentes níveis de informação, os clássicos da coleção Travessias apresentam um minucioso trabalho de comentários à margem do texto integral.

O leitor iniciante tem muito a ganhar com essa leitura sinalizada, em que informações históricas, notas explicativas de vocabulário e características literárias da obra em questão são apresentadas de forma concisa e acessível pelo professor Douglas Tufano, reconhecido autor de livros didáticos na área de língua portuguesa e literatura.

A nossa intenção principal é aproximar passado e presente, levando o leitor a descobrir nos enredos dos livros antigos as mesmas emoções humanas que nos empolgam hoje.

CAMILO CASTELO BRANCO: VIDA E OBRA

Camilo Ferreira Botelho Castelo Branco nasceu no dia 16 de março de 1825, na cidade de Lisboa, em Portugal. Foi o segundo filho de Manuel Joaquim Botelho Castelo Branco, solteiro, e de Jacinta Rosa do Espírito Santo Ferreira, que era sua criada. Camilo foi registrado como filho de mãe incógnita, certamente devido à humilde condição social de Jacinta. Na verdade, seus pais nunca oficializaram a união.

Sua infância não foi feliz. Perdeu a mãe em fevereiro de 1827 e o pai em dezembro de 1835. Com apenas 10 anos, Camilo passou, então, a viver com a tia paterna, Rita Emília da Veiga Castelo Branco.

Paixões, traições e mortes

Em outubro de 1843, matriculou-se no curso de Anatomia da Escola Médico-Cirúrgica do Porto. Mais interessado, porém, nas noitadas estudantis e na vida boêmia, faltou em muitas aulas. Perdeu o ano e o ânimo pelos estudos regulares. Sua vocação literária o conduziu para o jornalismo, a poesia e o romance.

Camilo parece ter sido um homem impulsivo, movido a paixões, como os personagens românticos que ele criava para protagonizarem suas histórias. E isso se manifestou desde sua juventude. Em 1841, com apenas 16 anos, Camilo apaixonou-se por uma jovem chamada Joaquina Pereira de França, de 15 anos, com quem se casou. Em agosto de 1843, nasceu Rosa, a filha do jovem casal.

Mas a paixão fulminante não durou muito. Nesse ano, Camilo foi viver sozinho na cidade do Porto, para se preparar para os estudos superiores, deixando a esposa e a filha recém-nascida com a tia.

CIDADE DO PORTO, EM PORTUGAL, ONDE CAMILO FOI ESTUDAR MEDICINA.

Depois, envolveu-se com sua prima Patrícia Emília, com quem fugiu. Mas foi acusado de roubo pelo pai da jovem — que, inclusive, era amante de sua tia Rita —, e acabou sendo preso, passando onze dias na cadeia. Os dois primos chegaram a ter uma filha, mas Camilo abandonou Patrícia pouco tempo depois, e causou escândalo ao iniciar um relacionamento amoroso com uma freira chamada Isabel Cândida Vaz Mourão, a quem confiou a filha que tivera com Patrícia.

Em 1847, a sua primeira esposa, Joaquina, morreu. No ano seguinte, Rosa, a filha do casal, também faleceu.

Em 1850, uma grande paixão: Ana Plácido, que foi sua companheira até o fim da vida. Mas na época em que se conheceram ela estava comprometida com Manuel Pinheiro Alves e não conseguiu desmarcar o casamento. O que não impediu que a paixão entre Camilo e Ana continuasse e, em 1859, os dois partiram para Lisboa. O marido traído processou o casal por adultério e, no ano seguinte, Camilo e Ana Plácido foram presos. Durante esse período na cadeia, Camilo escreveu *Amor de perdição*, novela que lhe trouxe grande popularidade. Nessa época, ele já era um escritor conhecido, com muitas obras

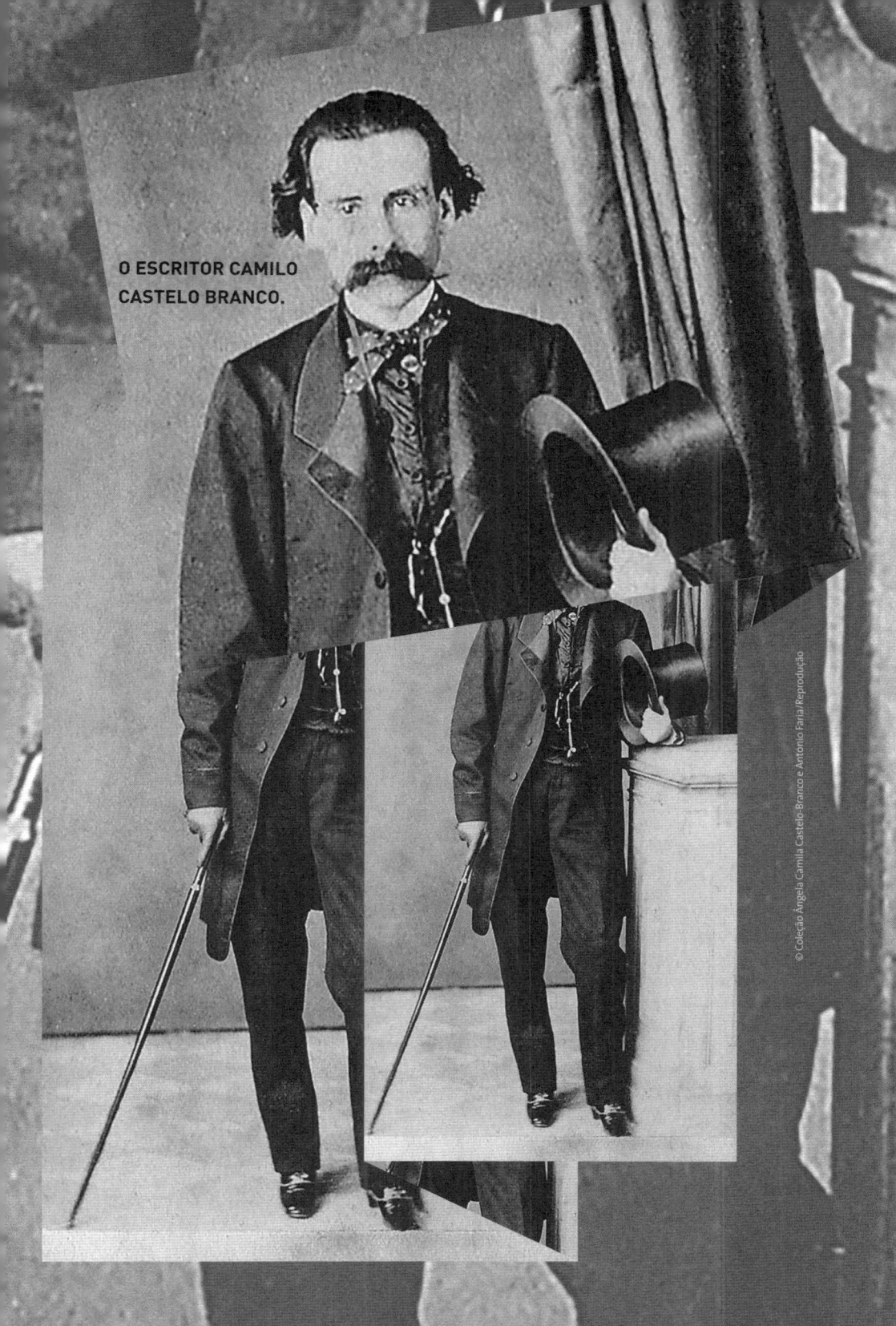

O ESCRITOR CAMILO CASTELO BRANCO.

ANA PLÁCIDO, GRANDE PAIXÃO DE CAMILO

© Coleção Ângela Camila Castelo-Branco e António Faria/Reprodução

publicadas e intensa colaboração na imprensa. Aliás, pressionado por dificuldades financeiras, Camilo escrevia e publicava muito, tendo sido um dos poucos escritores que viveu exclusivamente de sua atividade literária.

Em outubro de 1861, Ana e Camilo foram julgados e absolvidos graças à ajuda e defesa feita pelo conselheiro do Tribunal, Dr. José Maria Teixeira de Queirós, pai do futuro escritor Eça de Queirós. Camilo será sempre grato ao conselheiro, mas isso não impedirá que, mais tarde, ele entre em conflito com Eça de Queirós a respeito de questões literárias.

A fama literária, a doença e o trágico fim

Camilo recebeu muitas homenagens por sua obra literária e por sua importância na vida cultural portuguesa. Em 1885, o rei lhe concedeu o título de Visconde de Correia Botelho.

Mas Camilo começou a sofrer de um problema nos olhos que, aos poucos, foi se agravando, comprometendo a visão e impedindo-o de escrever. Procurou ajuda médica, mas naquele tempo não havia solução para seu mal e a cegueira parecia inevitável.

No dia 21 de maio de 1890, desesperado, ditou uma carta, enviada a um famoso especialista chamado Edmundo de Magalhães Machado:

Ilmo. e Exmo. Sr.

Sou o cadáver representante de um nome que teve alguma reputação gloriosa neste país durante 40 anos de trabalho. Chamo-me Camilo Castelo Branco e estou cego. Ainda há quinze dias podia ver cingir-se a um dedo das minhas mãos uma flâmula escarlate. Depois, sobreveio uma forte oftalmia que me alastrou as córneas de tarjas sanguíneas. Há poucas horas ouvi ler no Comércio do Porto o nome de V. Exa. Senti na alma uma extraordinária vibração de esperança. Poderá V. Exa. salvar-me? Se eu pudesse, se uma quase paralisia me não tivesse acorrentado a uma cadeira, iria procurá-lo. Não posso. Mas poderá V. Exa. dizer-me o que devo esperar desta irrupção sanguínea nuns olhos em que não havia até há pouco uma gota de sangue? Digne-se V. Exa. perdoar à infelicidade estas perguntas feitas tão sem cerimônia.

No dia 1º de junho desse ano, o Dr. Magalhães Machado visitou o escritor mas constatou que a cegueira era inevitável. Mesmo sem revelar esse diagnóstico claramente a Camilo, este se deu conta de que não voltaria a enxergar. E, quando Ana Plácido acompanhou o médico até a porta, eles ouviram um estampido: Camilo suicidou-se com um tiro no ouvido, aos 65 anos.

Seu corpo foi levado para a cidade do Porto e, no dia 4 de junho, foi sepultado no cemitério da Venerável Irmandade de Nossa Senhora da Lapa.

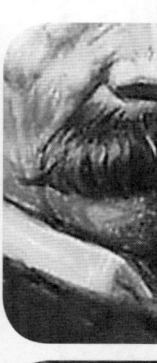

RETRATO DE CAMILO CASTELO BRANCO FEITO PELO PINTOR JOÃO DUARTE FREITAS.

CAMILO CASTELO BRANCO, POUCO ANTES DE FALECER.

CARICATURA DE CAMILO CASTELO BRANCO, FEITA POR LEAL DA CÂMARA, PINTOR E CARICATURISTA PORTUGUÊS.

IGREJA DA VENERÁVEL IRMANDADE DE NOSSA SENHORA DA LAPA, EM PORTO.

A CASA DE CAMILO CASTELO BRANCO E ANA PLÁCIDO, EM SÃO MIGUEL DE SEIDE, FOI TRANSFORMADA EM UM MUSEU E CENTRO DE ESTUDOS SOBRE O ESCRITOR.

BUSTO DE CAMILO NA PEQUENA CIDADE DE SÃO MIGUEL DE SEIDE, ONDE VIVEU DE 1864 ATÉ SUA MORTE.

Obras

Camilo Castelo Branco deixou uma obra extensa, composta de novelas, romances, artigos e poesias. De suas obras de ficção, de valor desigual, merecem destaque: *Onde está a felicidade?* (1856); *Carlota Ângela* (1858); *Romance de um homem rico* (1861); *Coração, cabeça e estômago* (1862); *Amor de perdição* (1862); *Amor de salvação* (1864); *A queda de um anjo* (1866); *A doida do Candal* (1867); *Novelas do Minho* (1875); *Eusébio Macário* (1879); *A corja* (1880); *A brasileira dos Prazins* (1882); *Vulcões de lama* (1886).

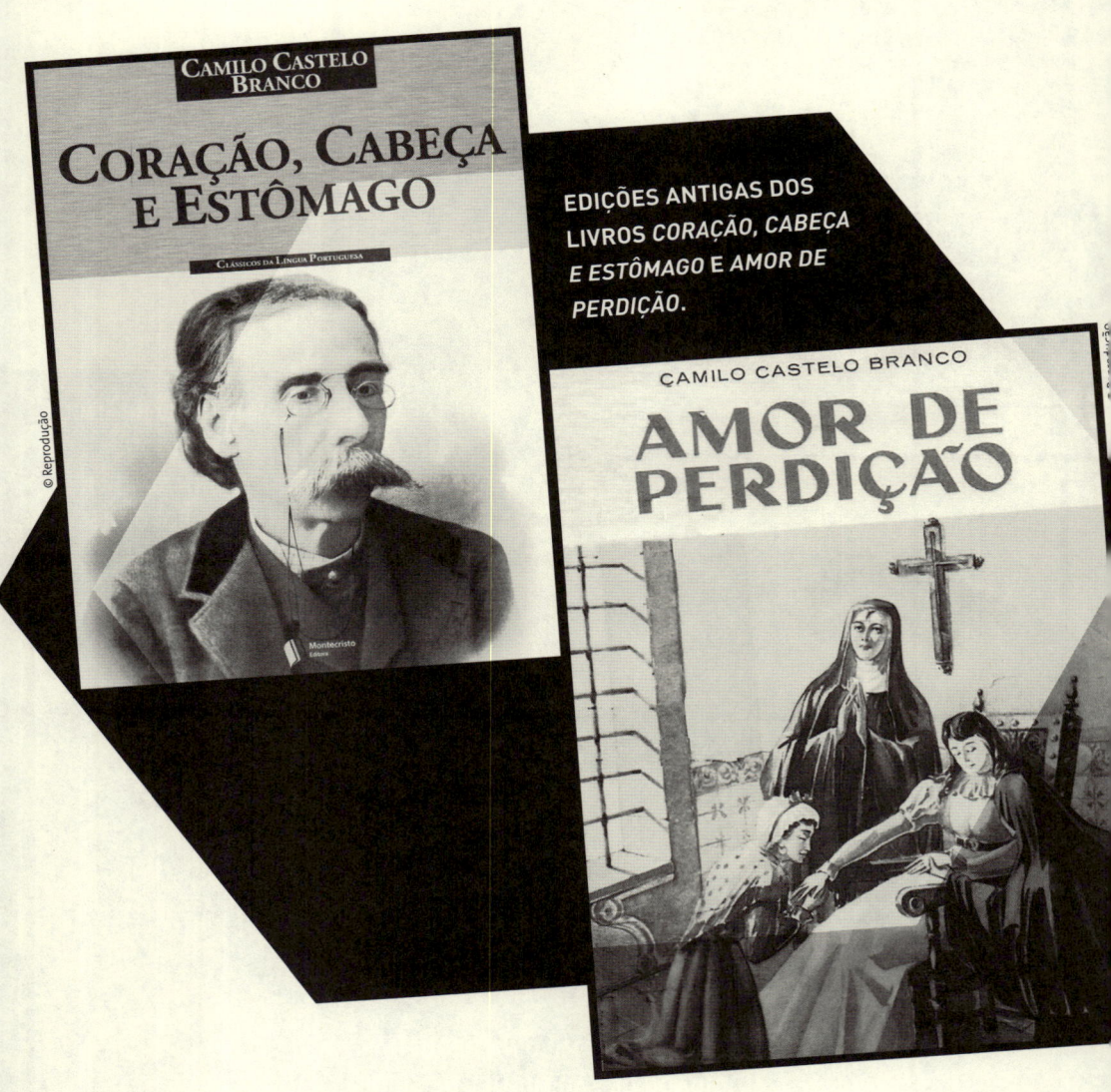

EDIÇÕES ANTIGAS DOS LIVROS *CORAÇÃO, CABEÇA E ESTÔMAGO* E *AMOR DE PERDIÇÃO*.

O Romantismo

Amor de perdição é uma novela que pertence ao movimento artístico conhecido como Romantismo, que se desenvolveu na Europa do fim do século XVIII até quase o fim do XIX. Atingiu os mais diversos campos, como a literatura, a música, o teatro, a pintura etc.

Enriquecendo-se à medida que se expandia, o Romantismo acabou adquirindo características muito variadas, mas seu ponto básico era a abolição de regras e modelos. Sustentando que a criação artística deveria nascer da parte mais sensível e pura do ser humano, do mundo dos sentimentos, o artista romântico passou a considerar o "eu" como o centro do universo, gerando, assim, uma das características básicas desse estilo de época: o individualismo.

Por serem profundamente individualistas, os artistas românticos propunham a supremacia dos sentimentos e das emoções sobre a razão. Por isso, as obras típicas desse movimento são tão exaltadas, tão cheias de paixões. Quando seus dramas e conflitos adquirem grande intensidade, o romântico costuma fugir para o seio da natureza, vista por ele como refúgio acolhedor para o ser humano atormentado. Daí sua preferência pelos ambientes solitários e noturnos, considerados mais propícios aos desabafos sentimentais.

A ânsia de liberdade absoluta, o profundo individualismo, a expressão plena dos sentimentos e emoções, o culto da natureza e o nacionalismo apaixonado são as características básicas do Romantismo.

O Romantismo em Portugal (1825-1865)

Em Portugal, didaticamente falando, o Romantismo teve início em 1825, com a publicação do poema *Camões*, de Almeida Garrett. Essa obra modificou o panorama cultural português, ainda dominado pelo Classicismo, introduzindo uma nova maneira de fazer poesia.

O movimento literário romântico surgiu numa época bastante conturbada em Portugal. O país vivia um período de muita instabilidade, iniciada com a vinda de D. João VI para o Brasil em 1808. Portugal ficou então sob domínio dos franceses, expulsos somente em 1817. Contudo, os ingleses acabaram tomando o lugar dos franceses.

Em 1820, Portugal tornou-se independente e, dois anos depois, promulgou uma nova Constituição. Nos anos seguintes, começou a luta pelo poder entre liberais e absolutistas. Os primeiros eram liderados por dom Pedro IV (o mesmo D. Pedro I que deixou o Brasil e foi lutar pelo trono em seu país de origem); os segundos, por seu irmão D. Miguel. Em 1834, D. Pedro venceu, seu irmão se viu obrigado a abandonar o trono, e o liberalismo acabou por se instalar em Portugal.

ADVERTÊNCIA DO AUTOR

Folheando novamente os manuscritos de Silvestre da Silva, encontrei algumas páginas que merecem ser intercaladas nesta 2ª edição de suas memórias.

A simpatia que o meu defunto amigo granjeou postumamente na república das letras e das **tretas** impõe-me o dever de empurrar portas adentro da imortalidade tudo que lhe diz respeito.

O meu amigo Antônio Augusto Teixeira de Vasconcelos achou que Silvestre algumas vezes abusava do vocabulário dos **eufemismos**. Também me parece que sim. Mas já agora deixemos o defunto com a sua responsabilidade e tenhamos esperanças de que ele se salvará primeiro que o autor da *Fanny*, livro querido das famílias!

Aqui vem a ponto dizer como **Lope de Vega**, na *Arte nueva de hacer comedias*:

Sustento en fin lo que escribi y conozco
Que aunque fuera mejor de otra manera,
No tuvieran el gusto que han tenido
Por que as veces lo que és contra el justo
Por la misma razón deleita el gusto.*

O AUTOR

Tretas: mentiras, malandragens. Observe a ironia desse comentário.

Eufemismos: formas indiretas de expressão que disfarçam uma ideia grosseira ou desagradável.

***Fanny*:** romance realista, que trata de adultério e ciúme, do francês Ernest Feydeau (1821-1873). O livro fez escândalo e acabou se tornando muito popular. Por isso, ao dizer que tal livro era muito querido pelas famílias, o narrador não deixa de criticar ironicamente o comportamento burguês, pois a obra era publicamente censurada mas secretamente lida.

Lope de Vega (1562--1635): foi um poeta e dramaturgo espanhol.

* Tradução do espanhol: Sustento enfim o que escrevi e conheço / que, embora fosse melhor de outra maneira / não teriam o gosto que tiveram / porque às vezes o que é contra o justo / pela mesma razão agrada o gosto.

PREÂMBULO

— O meu amigo **Faustino Xavier de Novais** conheceu perfeitamente aquele nosso amigo Silvestre da Silva...
— Ora, se conheci!... Como está ele?
— Está bem: está enterrado há seis meses.
— Morreu?!
— Não morreu, meu caro Novais. Um filósofo não deve aceitar no seu vocabulário a palavra *morte*, senão convencionalmente. Não há morte. O que há é metamorfose, transformação, mudança de feito. Pergunta tu ao **doutíssimo** poeta **José Feliciano de Castilho** o destino que tem a matéria. Dir-te-á a teu respeito o que disse de **Ovídio**, sujeito que não era mais material que tu e que o nosso amigo Silvestre da Silva. "Ovídio cadáver", pergunta o sábio, "onde é que para?" Tudo isso corre **fados** misteriosos, como Adão, como Noé, como Rômulo, como nossos pais, como nós, como nossos filhos, rolando pelos oceanos, flutuando nos ares, **manando** nas fontes, correndo nos rios, agregado nas pedras, sumido nas minas, misturado nos solos, **viçando** nas ervas, rindo nas flores, **recendendo** nos frutos, cantando nos bosques, rugindo nas matas, **rojando** dos vulcões, etc.[1] Isto, a meu ver, é exato e, sobretudo, consolador. O nosso amigo Silvestre da Silva, a esta hora, anda repartido em partículas. Aqui faz parte da garganta dum rouxinol; além, é pétala duma tulipa; acolá, está **consubstanciado** num **olho** de alface; pode ser até que eu o esteja bebendo neste copo de água que tenho à minha beira e que tu o encontres nos sertões da América, alguma vez, transfigurado em cobra cascavel, disposto a comer-te, meu Faustino*.

O que te eu **assevero** é que ele deixou de ser Silvestre da Silva, há seis meses, posto que os paren-

---

Faustino Xavier de Novais (1820-1869): poeta português e amigo de Camilo Castelo Branco. Mudou-se para o Brasil em 1852 com a irmã Carolina. Tornaram-se amigos de Machado de Assis que, em novembro de 1869, três meses depois da morte de Faustino, casou-se com Carolina. Neste preâmbulo, o autor cria um diálogo entre ele e Faustino.

Doutíssimo: eruditíssimo, muito instruído.

José Feliciano de Castilho (1810-1879): poeta português muito respeitado nos meios literários da época.

Ovídio (43 a.C.-17 d.C.): poeta romano, cujo livro *Amores* foi traduzido por Castilho; no apêndice desse livro, Castilho publicou um texto intitulado *Grinalda de Ovídio*.

Fados: destinos.

Manando: jorrando.

Viçando: vivejando, crescendo.

Recendendo: exalando perfume.

Rojando: sendo arremessado.

Consubstanciado: materializado.

Olho: miolo.

* Como pudemos observar até aqui, uma das marcas do texto é o tom de ironia, humor e sarcasmo, que estará presente até o fim.

Assevero: garanto.

---

[1] *Grinalda de Ovídio*. (N. do A.)

tes teimam em lhe ter uma **lousa** sobre o chão, onde o estiraram, com esta mentira: "Aqui jaz Silvestre da Silva".

Pois é verdade.

O nosso amigo começou a queixar-se, há de haver um ano, de falta de apetite, e **frialdade** de estômago, efeito das indigestões. Foi a banhos de mar à **Póvoa de Varzim**, e só tomou três, porque perdeu o dinheiro em duas cartas da sua paixão*, e voltou para casa a castigar-se do vício, tomando banhos de chuva e leites **quinados**. Foi de mal a pior. **Desconfiou que passava a outra metamorfose**, e deu ordem aos seus negócios da alma com a eternidade. Dos bens terrenos não fez **deixação**, porque lá estavam os credores, seus **presuntivos herdeiros**, ainda que alguns deles **declinaram** a herança a benefício de inventário, lamentando que em Portugal não fosse lei a prisão por dívidas: parece que os irritou a certeza de que o cadáver **insolvente** não podia ser preso. Em outro ponto te darei mais detida notícia desta catástrofe.

Eu fui o herdeiro dos seus "papéis". Alguns credores quiseram **disputar-mos**, cuidando que eram *papéis de crédito*. Fiz-lhes entender que eram pedaços dum romance; e eles, renunciando a posse, disseram que tais **pataratices** deviam chamar-se *papelada*, e não *papéis*.

Aceitei a distinção como necessária e retirei com a papelada, resolvido a **dá-la à estampa**, e com o produto dela ir resgatando a palavra do nosso defunto amigo, **embolsando** os credores. Fiz um cálculo aproximado, que me anima a asseverar aos credores de Silvestre da Silva que hão de ser plenamente pagos, feita a 10ª edição deste romance.

Aqui tens tu uma ação que deve ser extremamente agradável às **moléculas circunfusas** do nosso amigo. Espero que Silvestre ainda venha a agradecer-me o culto que assim dou à memória dele, convertido em aroma de flor, em **linfa** de cristalina fonte, ou em **ambrósia** de vinho do Porto, metamorfose mais que muito honrosa, mas pouco admirativa nele, que foi deste mundo

Lousa: pedra colocada sobre um túmulo.

Frialdade: fraqueza.

Póvoa de Varzim: cidade litorânea de Portugal.

* Maneira irônica de dizer que ele perdeu dinheiro no jogo de cartas.

Quinados: com quinina, substância usada como fortificante.

Desconfiou que passava a outra metamorfose: eufemismo irônico para dizer que desconfiava que estava para morrer.

Deixação: testamento.

Presuntivos herdeiros: as pessoas que naturalmente receberão a herança e que só deixarão de herdá-la se houver uma cláusula contrária no testamento.

Declinaram: recusaram.

Insolvente: que não tem meios para saldar suas dívidas.

Disputar-mos: construção lusitana, equivalente a "disputar-me os papéis". A forma *mos* é a junção dos pronomes *me + os*.

Pataratices: invencionices.

Dá-la à estampa: publicá-la.

Embolsando: pagando.

Moléculas circunfusas: moléculas espalhadas em roda. Modo engraçado de se referir ao morto.

Linfa: água.

Ambrósia: erva que tem as propriedades medicinais da quinina.

já saturado em bom vinho. É opinião minha que o nosso amigo, a esta hora, é uma folhuda parreira*.

Vamos à papelada, como dizem os outros.

Tenho debaixo dos olhos, mal enxutos da saudade, três volumes escritos da mão de Silvestre.

O primeiro, na lauda, que serve de capa, tem a seguinte inscrição em letras maiúsculas: CORAÇÃO.

O segundo, menos volumoso, diz: CABEÇA.

O título do terceiro, e maior volume, é: ESTÔMAGO.

Nenhum deles designa época; mas quem tiver, como eu, particular conhecimento do indivíduo, pode, sem grande erro cronológico, datar os três manuscritos.

O *Coração* reina desde 1844 até 1854. São aqueles dez anos em que nós vimos Silvestre fazer tolice brava.

Em 1855 notamos a transfiguração do nosso amigo, que durou até 1860, época em que tu já tinhas trocado o patrimônio da estima dos teus conterrâneos pelas lentilhas do Novo Mundo**. Não viste, pois, a transição que o homem fez para o estômago, sepultura indigna das santas **quimeras**, que o entonteceram na mocidade, e consequência funesta da má direção que ele deu aos projetos, raciocínios e sistemas da cabeça. Podemos assinar tempo ao terceiro volume, desde 1860 até fim de 61, em que o autobiógrafo se desmanchou do que era para se arranjar doutro feitio.

Silvestre, como sabes, tinha muita lição de maus livros. Olha se te lembras que os seus folhetins eram um viveiro de imoralidades vestidas, ou nuas, à francesa. Jornal em que ele escrevesse morria ao fim do primeiro trimestre, depois de ter matado muitas ilusões. Quem hoje desembrulha um queijo **flamengo**, e lê no invólucro um **folhetim** de Silvestre, mal pensará que tem entre as mãos o passaporte de muita gente para o inferno. Não há muito que eu, despejando uma **quarta** de **mostarda** num **banho de pés**, li o papel, que a contivera, e achei o seguinte período de um folhetim do meu saudoso amigo:

Já saturado em bom vinho: isto é, bebera muito vinho durante a vida.

* Observe o humor desse comentário: de tanto gostar de vinho, o amigo deve ter se transformado em uma parreira, que é a planta trepadeira que produz as uvas com as quais se faz a bebida.

** Alusão irônica ao episódio bíblico em que Esaú, em troca de um prato de lentilhas, cede o direito da primogenitura a seu irmão Jacó. Simboliza a troca de um bem precioso por outro muito inferior, pois o primogênito, isto é, o filho mais velho, era o herdeiro natural dos bens do pai. Nessa passagem, o autor refere-se, em tom de brincadeira, à mudança de Faustino para o Brasil.

Quimeras: ilusões, sonhos, fantasias.

Flamengo: holandês.

Folhetim: romance em capítulos que eram publicados em jornais ou revistas.

Quarta: vaso bojudo de barro.

Mostarda: planta com várias propriedades medicinais.

Banho de pés: escalda-pés, banho de imersão dos pés.

Diz **Petrônio** que fora o medo que inventara as divindades.

Deus é o que é. O homem é o pequeníssimo bicho da Terra, de que fala o **Camões**.

Entre Deus e o homem, só a soberba estúpida do homem podia inventar convenções, concordatas, obrigações e alianças.

O sagui é muito menos estúpido e mais modesto. Come, bebe, dá **cabriolas**, faz caretas ao mau tempo, coça-se ao sol, **retouça-se** à sombra, vive, e acaba feliz, porque se não receia de vir a ser homem.

A **estolidez** do homem! Diz ele empapado de vaidade tola: "Deus tem os olhos em mim!" Que importância! Deus tem os olhos nele! Se assim fosse, havia de ver bonitas coisas o criador do homem que mata seu irmão!

Os olhos nele, para quê? Para envergonhar-se a cada hora da sua obra!...

É a blasfêmia em todo o seu asco!

Rebalsa-te em sangue, miserável vampiro! **Emperla** os teus cabelos, meretriz, que deixas morrer tua mãe de fome! Mãe infame, **come aí em toalhas de Flandres** o preço da desonra de tua filha! Ostentai-vos, vermes, aos olhos de Deus, que estão **pasmados** em vós!...

Ainda bem que o fragmento findava nisto, senão eu teria a imprudência de to dar inteiro nesta cópia, em que senti as repugnâncias do pulso. Vê tu que missionário era aquele Silvestre! Que **ceifa** de almas fez **o empreiteiro das trevas inferiores** naqueles anos!

Eu de mim pude salvar-me, estudando, como sabes, a teologia a fundo. Tu também te salvaste, penso eu, justamente porque não sabias coisa nenhuma de teologia e acreditavas na religião de teus pais, visto que a base fundamental da tua crença era a caridade. Acertou de ser isto num tempo em que tu pedias esmola para as freiras de Lorvão e eu, também contigo, pedia esmola no Teatro de S. João, para o poeta **Bingre**.

Petrônio (27-66 d.C.): escritor romano.

Luís de Camões (1524-1580): célebre poeta lírico português, autor também do poema épico *Os lusíadas*.

Cabriolas: cambalhotas.

Retouça-se: balança-se.

Estolidez: estupidez.

Rebalsa-te: chafurda-te, atola-te.

Emperla: enfeita com pérolas.

Come aí em toalhas de Flandres: gasta em toalhas de Flandres, isto é, em objetos decorativos caros.

Pasmados: fitos, cravados.

Ceifa: colheita.

O empreiteiro das trevas inferiores: o diabo.

Francisco Joaquim Bingre (1763-1856): conhecido poeta português da época, hoje praticamente esquecido, que passou por graves dificuldades financeiras nos últimos anos de vida.

Lájea: o mesmo que laje, pedra colocada sobre um túmulo.	Recorda-te, Novais; mas não chores. Faz como eu: ergue o peito de sobre a banca do trabalho e sacode a **lájea** que te está pesando nas costas... Olha a vaidade! Teremos nós sepultura com lájea!? Conta com um **comarozinho** de terra, e umas papoulas na primavera, e uma tábua preta com um número branco. A aritmética há de perseguir-me além da morte!
Comarozinho: montinho.	
Sucessos: episódios.	
Contingência: justificativa.	

Atemos o fio.

Os manuscritos de Silvestre careciam de ser adulterados para merecerem a qualificação de romance. É coisa que eu não faria, se pudesse. Acho aqui em páginas correntemente numeradas **sucessos** sem ligação nem **contingência**. Umas histórias em princípio, outras que começam pelo fim e outras que não têm fim nem princípio. Pode ser que eu, alguma vez, em notas, **elucide as escuridades** do texto, ou ajunte às histórias incompletas a catástrofe, que sucedeu em tempo que o meu amigo se retirara da sociedade, onde deixara a víscera dos afetos.

Elucide as escuridades: esclareça os pontos obscuros.

Traslado: transcrevo.

Sobre: além de.

Mormente: principalmente.

* Famosos poetas brasileiros: Gonçalves Dias (1823-1864); Junqueira Freire (1832-1855); Álvares de Azevedo (1831-1852); Casimiro de Abreu (1839-1860).

No volume denominado *Coração* encontro algumas poesias, que não **traslado**, por desmerecerem publicidade, **sobre** serem imprestáveis ao contexto da obra. Não designam as pessoas a quem foram dedicadas, nem me parecem coisa de grande inspiração. Silvestre, em poesia, era vulgar; e a poesia vulgar, **mormente** na pátria dos Junqueiras, dos Álvares de Azevedo, dos Casimiros de Abreu e dos Gonçalves Dias*, é um pecado publicá-la. **Sonego**, pois, as poesias, **em abono** da reputação literária do nosso amigo[2].

Sonego: deixo de mostrar.

Em abono: em defesa.

Preâmbulo: prefácio. Como vemos, o preâmbulo criado por Camilo consiste num diálogo entre ele e Faustino Xavier de Novais, seu amigo na vida real. Eles conversam a respeito do amigo comum Silvestre da Silva, personagem de ficção, um sujeito que morreu endividado e que deixou um livro de memórias. Nesse preâmbulo, Camilo mistura ficção e realidade. E é esse livro de memórias que o leitor tem nas mãos e que recebeu o título das três partes em que se divide: *Coração, cabeça e estômago.*

Basta de **preâmbulo**.

[2] Este prólogo foi escrito designadamente para ser impresso no Rio de Janeiro. (N. do A.)

PRIMEIRA PARTE
CORAÇÃO

*Coisas há **hi**, que passam ser sem **cridas**,*
E coisas cridas há sem ser passadas...
Mas o melhor de tudo é crer em Cristo.
                              Camões (Soneto)

Hi: aí.

Cridas: acreditadas. Esses são os versos finais de um soneto de Luís de Camões (1524-1580).

SETE MULHERES

I

O meu **noviciado** de amor passei-o em Lisboa. Amei as primeiras sete mulheres que vi e que me viram.

A primeira era uma órfã, que vivia da caridade de um ourives, amigo do seu defunto pai. Chamava-se Leontina. Fiz versos a Leontina, sonetos em rima fácil, e muito errados, como tive ocasião de verificar, quando os quis dedicar a outra, dois anos depois.

Leontina **não tinha caligrafia** nem ideias; mas os olhos eram bonitos e o jeito de encostar a face à mão tinha encantos.

Era minha vizinha. Por desgraça também, era meu vizinho um **algibebe** que morria de amores por ela, e, à conta deste amor, se ia arruinando, por descuidar-se em chamar freguesia, como os seus rivais, que saíam à rua a puxar pelos indivíduos suspeitos de quererem comprar. Aristocratizara-o o amor: envergonhava-se ele de tais **alicantinas**, debaixo do olhar distraído da mulher amada.

Odiava-me o algibebe. Recebi uma carta anônima, que devia ser sua. Era **lacônica e sumária**: "Se não muda de casa, qualquer noite é assassinado". Pouco mais dizia.

Noviciado: aprendizagem. Observe que Silvestre é ao mesmo tempo narrador e personagem. Por isso, pode ter uma certa distância de seus atos no passado e julgá-los à luz do presente. Essa distância permite que ele conte passagens de sua vida com ironia e humor, como se estivesse falando de outra pessoa.

Não tinha caligrafia: não sabia escrever.

Algibebe: vendedor de roupas feitas com tecido barato.

Alicantinas: astúcias. O algibebe não queria se mostrar vulgar como os outros comerciantes na frente da mulher amada. Por isso, diz o narrador que o amor o deixara aristocrático.

Lacônica e sumária: breve e direta.

Contei a Leontina, em estilo alegre, com presunçoso desprezo da morte, o perigo em que estava minha vida, por amor dela. Indiquei o algibebe como autor da carta. A menina, que tivera o **desfastio** de lhe receber noutro tempo algumas, conheceu a letra mal disfarçada. Tomou-lhe raiva, **fez-lhe arremessos** e induziu a criada a atirar-lhe com uma casca de melão, que lhe sujou um colete de veludinho amarelo e verde com listas **encarnadas** e pintas roxas. Que colete!

Passados tempos, Leontina desapareceu com a família; e, ao outro dia, recebi dela um bilhete, escrito em **Almada**. Dizia-me que o algibebe escrevera ao seu padrinho uma carta anônima, denunciando o namoro co-migo. O padrinho ordenou logo a saída para a quinta de Almada.

O padrinho era o ourives, sujeito de cinquenta anos, viúvo, com duas filhas mulheres, das quais amargamente Leontina se queixava. As filhas do ourives, receando que o pai se casasse com a órfã, queriam-lhe mal, e **folgavam** de a ver nas presas de alguma paixão, que a arrastasse ao crime, para assim se livrarem da temerosa perspectiva de tal madrasta.

E o certo é que o ourives pensava em casar com Leontina, logo que as filhas se arrumassem. Estas, porém, **sobre** serem feias, tinham contra si a repugnância do pai no **dotá-las** em vida. Ninguém as queria para pas-satempo e menos ainda para esposas.

Picado pelo ciúme, abriu o ourives seu peito à órfã, ofereceu-lhe a mão, e uma pulseira de brilhantes nela, com a condição de me esquecer.

Leontina disse que sim, **cuidando** que mentia; mas passados oito dias admirou-se de ter dito a verdade. Nunca mais soube de mim, nem eu dela; até que, um ano depois, a criada, que a servia, me contou que a menina casara com o padrinho e que as enteadas, coagidas pelo pai, se tinham ido para o **Recolhimento do Grilo** com uma pequena mesada e a esperança de ficarem

---

Desfastio: agrado.

Fez-lhe arremessos: fez-lhe ameaças.

Encarnadas: vermelhas.

Almada: cidade próxima a Lisboa.

Folgavam: alegravam-se.

Sobre: além de.

Dotá-las: dar-lhes um dote.

Cuidando: pensando.

Recolhimento do Grilo: nome popular do Recolhimento de Nossa Senhora do Amparo. É um asilo localizado num antigo convento da cidade de Lisboa. O nome popular se deve à simbologia religiosa do grilo, que representa a vida, a morte e a ressurreição, sendo associado, portanto, a Jesus Cristo.

pobres. Não sei mais nada a respeito da primeira das sete mulheres que amei, em Lisboa.

Nota

Eu sei mais alguma coisa que merece **crônica**.

Leontina **subjugou** o ânimo do marido; descobriu que ele era rico e gozou quanto podia das regalias do mundo, as quais vivera estranha até aos vinte e quatro anos. O ourives tomou gosto aos prazeres e esqueceu o valor do dinheiro, exceto o que dava às filhas, que lhe saía da **secretária** com pedaços de vida*. **Começaram pelos arlequins e pelos touros** e acabaram no **Teatro de S. Carlos** o refinamento do gosto.

Leontina andou falada na sua roda, como esposa fiel e admirável vencedora de tentações. Quase todos os amigos particulares do marido a **cortejaram**, sem resultado. Deu bailes em sua casa, donde era frequente saírem os convidados **penhorados**, às quatro horas da manhã; mas, duma vez, não saíram todos; ficou um escondido no quarto da criada, e lá passou o dia seguinte. O ourives ignorou muito tempo que a sua lealdade não era dignamente correspondida: porém, suspeitando um dia que a criada o roubava, fez-lhe uma visita domiciliária ao quarto, sem prevenir a esposa, e achou lá o filho do seu primo Anselmo, dormindo sobre a cama da moça, com a segurança de quem dorme em sua casa. Estava de **moiras** amarelas e vestia um **chambre** de lã do dono da casa! É o escândalo e **mangação**!

Foi chamada Leontina a altos gritos. Acordou o filho de Anselmo e foi procurar na **algibeira** do paletó um revólver. O quinquagenário viu cinco bocas de ferro, mais persuasivas que a **boca de oiro de Crisóstomo, o santo**. Passou ao andar de baixo e gritou pelo código criminal. Leontina tinha fugido para casa da sua amiga e vizinha D. Carlota, pessoa de **hipotética probidade**. O escandaloso possessor do chambre despiu-o, vestiu-se, sacudiu as moiras amarelas, sentou-se a calçar as botas,

Crônica: comentário.

Subjugou: dominou.

Secretária: escrivaninha.

* Modo irônico de dizer que ele era avarento com as filhas: dar a mesada era como perder pedaços da própria vida.

Começaram pelos arlequins e pelos touros: começaram com diversões populares e baratas, como circo e touradas.

Teatro de S. Carlos: teatro de ópera de Lisboa, ponto de reunião da "alta sociedade". Portanto, o casal foi sofisticando suas diversões.

Cortejaram: assediaram.

Penhorados: muito gratos.

Moiras: chinelas de couro.

Chambre: roupão.

Mangação: zombaria.

Algibeira: bolso.

Boca de oiro de Crisóstomo, o santo: S. Crisóstomo (348-407) tinha o dom da palavra e conseguia converter muitos ouvintes com seus sermões; daí o nome "Boca de Ouro". Nessa passagem, ele usa a referência ao santo para destacar de forma irônica que o revólver apontado era mais persuasivo que os seus sermões.

Hipotética probidade: suposta honestidade.

acendeu um charuto, desceu as escadas serenamente e encontrou-se no pátio com dois cabos de polícia e um municipal. Dali foi para o administrador, que o mandou reter até **ulteriores** explicações.

Leontina, dias depois, foi para o Convento da Encarnação, onde esteve dois anos e donde saiu a **tomar caldas** em **Torres Vedras**, por consenso do marido, que a foi lá visitar e de lá foi com ela à exposição a Londres. Da volta da viagem, o ourives morreu **hidrópico**, legando às filhas umas **inscrições**, que rendem para ambas um **cruzado** diário, e à esposa uma independência farta em títulos bancários e em gêneros de ourivesaria.

Consta-me que Leontina se lembrara então de Silvestre; mas ignorava que destino ele tivesse. Incumbiu um compadre de indagar se estava no Porto o homem; a resposta demorou-se alguns dias, sete, creio eu, e ao sexto já ela estava em indagações da vida e costumes dum sujeito de bigode e **pera**, que à mesma hora de cada tarde lhe passava à porta num **tílburi**, **tirado por uma horsa**. Fácil lhe foi saber que o sujeito fora, cinco anos antes, algibebe, tirara o prêmio da loteria de Espanha e fechara a loja. Era o mesmo algibebe que levara no colete de veludinho com a casca de melão. Que mudança de cara e de maneiras ele fizera! O dinheiro faz essas mudanças e outras mais espantosas ainda. Chegaram à fala, deram-se explicações e casaram. Eu tive ocasião de os ver ontem no seu palacete a **Buenos Aires**. Estão gordos, ricos e muito considerados na sua rua.

II

A segunda era também minha vizinha. A casa em que eu vivia formava o **cunhal** dum quarteirão, com janelas para duas ruas. Assim podia eu passar os dois corações duma para outra janela sem dar suspeitas da minha **doblez**.

Nunca pude saber o nome da dama, nem lhe vi **a preceito** a cara. Entreluziam-lhe os olhos nas tabui-

---

Ulteriores: posteriores.

Tomar caldas: tomar banhos medicinais.

Torres Vedras: cidade portuguesa.

Hidrópico: pessoa com hidropisia, que consiste no derramamento de líquido seroso em tecidos ou cavidade corporal.

Inscrições: títulos financeiros.

Cruzado: moeda de pouco valor. O pai deixou uma miséria para as filhas.

Pera: porção de barba na parte inferior do queixo; cavanhaque.

Tílburi: pequena carruagem para duas pessoas, puxada geralmente por um cavalo.

Tirado por uma horsa: puxado por um imponente cavalo.

Buenos Aires: bairro rico e elegante de Lisboa.

Cunhal: esquina.

Doblez: hipocrisia.

A preceito: como convém.

nhas verdes das persianas, olhos que abonavam o restante das belezas. Vi-a uma ou outra vez na rua; mas o meu pudor era o mais vigilante anjo da guarda que ela tinha. Escrevi-lhe uma carta em vinte páginas* e icei-lha numa **cartonagem de amêndoas**, que ela, à meia-noite, pendurou da janela. No dia seguinte não a vi. Afligi-me até à desesperação, tomando como zombaria semelhante resposta à minha carta. Desafoguei na sincera amizade de um amigo, e este consolou-me, dizendo que a mulher podia estar doente, podia estar apaixonada; e, na segunda hipótese, fugia à paixão para respeitar os deveres, se os tinha.

Ao outro dia abriu-se a janela, e a persiana baixou logo, como era de uso. As tabuinhas obedeceram ao impulso da mão divina, ficando horizontais. Vi-lhe os olhos, vi-lhe o sorriso, vi-lhe um trejeito de gratidão, e compreendi que me mandava ir à meia-noite debaixo da janela.

Fui com uma legião de **amorinhos a volitar ao redor de mim**. A patrulha viu-me atravessar a rua e conheceu, pelo passo, que eu era um mortal **ditoso**. Parou quando eu parei. Perguntou-me o que fazia eu ali quieto. Respondi-lhe que **tomava a fresca**; e os **janízaros** responderam: "Veja lá que se não constipe...".

Daí a pouco desceu a **coifinha** com um bilhete em abraço e eu lancei na coifa uma poesia intitulada: *Ela!*

Entrei no meu quarto, abri o papelucho, e li:

"Gosto muito do seu estilo. Continue, que me entretém. Ontem não lhe apareci porque fui a Oeiras, e li a sua carta na presença de **Netuno**. Escreva muito, que escreve muito bem."

Reli esta coisa e pus a mão sobre o coração injuriado. Não podia dormir. Saí a resfriar a cabeça para não a partir em casa. O **escárnio** ia atrás de mim, **apupando-me**. Parei na **azinhaga** do **Arco do Cego** e senti-me febril. Às cinco horas da manhã, fui a uma das barcaças e tomei um banho no Tejo. Recolhi-me com uma

---

* O exagero é um dos traços típicos do humor.

Cartonagem de amêndoas: caixinha de papelão de amêndoas.

Amorinhos: imagens de pequenas figuras aladas como anjinhos que representam o amor.

A volitar ao redor de mim: a esvoaçar à minha volta. A imagem é cômica, sugerindo o homem sendo rodeado de pequeninas figuras aladas em volta de sua cabeça, numa sátira ao sentimentalismo ultrarromântico.

Ditoso: feliz.

Tomava a fresca: respirava ar fresco.

Janízaros: policiais.

Coifinha: touquinha de mulher.

Netuno: deus do mar, na mitologia romana. Ela diz ter lido a carta na presença de Netuno porque estava em Oeiras, que é uma pequena cidade à beira-mar.

Escárnio: zombaria.

Apupando-me: zombando de mim.

Azinhaga: atalho, trilha.

Arco do Cego: localidade de Lisboa.

Catarral: bronquite. Ele estava febril e tomou um banho nas águas geladas do rio Tejo.

Irrisão: zombaria.

Ignomínia: vergonha, desonra.

* O conde não se casou com ela, mas montou-lhe uma casa confortável.

Para desempenhar o vínculo deteriorado: para desobrigar-se do vínculo que havia entre eles.

Vilipendiosa: vergonhosa, humilhante.

A expensas: à custa.

Caldas da Rainha: cidade de águas termais, distante 90 quilômetros de Lisboa.

Paroxismos: crises.

Marcialmente: militarmente.

Capitão da carta: capitão das forças armadas.

Com todos os pespontos de tagarela: como uma perfeita tagarela.

Eugênio Sue (1804-1857): popular romancista francês, traduzido para diversas línguas. Seus livros eram muito lidos em Portugal.

catarral e estive onze dias de cama. Quando me ergui, magro e lívido, ouvi dizer à dona da casa que o galego, aguadeiro da casa fronteira, viera duas vezes perguntar por mim, com ordem de alguém. O espinho da **irrisão**, o tremendo *ridículo*, salvou a minha dignidade. Nunca mais abri aquela janela, nem vi mais a vizinha. Assim terminou o meu segundo amor.

Um acaso me fez saber quem era aquela senhora, que eu desculpo e até respeito. Fora menina de finíssima educação, natural de Beja. Apaixonou-se por um conde de Lisboa e fugiu aos pais, cuidando que a **ignomínia** lhe viria a dar um marido. O conde deu-lhe casa, mesada e criados*****. Assim estava vivendo quando eu a conheci. Era amarga a existência da pobre senhora. O amante casara meses antes, **para desempenhar o vínculo deteriorado**. Do patrimônio da esposa alargou a mesada à amante, que bebia, Deus sabe com que lágrimas, este segundo cálice de **vilipendiosa** dependência. Escrevera ela nesse tempo ao pai, pedindo-lhe perdão e asilo. Nunca teve resposta. Quando me deram estes esclarecimentos (1854), continuava ela a viver **a expensas** do conde e tinha um filho de cinco anos. Não sei mais nada. Ainda há pouco li o bilhete, recebido em 1849, e achei-lhe muitíssima graça. Deus lhe perdoe a noite que me deu e os onze dias de catarro, que me estragaram os brônquios para sempre[3]!

Era a terceira uma dama quarentona, que frequentava a casa em que eu me hospedara. Tinha ela um mano, muito mal-encarado e vestido **marcialmente**, como *capitão da carta*, que era. A Sra. D. Catarina bailava gentilmente, conversava **com todos os pespontos de tagarela** muito lida em **Eugênio Sue** e conhecia todos os atalhos que conduzem à posse dum coração no-

[3] Chamava-se Margarida a dama. Viveu ainda até 1857 e morreu da febre amarela, e o filho também. Conta-se que o conde, receoso do contágio, não ousara vir a Lisboa, das **Caldas da Rainha**, onde estava, quando Margarida o mandou chamar para despedir-se. Morreu contemplando os **paroxismos** do filho. Os criados abandonaram-na no último dia. Estava sozinha quando expirou. O conde está ótimo de saúde e transferiu a mobília de Margarida para os aposentos de uma criada, que a condessa expulsou de casa... (N. do A.)

viço. Declarou-se comigo e eu, **urbanamente**, **acudi ao seu pejo**, confessando que já me tinha primeiro confessado amante com a eloquência do silêncio. Trocamos algumas cartas, e numa das suas me disse ela que era proprietária de bens de raiz, que valiam seis contos de réis, e tinha, afora isso, uns dez burrinhos em **Cacilhas**, que anualmente lhe rendiam cento e cinquenta mil réis. Cuidou que me seduzia com o suplemento dos burrinhos! Respeito muito os burros, mas tanto não! Não respondi a este artigo. Falei-lhe do meu coração, assunto sublime demais para ser **conspurcado** no cadastro dos lucros provenientes do **dote quadrúpede** de D. Catarina.

Uma noite, foi-me concedido ir falar-lhe debaixo das janelas. Morava ela muito longe, em rua de raros moradores, numa casa de um só andar. Tinha eu de costume ir a cavalo até a entrada da rua, e ali me ficava esperando o criado. Foi a minha salvação uma noite! O capitão da carta ergueu-se desconfiado e entrou de espada em punho no quarto da irmã subitamente.

Era em agosto: estava aberta a janela, e nós, sem invocarmos **Klopstock**, como os amorosos de **Goethe**, mirávamos as duas ursas, se eram as ursas umas grandes estrelas que Catarina chamava suas, e das quais fazia favor de me dar uma.

Cortado este doce colóquio pelo bruto de **gládio nu**, saltei da janela à rua, e o ferocíssimo capitão saltou nas minhas costas, tendo-lhe eu apenas a vantagem de três passos em honrosa fuga. O homem tinha **desnocado** um pé no salto e perdera a esperança de me degolar. Gritou: "Agarra", e a patrulha, que, felizmente, dormia longe do sítio, acordou a tempo que eu cavalgava, deixando o criado em risco de ser preso e no maior risco de me denunciar*.

No dia seguinte, escreveu-me Catarina apelando para o meu cavalheirismo. Dava-se como perdida no conceito do mundo e do irmão se eu não me desse pressa em casar com ela. Respondi com sinceridade que era

Urbanamente: polidamente, gentilmente.

Acudi ao seu pejo: respondi ao seu acanhamento. Observe a ironia desse comentário a respeito dos modos da mulher.

Cacilhas: pequena cidade litorânea portuguesa.

Conspurcado: manchado.

Dote quadrúpede: modo jocoso de se referir à renda obtida com o aluguel dos burros.

Klopstock (1724-1803): poeta romântico alemão.

Goethe (1749-1832): poeta, romancista e dramaturgo alemão, cujos livros mostram a influência de Klopstock.

Gládio nu: espada nua.

Desnocado: desarticulado, deslocado.

* A cena da perseguição provoca riso porque quebra de modo repentino o "doce colóquio" dos namorados, numa sátira às histórias românticas.

muito novo para tomar um estado a que não estava de modo nenhum obrigado o meu cavalheirismo. Aquele dizer *de modo nenhum* feriu tão dentro a suscetibilidade da dama, que, em vez de réplica escrita, veio ela mesma pedir-me explicações com furial aspecto e trejeitos de **energúmena**. Tomei-lhe medo; mas nem assim casei. Quem tinha resistido à sedução dos burrinhos não sucumbia às ameaças da espada ferina do irmão, a qual, a meu ver, **podia disputar virgindade às vestais romanas**. Catarina é que, já dez anos antes de me ver, não podia competir em recato e pureza* com a espada fraterna. Eu disse-lhe isto em linguagem oriental, e ela respondeu-me em termos que depunham inexoráveis contra a inocência de costumes que a colérica senhora alegava**.

Acabou isto assim. O bravo oficial portou-se bem comigo, daí em diante. A senhora caiu em si e viu que não tinha razão. Deixou-me.

Cinco anos depois, pedi em Lisboa notícias da Sra. D. Catarina, e soube que ela estava no Pará com seu irmão, senhores de alguns centenares de contos, herdados de um tio. Esperavam-se então na corte, visto que D. Catarina mandara comprar um palácio arruinado em **Benfica** e apressar a reedificação com a máxima opulência de arquitetura. Perguntei pelos burrinhos de Cacilhas, e o **maganão** a quem fiz a pergunta disse-me que procurasse uns no Ministério e outros no Parlamento. Era um destes **Voltaires do Chiado que *fazem espírito***, mesmo à custa dos seus parentes e amigos.

III

Ninguém me há de acreditar a história da quarta mulher. Quer creiam, quer não, ela aí vai com pouca arte, a ver se a sua mesma **desnudez** a faz menos incrível.

Fui um dia de agosto a **Porto Brandão**, onde estava a banhos um meu amigo. Numa **quinta** para lá da encosta houve uma reunião de famílias de Lisboa, à qual fui convidado. O meu amigo apresentou-me a um ca-

---

Energúmena: fora de si.

Podia (...) romanas: parecia ser tão virgem quanto as vestais romanas — virgens que tinham funções religiosas na antiga Roma. Isto é, parecia ao narrador que o capitão nunca tinha usado sua espada.

* O narrador compara Catarina à espada do irmão e comenta, maliciosamente, que ela, sim, não podia ser chamada de virgem.

** Ao ouvir esse comentário, a mulher alegou ser alguém de costumes inocentes, mas de forma tão colérica que desmentiam a inocência que ela dizia ter.

Benfica: bairro de Lisboa.

Maganão: brincalhão.

Voltaires do Chiado que *fazem espírito*: que fazem críticas de forma sutil. O narrador cita o filósofo francês Voltaire (1694-1778) porque ele tinha essa característica. Chiado é o nome de um bairro de Lisboa.

Desnudez: simplicidade, objetividade.

Porto Brandão: pequena cidade à beira do rio Tejo, perto de Lisboa.

Quinta: casa de campo.

valheiro, que me tomou o braço e me apresentou a algumas senhoras, todas **galantes**, **palreiras** e doutoras em **Paulo de Kock**.

Pedi miúdos esclarecimentos acerca de todas, e particularmente da mais bonita e modesta. O cavalheiro de todas disse mal, mal, porém, que eu **indultei** cordialmente, defeitos que são enfeites, vícios que **alindam** as formosas e **denigrem** as feias. O crime de todas era a **casquilhice**, que o leitor pode, se quiser, traduzir para *coquetterie*. Amavam toda a gente, segundo o informador. Fiquei satisfeito, cuidando que o amarem elas toda a gente era boa probabilidade para eu ser amado. Eu não queria mais nada.

Languiram em doce ternura meus olhos, fitos na mais amável das quatro. Algumas vezes nossas vistas se encontraram, e disseram profundos mistérios da alma. Fugi outras vezes da sala e fui a uma varanda, donde se ouvia o bramido do oceano, casar as melodias do meu amor com as dissonâncias **formidolosas** do **estrugir** das ondas. A lua prateava-me a testa, em que o sangue, aquecido no coração, subia em arquejos daquela poesia, que não sai em rimas, e enlouquece, se a paixão a não desafoga em suspiros. Aquilo é que era!

Eu queria comunicar a exuberância da minha ventura, mas tive sempre para mim que a felicidade quer-se recatada para não suscitar invejas: é ela como a fina essência das flores destiladas, que perde o aroma, destapado o cristal que a encerra. Não contei nada ao meu amigo; simulei até desapego das mulheres mais belas do baile, e da preferida nem sequer falei.

Ao romper de alva, vi que um rancho de meninas descia ao jardim e colhia flores. A minha amada ficou à janela conversando com senhoras idosas. "Tragam-me a mim uma rosa de musgo", disse ela às amigas. E as amigas **volveram** sem a rosa. Desci ao jardim, colhi duas rosas **aljofradas** das lágrimas da aurora, pedi licença para lhas oferecer, e disse: "Não as enxuguei, para não privar as florinhas das carícias de um anjo".

Este meu dito foi celebrado em Porto Brandão.

Galantes: elegantes.

Palreiras: tagarelas.

Paulo de Kock (1794--1871): romancista francês cujos folhetins eram lidos em Portugal e no Brasil, embora muitos fossem tachados de imorais. Ao dizer que as senhoras gostavam desse escritor, o narrador faz insinuações sobre seus valores morais.

Indultei: perdoei.

Alindam: embelezam, enfeitam.

Denigrem: enfeiam ainda mais.

Casquilhice: excesso de requinte ao vestir, principalmente para chamar a atenção dos outros.

Coquetterie **(em francês):** cuidado exagerado com a aparência, com o objetivo de seduzir ou causar forte impressão.

Languiram: tornaram-se lânguidos, voluptuosos.

Formidolosas: pavorosas.

Estrugir: barulho intenso.

Volveram: voltaram.

Aljofradas: orvalhadas, úmidas.

Daqui **encetamos** um colóquio, em que o meu acanhamento foi digno de lástima. Perguntei-lhe abruptamente onde morava; e ela, com a mais casta naturalidade, respondeu-me:

— Moro na rua da Rosa das Partilhas, nº 101, segundo andar.

Naquele dia vim para Lisboa, visto que o meu amigo se retirava. Quinze dias seguidos fui à Rua da Rosa, e vi sempre fechadas as janelas do segundo andar.

Defronte morava uma **estanqueira**. **Afreguesei-me** para lhe captar a benevolência; e, ao décimo sexto dia, perguntei-lhe quem morava naquela casa.

— Ali mora um sujeito que é empregado no contrato do tabaco — disse ela.

— E tem família?

— Tem sim senhor. Vejo lá umas duas ou três meninas que me parecem irmãs dele, ou coisa parecida.

— Uma de olhos pretos e cabelos **cor de azeviche**, será irmã?

— A falar-lhe a verdade, senhor, a cor que ela tem nos olhos e no cabelo **não na sei**. Ali há uma bonitota, que é mais triste que as outras e está sempre a ler, aos dias santos. As outras têm assim um ar de doidas, que faz rir a gente. Namoram de lenço branco e à meia-noite estão à janela a papaguear para a rua, que é mesmo um escândalo. Que eu, a falar a verdade, meto-me cá com a minha vida e não quero saber quem é, nem o que faz, a vizinhança.

— Sabe dizer-me onde estão agora?

— Estão fora da terra; mas onde, não sei. Ontem andavam lá a lavar a casa; é que não tardam aí.

Nesse mesmo dia, à noite, encontrei no **Marrare das Sete Portas** o cavalheiro que me tinha apresentado à mulher querida, em Porto Brandão. Falamos muito da divertida noitada e nas mulheres que converteram em paraíso terreal a casinha campestre. Ébrio de amor, deixei-me ir ao sabor do coração indiscreto e falei na mulher, cuja imagem me não dera tréguas duma hora ao espírito cobiçoso dela. O sujeito destramente se in-

---

Encetamos: iniciamos.

Estanqueira: dona de uma pequena tabacaria.

Afreguesei-me: tornei-me freguês.

Cor de azeviche: cor negra.

Não na sei: construção tipicamente lusitana; equivale a: não a sei.

Marrare das Sete Portas: famoso café de Lisboa, muito frequentado pelos literatos.

sinuou na minha confiança e conseguiu que eu lhe dissesse a morada da dama a quem ele me apresentara.

Riu-se o indivíduo, e sofreou logo a expansão.

— De que ri Vossa Senhoria? — perguntei com desgosto.

Deteve-se o homem a cismar, e respondeu:

— Rio da pouca ou nenhuma **penetração** da mocidade. Não se recorda de eu lhe ter dito que aquelas senhoras amavam toda a gente?

— Recordo; mas... suponha Vossa Senhoria que eu quero ser amado como toda a gente!

— E se o senhor se apaixonar?

— Apaixonado estou eu.

— Pois pior. Suponha agora que aquela mulher o menospreza e **ridiculiza**!

— Suicido-me!

— Isso é asneira, Sr. Silvestre! Olhe que eu já amei Clotilde.

— Chama-se Clotilde?

— Chama. Que nome!, que poesia!, que lirismo!, não acha?

— Acho!... Clotilde! Há não sei quê das paixões **sanguentas** da Idade Média neste nome!... Clotilde! Que bem-fadado nome! Tem magia!... Clotilde!... Então o senhor amou-a?

— Amei.

— E depois?

— Apaixonei-me. Pedi-lhe o coração exclusivo, e ela disse-me que o exclusivo do coração só o daria com o exclusivo da mão. Entende o fraseado?

— Perfeitissimamente. Queria dizer que só amaria exclusivamente o marido.

— É isso mesmo. Eu era menor, e meu pai negava-me licença para casar. Clotilde era pobre, e eu, sem os benefícios de meu pai, era indigente: tão inútil homem era eu que fazia versos, e que versos, ó santo Deus!

— E ela ama poesia?

— Gostava das **décimas** e embirrava com as **odes**. Fiz-lhe muita décima: estão todas impressas no *Ramalhete*.

Penetração: perspicácia; boa capacidade de perceber as coisas.

Ridiculiza: ridiculariza.

Sanguentas (ü): sangrentas.

Décimas: poemas compostos de estrofes de dez versos.

Odes: poemas geralmente feitos para serem declamados ou cantados.

Vamos ao essencial. A paixão cegou-me. Clotilde, sabedora da **repugnância** de meu pai, parecia disposta a aproveitar o tempo com outro namoro. Suspeitei esta infernal resolução, e... **que passo eu dei**, Sr. Silvestre!... que passo!...

— Que passo deu o senhor?!

— Casei com ela!

— O quê?! — exclamei eu, varado de agulhas nos olhos e nos ouvidos.

— Casei com Clotilde.

— Pois Clotilde é casada?...

— Comigo; há cinco anos, quatro meses e nove dias!

Dito isto, o empregado público, depois duma gargalhada estridente, afetou a mais cômica das seriedades e continuou:

— O senhor não vá contar isto a ninguém, senão arrisca-se a **dar mote para uma farsa**, e lembre-se que o personagem mais ridículo dela será o Sr. Silvestre da Silva, com cuja **candura** eu simpatizo. Quer o senhor namorar uma das minhas cunhadas, se não está disposto a continuar o namoro com minha mulher? Olhe que ambas têm nomes inspiradores: uma é Berta, a outra é Laura. Escolha, que eu **coadjuvo-o**.

Creiam que estava **corrido**, e dei graças a Deus quando se aproximaram da nossa mesa três sujeitos conhecidos do empregado. Assim foi interrompida a conversação, em que a minha pobre vaidade estava sofrendo como em **potro de escárnio**. Ergui-me, despedi-me, apertei a mão ao marido de Clotilde, e fui rasgar as prosas e versos que escrevera numa brochura *ad hoc*, enfeixado tudo sob o seguinte título: *A Ti!*... E mais nada, a tal respeito[4].

---

[4] Aproveitei o **lanço** de verificar a lealdade desta passagem das memórias do meu amigo. Como em nota à margem estava o nome do marido **farsola**, solicitei relacionar-me com ele há quatro dias, e fácil foi isso. À terceira palestra que tivemos, com ar de intimidade, falei no sucesso passado catorze anos antes. O funcionário público recordou-me, e disse: "É verdade o que o seu amigo deixou escrito. Só lhe falhou escrever o que, felizmente, não soube, e é que minha mulher o amou..." Fiquei pasmado da ingenuidade e lembraram-me dois versos franceses de não sei quem:

Quand on l'ignore, ce n'est rien;

Quand on le sait, c'est peu de chose. (N. do A.)

Repugnância: oposição.

Que passo eu dei: que atitude tomei.

Dar mote para uma farsa: ser motivo de riso, de zombaria.

Candura: pureza.

Coadjuvo-o: ajudo-o.

Corrido: vexado, envergonhado.

Potro de escárnio: cavalo de madeira em que se torturavam os condenados.

Ad hoc (em latim): especialmente destinada a isso (no caso, destinada às prosas e aos versos dedicados a Clotilde).

Lanço: oportunidade.

Farsola: galhofeiro; metido a engraçadinho.

Quand on l'ignore, ce n'est rien; / quand on le sait, c'est peu de chose (em francês): quando se ignora, não é nada / quando se sabe, é pouca coisa.

IV

Ainda agora me não entendo bem, se penso na frieza do meu coração às ardentes **escaramuças** que a dona do hotel lhe fazia!

Era a Sra. D. Martinha uma viúva de trinta e cinco anos, pequena, **entroncada**; mas bem-feita e ágil. De seu tinha pouco cabelo; porém, com o abençoado capital que empregara em **marrafas** tecia um trançado tão abundante, principalmente ao domingo, que nunca a arte dos **Canovas** fez cabeça mais magnífica em adornos que a da Sra. D. Martinha.

Eu bem a vi desfazer-se em atenções comigo, dando-me o melhor quarto, a melhor manteiga, e o café, depois do jantar, fora do ajuste; mas os olhos do meu coração andavam desvairados em contemplações de mais poéticas provas de amor, e não podiam baixar ao devido apreço da boa manteiga e do café de Cabo Verde, como amorosos mimos e demonstração de ternura.

Aos domingos, a Sra. D. Martinha honrava os hóspedes ao jantar com a sua presença. Eram banquetes estes jantares, **obrigados a vinho de Setúbal**, presente semanal dum tio da senhora, sujeito de sessenta anos, que remoçava aos vinte, naqueles dias em que ele era certo à mesa.

A jovial dama erguia-se sempre escarlate até as orelhas e lançava-se a um sofá tão voluptuariamente alquebrada, que seria muito para amar-se, se a hipótese consentisse que ela tivesse dentro do seio tanto coração como vinho de Setúbal. Vi-a dançar a **jota** com requebros de escandecente **despejo**; não era menos **lúbrica** no **lundum** chorado; e, não sei se de experiência, se de instinto, saracoteava-se tão **peneirada** nas evoluções do fado, que eu estava pasmado do que via.

Convidava eu amigos a jantarem comigo aos domingos, prevenindo-os para gozarem as delícias gratuitas daquela dama, transfigurada em **bacante**, posto que as antigas bacantes não o eram sem a condição da

---

Escaramuças: provocações.

Entroncada: baixa e corpulenta.

Marrafas: espécie de presilhas com pressão que podem ser usadas para amarrar ou prender os cabelos.

Canovas: referência a Antonio Canova (1757--1822), famoso escultor italiano.

Obrigados a vinho de Setúbal: em que eram obrigatórios vinhos produzidos na cidade de Setúbal, famosos por sua excelente qualidade.

Jota: dança popular espanhola.

Despejo: desembaraço, descaramento, falta de pudor.

Lúbrica: sensual.

Lundum: o mesmo que lundu, dança de origem africana, de par solto, com requebros sensuais. Foi muito popular também no Brasil.

Peneirada: rebolante.

Bacante: a palavra deriva das sacerdotisas que participavam de festas e cultos em honra a Baco, deus grego do vinho e dos prazeres. As bacantes dançavam sensualmente, por isso essa palavra passou, com o tempo, a designar mulheres de costumes considerados imorais.

virgindade, e neste ponto, de modo algum quero ultrajá-la com a comparação. Os meus amigos, já **apodrentados de coração**, encaravam na desenvolta Martinha com olhos cobiçosos, e, a seu pesar, confessavam que o amado era eu, e unicamente eu. Maus conselheiros excitaram-me a **cismar** nos encantos, que eles viam, e — com **pejo** o digo — descobri que a mulher tinha reduzido a pântano uma parte do meu coração para **retouçar-se** nele.

Amei-a; e ela, sem lho eu dizer, conheceu-o logo. Expôs-me ardentemente as suas raivas e ciúmes, quando me via namorar as vizinhas; e confessou que tivera o satânico pensamento de envenenar Catarina, quando eu a amava, e era amado, tendo ela depositado no coração da desleal amiga o seu segredo.

Os dias corriam plácidos e felizes para nós, quando D. Martinha tomou uma criada, que era mulata.

Mas que anjo das **estuosas** zonas onde a pele está calcinada, como devem está-lo as fibras do coração! Que mulata!, que inferno de devorante **lascívia** ela tinha nos olhos! Que tentação, que doidice me tomou de assalto apenas a vi em roda do meu leito, fazendo a cama! O menor trejeito era uma provocação; o frêmito das saias era um choque da pilha galvânica! Ó minha virtude **pudibunda**! Estavas estragada por D. Martinha!

Amei a mulata, com todo o ardor do meu sangue e dos meus vinte anos! Pedi-lhe amor, como se pede a um **serafim,** destes serafins de neve e rosas, a quem a gente ajoelha e ora de longe, com medo de os desmanchar com o bafo. Quando a **exorava**, parece que os nervos me retorciam os músculos; e os músculos se contraíam em espasmos de **luciferina** delícia! Lembra-me que me ajoelhei a seus pés um dia, beijando-lhe as mãos, que perfumavam o aroma de cebola do refogado*. Melhor me lembra ainda que me ergui de seus pés vitorioso, e feliz como nunca um réu perdoado se ergueu dos pés de rainha do Congo!

Perguntai às aves do céu, e às **alimárias** dos **pedregais** africanos, como se amam!

Apodrentados de coração: podres de coração, isto é, moralmente corruptos.

Cismar: imaginar, pensar.

Pejo: vergonha.

Retouçar-se: brincar.

Estuosas: ardentes, quentes.

Lascívia: sensualidade.

Pudibunda: recatada.

Serafim: anjo.

Exorava: implorava.

Luciferina: diabólica.

* Observe o humor dessa passagem. O clima de ardente paixão é quebrado por essa referência ao cheiro de cebola que havia nas mãos da mulata.

Alimárias: animais.

Pedregais: lugar onde há muitas pedras.

O meu amor tinha da ave a meiguice e do tigre a insaciável **sofreguidão**.

A mulata sabia que eu tinha amado a ama e era ainda perseguido por ela. Disse-lhe eu que a tolerava por compaixão do seu aferrado afeto. Riu-se a mulata e disse: "Uma vez hei de mostrar-lhe a Sra. D. Martinha no momento em que ela for mais digna da sua compaixão."

Ainda lhes não tinha dito que a filha do Brasil era extremamente engraçada, esperta e maliciosa. Aquelas poucas palavras bastam a defini-la.

Chegou o dia em que ela me havia de mostrar D. Martinha no momento em que mais digna fosse da minha compaixão.

Desceu a mulata do terceiro ao segundo andar e disse-me: "Siga-me pé ante pé". Segui-a, e entrei numa alcova, que tinha portas cortinadas para uma saleta. A condutora afastou um todo-nada da cortina e mandou-me espreitar através da vidraça.

Vi D. Martinha **despeitorada** e reclinada sobre a **otomana**. Com os joelhos no estrado estava ele a calçar-lhe as meias nas pernas abandonadas aos seus carinhos. Ele, depois, estendeu-lhe os braços seio acima, cingiu-a pelo pescoço e apoiou a face na porção mais flácida do peito. Ele, depois... "Ele, quem?", pergunta quem isto ler.

Era o tio, que dava o vinho de Setúbal aos domingos. Quando saí do observatório, inclinei o ouvido à mulata, que me dizia:

— É, ou não é, mais digna da sua compaixão do que nunca foi?

— E de nojo! — acrescentei.

Dois dias depois, tive de retirar-me da hospedaria, em razão de ter dito à Sra. D. Martinha que ela não valia as garrafas de Setúbal que lhe dava o incestuoso sexagenário.

A mulata... (agora me lembro que se chamava Tupinoyoyo — que nome tão amável*!) ficou de me ir visitar

Sofreguidão: voracidade, avidez.

Despeitorada: com o peito descoberto ou muito decotado.

Otomana: sofá largo e sem encosto.

* O nome ridículo e o comentário acentuam o tom satírico da narrativa.

todos os domingos; mas ao terceiro, depois da promessa, contou-me um aguadeiro que um ricaço, vindo do Brasil, se apaixonara por ela e a levara consigo para o **Minho**.

Não mentiu o galego. Três anos depois a vi eu na segunda ordem do Teatro de S. João do Porto, vestida ricamente, ao lado duma grande cabeça, que estava cotada na praça do Porto em dois milhões*.

Viu-me, fitou-me; não sei se corou; o pudor naquela ordem de peles não sei a cor que toma**. Para ouvir a opinião pública, perguntei a diferentes elegantes quem fosse a mulata, e todos, **à uma**, me responderam que era filha dum titular brasileiro e que fora educada em Londres.

Não desmenti a opinião pública. Seria uma ingratidão à mulher que me ergueu dos seus pés, quando eu lhe pedia o seu amor com lágrimas. Se eu fosse opulento como o homem vindo do Brasil, talvez que ao lado dela, no camarote de S. João, estivesse eu, e não ele.

Falta-me falar da sétima mulher.

V

Eu tinha um amigo que se **namorara** duma modista francesa e me pedia que fosse intérprete do seu coração, na língua de Vítor Hugo. Não me pareceu custoso fingir a língua de **Victor Hugo**, sendo a semelhança julga-da pela modista. Parece-me que Victor Hugo não entenderia as minhas cartas escritas no seu idioma; quero, porém, acreditar que a francesa não acharia mais poesia nem mais correção **raciniana** no poeta das *Orientais*.

As minhas cartas pertenciam ao sistema que os mestres em **epistolografia** amorosa determinaram para as modistas. Era o sistema da precipitação dos **sucessos** e da catástrofe. À oitava carta, convencionou-se o encontro do meu amigo com a francesa numa quinta em **Carnide**, indo ela acompanhada de uma sua amiga na carruagem, que devia esperá-las à porta oriental do Passeio Público.

Minho: região do norte de Portugal.

* Ao dar a "cotação" do amante da mulata, o narrador acentua o jogo de interesses que há por trás das relações amorosas.

** Mais um comentário sarcástico do narrador: por causa da cor, não consegue perceber se a mulata ficou vermelha de rubor, de vergonha ou se nem se abalou.

À uma: de forma unânime.

Namorara: enamorara, apaixonara.

Victor Hugo (1802-1885): famoso escritor francês.

Raciniana: alusão a Jean Racine (1639-1699), poeta francês de estilo clássico.

Orientais: título de um dos livros de poesia de Victor Hugo.

Epistolografia: arte de escrever cartas.

Sucessos: acontecimentos.

Carnide: certa área de Lisboa.

— Como há de ser isto?! — disse eu ao meu amigo. — Como te hás de tu entender com ela?

Cibrão ficou um pouco **enleado** e respondeu:

— É verdade!... como hei de eu entendê-la!... Há quinze dias que comprei um dicionário português-francês e uma guia de conversação; mas pouco ou nada sei...

— Como há de ser isto? Eu acho ridícula a tua posição se, às primeiras palavras da francesa, tens de lhe dizer, numa língua que ela não entende, que não **percebes** a língua que ela te fala. Vocês afinal acabam por se rirem francamente um do outro, e com o ridículo matam o amor.

— Vais tu comigo? — acudiu Cibrão, de golpe.

— Vou; mas, ainda assim, o que faço é aumentar com a minha ida os personagens da farsa. Como queres tu que a francesa me faça a língua do seu coração, se eu suponho que a sua vontade é dizer-te coisas que envergonham dois amantes na presença de terceira pessoa? E calculas tu quanto seria cômico estar eu entre ti e ela compondo para francês e traduzindo para português a linguagem intraduzível dos suspiros? Afinal rir-nos-íamos todos três. A minha opinião é que não vás. Inventa um pretexto, que dê em resultado uma outra entrevista, em que se dispense um longo prefácio de palestra e em que o silêncio seja necessário como recato e cautela. Não vás a **sítios** em que a natureza campestre te obrigue a discorrer acerca de flores e delícias das **tardes estivas**. Procura um encontro nas trevas, de modo que a tua inteligência de línguas fique também em trevas, dando-lhe tu em compensação as mais significativas provas de tua sensibilidade, **sem alardo** de espírito. Às frases responde suspirando. O *je vous aime* virá sempre a propósito. Aprende a conjugar bem o verbo *aimer*.

— Esse já eu sei.
— Já? *Eu amo*?
— *J'aime*.
— *Eu amarei*.

Enleado: confuso, embaraçado.

Percebes: entendes.

Sítios: lugares.

Tardes estivas: tardes de verão.

Sem alardo: sem manifestação.

Je vous aime (em francês): **eu te amo.**

Je t'aimerai (...) éternellement (em francês): eu te amarei eternamente.	
Murtas: tipo de planta ornamental.	
Sege: tipo de carruagem de duas rodas.	
Buliçosa graça: agitação graciosa.	
Sem biocos de cerimônia: muito à vontade.	
* O comentário sarcástico deixa claro que se tratavam de prostitutas. Observe que o Silvestre maduro fala do Silvestre jovem como se fossem duas pessoas diferentes.	
Osculando-a: beijando-a.	
Doces repelões: suaves empurrões.	
** Alusão irônica a uma história mitológica que conta o rapto de uma princesa chamada Europa pelo deus Júpiter, que assumiu a forma de um boi para enganá-la.	
Endeixas: composições líricas.	
Mélica: melodiosa.	
Leda: outra alusão irônica à mitologia; Leda era uma rainha que foi seduzida pelo deus Zeus transformado em cisne. Todas essas referências mitológicas reforçam o tom de sátira aos clichês da literatura romântica.	
Tarlatanas: tecidos finos e engomados.	

— J'aimerai.

— Bem. **Je t'aimerai pour la vie, pour toujours, éternellement**. Entendes?

— Perfeitamente.

— O mais que pudesses dizer seria um pleonasmo. Cifra-te nisto. Adão amou Eva, sabendo dizer muito menos, se me não engana o juízo que eu formo da organização das línguas. Os irracionais também se amam sem diálogo, se não devemos chamar diálogo ao gorjeio dos passarinhos e aos bramidos da leoa sedenta de amor, quando o querido lhe ruge da vizinha selva. Imitemos os bichos para sermos naturais alguma vez.

— Mas afinal — interrompeu Cibrão — que dizes tu? Aconselhas-me que não vá a Carnide?

— Parecia-me imprudente...

— A boa hora me vens pregar prudências! Hei de ir, e tu vais comigo. Prometo dispensar os teus conhecimentos para me fazer entender. Conjugarei o verbo desde o tempo presente do modo indicativo até ao imperativo. Eu darei o braço à francesa e tu ficarás com a outra. A quinta está ajardinada com sombrias grutas de **murtas**; nestas grutas mora o amor; o amor nos ensinará a falar.

— Sendo assim... vamos.

E fomos.

A **sege** das meninas chegou pouco depois da nossa. Saltaram com **buliçosa graça**; e, **sem biocos de cerimônia** ou pudor (pudor!... é o que faltava*!), nos tomaram os braços.

— *Je vous aime* —, disse Cibrão à risonha criatura, **osculando-a** na base do nariz. — *Je vous aimerai éternellement* —, prosseguiu ele, levando-a consigo a **doces repelões**, com a impetuosa ternura que eu imagino em Júpiter, feito boi, para arrebatar a Europa**.

E eu, para também me parecer com Júpiter, fiquei dizendo suavíssimas **endeixas** em prosa **mélica**, como aquele famoso cisne as cantava a **Leda**.

O meu amigo, com a sua flexível haste de **tarlatanas** e grinaldas artificiais no chapéu, desapareceu nos

caramanchéis das murtas, onde o amor os esperava para lhes ensinar a **vernácula linguagem**.

A francesa, que me escutava as maravilhas amorosas em **vasconço**, era uma esbelta moça que devia ter sido muito festejada no seu Paris, antes dos trinta anos, e viera naturalmente **reflorir** a estranhos climas, em país de tolos, como este nosso, tolos esquisitos que, até no amor, adoram o **galicismo**, ainda mesmo que, na boa linguagem francesa, ele já tenha caído em desuso por antiquado e de mau quilate. *Mademoiselle* Florence Carlin era termo **obsoleto** lá na sua terra. Cá entre nós, andava **encarecida** nas palestras dos **peraltas** e **requestada** com finezas pelos mais gentis moços da *roda* (como quem diz *enjeitados* da fortuna), e com promessa de **grosso cabedal** por alguns velhos ricos, velhos digo ao dizer do vulgo, que em Lisboa só se sabe que Fulano ou Sicrano era velho, quando morre, se a lista da mortalidade nos diz em que cemitério foi enterrado e os anos que tinha. Em Lisboa não há velho nenhum vivo. É frequente ouvir a gente esta pergunta feita a um moço de cinquenta anos: "Esteve em Sintra?" "Oh!", responde, **anediando a estriga do bigode** encapada em lúcido verniz, "estive em Sintra, minha senhora." "Estava muita gente no jantar da prima viscondessa?" "Sim, minha querida senhora marquesa; damas eram trinta; rapazes *éramos* vinte e sete*."

Tornando à francesa, coisa a que não pode chamar-se *vaca-fria*:

Dei-lhe uma ideia da *minha alma*. Contei-lhe os meus sofrimentos em demanda da mulher, que a fantasia em sonhos me vestia com as roupas cândidas do anjo. Disse-lhe mais que a sua imagem como resplendor de lua instantâneo, na horrível cerração de noite **borrascosa**, *dans l'affreuse obscurité d'orageuse nuit*, me tinha **transluzido** nas trevas do meu viver.

A francesa ouviu-me pasmada, e assim a modo de medrosa, como pomba, que se teme da **garrulice** dum papagaio. A cada movimento melodramático de mi-

---

Caramanchéis: construções simples, ornamentadas de vegetação.

Vernácula linguagem: linguagem própria do amor.

Vasconço: linguagem incompreensível.

Reflorir: no sentido de voltar à juventude.

Galicismo: que se refere à França. Aqui o narrador ironiza o gosto dos portugueses por tudo que vem da França, até mesmo as prostitutas.

Obsoleto: ultrapassado. Maneira sarcástica de dizer que ela já não atraía ninguém.

Encarecida: prestigiada.

Peraltas: rapazes que frequentam a vida social.

Requestada: assediada.

Grosso cabedal: muito dinheiro.

Anediando a estriga do bigode: alisando os fios brancos do bigode.

* Outro comentário de crítica social — ninguém quer se passar por velho, todos se acham "rapazes".

Vaca-fria: voltar à vaca-fria significa "retomar o assunto que foi interrompido".

Borrascosa: tempestuosa.

Dans (...) nuit (em francês): "na horrível cerração de noite borrascosa".

Transluzido: brilhado.

Garrulice: tagarelice.

Lúbricos: sensuais.

* Alusão a uma história da antiga Roma. Appius Claudius era um decênviro, isto é, um magistrado, que, aproveitando-se de seu cargo, assediou sexualmente uma bela jovem do povo chamada Virgínia.

Consorte: esposa.

Fementido: enganador.

Escriturar: contratar.

Oficiais: funcionárias.

Expiar: reparar, redimir-se.

Baixou a prosa vil: a linguagem deixou de ser poética.

À ara negra do holocausto: ao altar negro do sacrifício.

Maciços de arbustos: maneira jocosa de dizer que o amigo e a francesa tiveram um encontro atrás dos arbustos.

O amor estava nas murtas: isto é, o amor estava nos encontros escondidos nos jardins e não nos sonhos românticos.

Quantum satis (em latim): e quanto baste.

Pungimentos de ânimo: aflições da alma.

Sorte infausta: destino infeliz.

Araras: mentiras.

** O romantismo exagerado faz do personagem um homem que acredita ingenuamente nas palavras das mulheres.

nhas mãos davam-lhe rebate os nervos, com menos alvoroço de pudor que o de Virgínia nos assaltos **lúbricos** do decênviro Appius Claudius, de desonesta memória*.

Convencida da inocência da minha mímica, cobrou ânimo a dama e contou-me que era menina de boa família de Paris, e como tal se julgara digna **consorte** de um duque **fementido**, que a raptara e abandonara. À terceira tentativa inútil contra sua vida, resolveu a vítima do duque fugir de Paris para que a sua sociedade a não visse na perdição. Acaso soubera ela que uma notável modista francesa, estabelecida em Lisboa, mandara **escriturar** em Paris algumas **oficiais**. Mademoiselle Elise de la Sallete mudou o nome, escriturou-se, e veio **expiar** a sua culpa na honra do trabalho. Eis aqui a história, que eu ouvi com os olhos marejados de lágrimas.

Depois desta revelação, a minha linguagem **baixou a prosa vil**; mas o sentir da alma era mais íntimo e nobre. Tratei-a com o respeito que impõe a desgraça, mormente se a vítima caiu do altar das adorações **à ara negra do holocausto** de sua santa e virginal confiança. Ao entardecer, quando Cibrão voltava dos **maciços de arbustos**, pedi licença à nobre infeliz para lhe apertar a mão e dar-lhe o nome venerável e venerador de amigo.

Despedimo-nos.

Cibrão convenceu-me de que **o amor estava nas murtas** e saíra, ao vê-los, segregando a cada um a linguagem com que cabalmente, e **quantum satis**, se perceberam. Eu vinha pasmado do que ele me contou; e, se o não transmito, é que não quero ter os leitores em pasmo. Ora ele também vinha pasmado de mim. Eu a dizer-lhe, em **pungimentos de ânimo**, a **sorte infausta** de *Mademoiselle* Elise de la Sallete, e ele a rir, e clamar: "Que **araras** tu engoles! Leve o diabo a poesia, que faz um homem tolo!".

Entendi que o meu amigo era um estúpido feliz, e calei-me**.

Escrevi muito nessa noite. Ainda tenho os dois primeiros capítulos dum romance, então começado, com o título: *Abismos do Amor*. No primeiro descrevo Elisa **ab ovo**, quero dizer, na incubação dos anjos, que a tinham gerado. Isto **orçava por parvoíce**; mas era original — merecimento raro nas parvoíces que por aí se escrevem e dizem. No segundo capítulo, deito-a em berço de ouro, rodeio-a de boas e más fadas, de anjos fiéis ao Senhor e de anjos **despenhados** no Inferno. Tencionava, no terceiro, dar o horóscopo da **malfadada**, em resultado da vitória alcançada por Lúcifer sobre o **anjo custódio**. Era uma coisa de muito trabalho e engenho.

Fora meu intento publicar o romance por assinaturas, em cadernetas de 15 réis, e dedicá-lo deste feitio:

AO ANJO
que conserva sua pureza na desgraça
e que, antes de ser martir,
se chamou
***MADEMOISELLE* ELISE DE LA SALLETE,**
e hoje
se chama apenas
A SANTA,
consagra o autor
esta urna de suas lágrimas

Naqueles primeiros dias vi de relance a mártir*, à hora da tarde em que despregava da costura.

Concentrava-me e dizia-lhe no verbo dum suspiro: "Ó santa do amor!, mal dirão as mulheres que hoje **pompeiam** nos salões com os vestidos que lhes fizeste quantas lágrimas verteste no **estofo**, que te estava insultando e **escarnecendo** no infortúnio!".

Uma tarde de julho, estava eu no Passeio Público, quando as duas francesas entraram. De longe e **reverenciosamente** as **cortejei**. Elisa respondeu-me com um gesto de imensa melancolia, como quem diz: "Oh!, não reveles a esses homens de pedra a desgraçada que aqui vai!".

Atrás de mim estava um grupo de homens, que falaram e riram, quando as modistas passaram. Apurei o

---

Ab ovo: desde o início de sua história.

Orçava por parvoíce: tinha jeito de tolice.

Despenhados: arremessados.

Malfadada: infeliz.

Anjo custódio: anjo da guarda.

* A ingenuidade do personagem vai ficando cada vez mais ridícula, a ponto de considerar a francesa uma "mártir" do destino.

Pompeiam: se exibem com grande luxo.

Estofo: tecido.

Escarnecendo: zombando.

Reverenciosamente: educadamente, com muita cerimônia.

Cortejei: aqui significa "cumprimentei".

Guinguettes: cabarés.

Cancã: dança com movimentos eróticos, de origem francesa.

Endossou-a: passou-a, como se fosse um objeto.

Corifeu: chefe.

*** para dar a impressão de que se tratava de um episódio da vida real (e não de ficção), alguns autores do Romantismo usavam asteriscos para ocultar uma informação, como se quisessem manter um mistério sobre isso ou preservar a identidade de alguém.

Pudica: que revela pudor, sentimento de timidez ou vergonha, produzido por algo que possa ferir os padrões morais.

Mesurada: polida, educada.

Caterva: bando, corja.

Magna: grande, numerosa.

Encampado: ligado.

A título de: passando-se por.

* As palavras do amigo fazem o personagem cair na realidade, expressando uma visão sarcástica do amor romântico, cujas heroínas só existem na imaginação dos escritores.

Azado: próprio para isso.

---

ouvido e escutei, com preferência, a voz dum sujeito, entre os dizeres zombeteiros dos outros. Dizia assim:

"[...] Parece incrível! Quando eu a conheci, há quatro anos, estava ela com um estudante brasileiro, que estudava o curso superior de Letras. Encontrei-a nas **guinguettes**, a dançar o **cancã** com admirável mestria. De-pois, o brasileiro **endossou-a** a um italiano; o italiano deu-a de mão beijada a um tenor; o tenor passou-a ao **corifeu** dos coristas; e daí começou a descer, e perdi-a de vista. Eis senão quando, dou com ela no armazém da ******* com a mais **pudica** das caras e a mais **mesurada** das linguagens. Recordei-lhe em termos hábeis o passado, as *guinguettes*, o cancã, o brasileiro e a **caterva magna** das dinastias que lhe avassalaram o coração; e ela, com a mais marmórea das caras, disse-me que eu, se não estava enganado, era um infame. Mas o melhor de tudo é ela ter-se **encampado** a um provinciano, que por aí anda, conhecido do Cibrão Taveira, **a título de** menina seduzida por um duque, e diz chamar-se, em Paris, *Elise de la Sallete*!"

Riram todos, e eu pus a mão no lado esquerdo, a rebater o coração que partia as costelas e rasgava as membranas. Fitei o homem, que falava ainda, e disse mentalmente: "Se mentes, pagarás a infâmia com a vida!".

Procurei o meu amigo Cibrão Taveira e contei-lhe o que ouvira. Cibrão, sem escarnecer a minha dor, respondeu com ar sisudo:

— É verdade o que esse homem disse. Não quis desmentir as tuas presunções, porque sabia que te fazia mal. Eu sei-o da outra, que ela tem na conta de amiga íntima. Ambas são da mesma farinha. Nenhuma delas serve para poetas, que andam no encalço dos anjos. Se te serve assim, dá louvores ao Céu por ela ser quem é. Se queres mulheres para romances e prosas, pede-as à tua imaginação e deixa o mundo real como ele está, que não pode ser melhor*****.

Nesse mesmo dia fui para Mafra com tenção de morrer de tédio: o sítio era **azado**; mas a minha robusta organização resistiu.

Quando voltei a Lisboa, em começo de setembro, tinha chegado a companhia lírica. Um dos figurantes escriturados era o tenor que em Paris sucedera ao pintor seu patrício. A francesa viu-o, reconheceram-se, amaram-se outra vez, e **estavam de casa e pucarinho** numa sobreloja na Rua do Outeiro.

Encontrei-me uma vez com eles em casa do Mata, no **Cais do Sodré**. Aproximei-me dela, que comia um pastel de camarões, e disse-lhe:

— Posso ter a honra de ser apresentado ao Sr. Duque?

Fitaram-me ambos, e a francesa parecia corrida.

Acrescentei:

— Vejo que o sedutor por fim cumpriu os deveres de cavalheiro, Sra. Duquesa! Bem sabe quanto me deve ser grata a sua ventura. Agora, em paga do que as suas desgraças me penalizaram, queira a Sra. Duquesa dar-me o prazer de a ver dançar o cancã.

O italiano ergueu-se de salto e arremesso; eu saí da sala devagarinho; e ele, enquanto a mim, tornou a sentar-se. Fez bem, que eu não era para graças.

Acabou assim a história das sete mulheres, número **cabalístico**, de cuja misteriosa influência me ficou a alma um pouco **derrancada**.

A MULHER QUE O MUNDO RESPEITA

I

A minha alma olhou para o que foi e viu que os sete amores que a tinham derrancado passageiramente eram ridículos e indignos de serem dados como explicação de um cinismo sobremaneira satânico em que eu me andava ensaiando.

Antes, porém, que eu tornasse em mim, estive seis meses a dizer ao mundo, em prosas chamadas *Medita-*

Estavam de casa e pucarinho: expressão que significa "estavam vivendo juntos".

Cais do Sodré: local em Lisboa, às margens do rio Tejo, que é hoje um movimentado ponto de lazer, com muitos restaurantes e lojas.

Cabalístico: que tem caráter místico, misterioso.

Derrancada: corrompida, estragada.

ções e em versos denominados *gritos de alma*, que estava **cético**, e cínico, e que havia de engolfar no lodo em que me **atascaram** o coração as virgens louras com o seu amor ingênuo, e quantas virgens de diversas cores a minha libertinagem atraísse às aras de sedenta vingança. Aqui vão as cópias dos principais poemas que então fiz...

Nota

Defendo a paciência do leitor dos duros **golpes que lhe estão iminentes**. Ainda assim, há de levar-me a bem que eu lhe dê, à prova, uns **relanços** das poesias céticas do meu amigo Silvestre. Entro pela mais filosófica:

Ontem me riu o céu; milhões de estrelas
Me falaram d'amor.
Ontem flores a mil, e todas elas
Me davam, dos seus dons, das urnas belas,
Aroma à alma em flor!

Hoje, aí!, hoje um céu de negro, e a terra
*De **crepe** funeral!*
*Hoje um peito que em si **peçonha** encerra;*
*E a alma em fogo, que **precita erra***
*Num **regiro** infernal.*

As seguintes coisas são menos inocentes:

*Mulher!, em ânsias me **estorço**,*
***Punge-me** dentro o remorso*
De te não calcar aos pés!
Tinha uma crença... mataste-a!
Tinha uma luz... apagaste-a!...
Mulher!, que monstro tu és!

Esta quadra da poesia LXIX é mais raivosa:
*Hei de essa alma perversa **estrinçar-te**!*

Cético: pessimista.

Atascaram: enlamearam.

Golpes que lhe estão iminentes: golpes que estão prestes a receber. A nota, com sarcasmo, já antecipa o teor ultrarromântico e ridículo dos versos que serão citados.

Relanços: aqui tem o sentido de exemplos.

Crepe: tecido negro, bordado em ouro e prata, que se coloca sobre carro ou câmara mortuária.

Peçonha: veneno.

Precita: condenada.

Erra: vaga.

Regiro: giro.

Estorço: contorço.

Punge-me: magoa-me, aflige-me.

Estrinçar-te: despedaçar-te.

Hei de à fronte cuspir-te a peçonha
*Que verteste em meu peito, e **ferrete***
Hei de pôr-to de eterna vergonha!

Basta isto para terror das almas e amostra da poesia contemporânea de Silvestre.

Nestas minhas confissões hei de ser modesto, e verdadeiro, como **Santo Agostinho e J. J. Rousseau**; mas, ainda assim mais honesto que o santo e que o filósofo*. O pejo e a natural vaidade querem pôr-me mordaça; mas eu hei de expiar as minhas **parvoíces**, confessando-as. Se, por miséria minha, me baralhei e confundi com tantos e tão graúdos tolos, farei agora minha distinção pondo, em letra redonda, que o era. Não me consta que algum dos meus amigos fizesse outro tanto.

Na minha qualidade de cético, entendi que a desordem dos cabelos devia ser a imagem da minha alma. Comecei, pois, por dar à cabeça um ar fatal, que chamasse a atenção e aguçasse a curiosidade dum mundo já gasto em admirar cabeças não vulgares. A anarquia dos meus cabelos custava-me dinheiro e muito trabalho**. Ia, todos os dias, ao cabeleireiro **calamistrar** os longos anéis que me ondeavam nas **espáduas**; depois desfazia as espirais, **riçava-as** em caprichosas ondulações, dava à fronte o máximo espaço e sacudia a cabeça para desmanchar as torcidas deletriadas da **madeixa**. Como quer, porém, que a testa fosse menos **escampada** que o preciso para significar "desordem e gênio", comecei a barbear a testa, fazendo recuar o domínio do cabelo, a pouco e pouco, até que me criei uma fronte dilatada, e umas **bossas** frontais, como a natureza as não dera a **Shakespeare** nem a Goethe.

A minha cara ajeitava-se pouco à expressão dum vivo tormento de alma, em virtude de ser uma cara sadia, avermelhada e bem fornida de fibra musculosa. Era-me necessário remediar o

---

Ferrete: marca feita com ferro e fogo.

Santo Agostinho (354-430) e Jean-Jacques Rousseau (1712-1778): célebres filósofos, de vasta obra, que também escreveram livros em que fazem "confissões", isto é, em que narram episódios de sua vida pessoal.

* A comparação com os filósofos acentua o ridículo do personagem e o tom sarcástico da obra.

Parvoíces: tolices, idiotices.

** Observe a sátira contundente ao romantismo da época: para que a aparência correspondesse à anarquia dos seus sentimentos, o personagem resolve fazer um penteado também anárquico, caótico.

Calamistrar: encrespar o cabelo com calamistro, um tipo de ferro próprio para isso usado por cabeleireiros.

Espáduas: costas.

Riçava-as: encaracolava-as.

Madeixa: mecha de cabelos.

Escampada: vasta.

Bossas: protuberâncias.

Shakespeare (1564-1616): célebre escritor inglês.

infortúnio de ter saúde, sem atacar os órgãos essenciais da vida, mediante o uso de beberagens. Aconselharam-me os charutos do contrato; fumei alguns dias, sem mais resultado que uma ameaça de tubérculos, uma formal estupidez de espírito e não sei que profundo dissabor até da farsa em que eu a mim próprio me estava dando em espetáculo. A cara mantinha-se **na prosa ignóbil** do escarlate, mais incendiada ainda pelos acessos de tosse, provocados pelo fumo. Um médico da minha íntima amizade receitou-me uma essência roxa com a qual eu devia pintar o que vulgarmente se diz "olheiras". Ao deitar-me, corria levemente algumas pinceladas sobre a cútis, que desce da pálpebra inferior até as **proeminências malares**; ao erguer-me, tinha todo o cuidado em não lavar a porção arroxada pela tinta, e com uma **maçaneta** de algodão em rama desbastava a pintura nos pontos em que ela estivesse demasiadamente carregada. O artístico amor com que eu fazia isto deu em resultado uma tal perfeição no colorido que até o próprio médico chegou a persuadir-se, de longe, que o pisado dos meus olhos era natural, e eu mesmo também me parece que cheguei à persuasão do médico.

Fiz, pois, de mim uma cara entre o sentimental de **Antony** e o trágico de **Fausto**. Seria, no entanto, mais completa a minha satisfação se à raiz do cabelo, no ponto em que eu barbeava a cabeça para aumentar a testa, me não aparecesse um diadema azulado. Era a natureza a vingar-se. Cada vez que me eu via com aquele disco na testa, experimentava a dor **do poeta de *Dom João*** contemplando o seu pé coxo, por causa do qual, e com o qual, tanto pontapé deu o raivoso lorde no gênero humano*.

Assim **amanhado** de aspecto, saía de casa, à hora em que o sol **dardejava a prumo**, ou quando as nuvens se rompiam em torrentes. O meu cavalo era negro, negro o meu trajar, tudo em mim e de mim refletia a negridão da alma. Cheguei a enganar-me comigo mesmo, e a remirar-me a mim próprio, com certo compadecimento e

---

Infortúnio de ter saúde: a desgraça de ter saúde. O esforço do personagem em querer ter uma aparência doentia vai ficando cada vez mais absurdo e engraçado, acentuando a sátira aos escritores ultrarromânticos da época.

Na prosa ignóbil: no jeito vulgar. Isto é, por mais esforços que fizesse para aparentar um ar doentio, seu rosto continuava corado, com aparência saudável.

Proeminências malares: ossos salientes da face.

Maçaneta: bolota.

Antony: personagem que dá nome a uma peça dramática romântica do escritor francês Alexandre Dumas (1802-1870).

Fausto: personagem que dá nome a uma peça dramática romântica do escritor alemão Goethe.

Do poeta de *Dom João*: alusão ao poeta inglês Lord Byron (1788-1824), autor de um poema satírico chamado *Don Juan*, entre outros.

* Byron era coxo e causou polêmica por seus versos ousados e por seu comportamento social considerado escandaloso.

Amanhado: arrumado.

Dardejava a prumo: lançava seus raios perpendicularmente, isto é, por volta do meio-dia.

simpatia! Os grupos dos meus conhecidos viam-me passar **abstraído** e diziam: "Foi uma mulher que o reduziu àquilo!". Eu sabia que era corrente nos círculos da juventude a seguinte história a meu respeito: "Que eu tinha amado uma neta de reis, filha dum titular, cujos avós já tinham os retratos de vinte gerações, antes de se inventar a pintura. Que, **dementado** pelo coração, ousara escrever à nobilíssima herdeira, pedindo-lhe um suspiro em troca da vida. Que a menina, fascinada pela minha mesma temeridade, descera, na hora da sesta, ao jardim, e me lançara uma flor, chamada *ai!*, na copa do chapéu. Que o jardineiro observava o ato e o delatara ao fidalgo. Que o fidalgo chamara a filha, e, ouvida a resposta balbuciante dela, a fizera entrar no Mosteiro das Comendadeiras da Encarnação, onde **se finava** lentamente, e eu cá de fora lhe andava, a horas mortas, falando, mediante as estrelas do céu e os murmúrios misteriosos da noite, resolvido a morrer, logo que o anjo batesse as suas asas imortais no caminho da glória eterna. Amém*".

Era isto o que se dizia; mas a verdade é outra.

II

É certo que eu, num dos meus passeios **desabridos**, quando o céu **afuzilava** relâmpagos, fui a caminho de Sintra, e vi na balaustrada de uma varanda, com os olhos postos no Ocidente tempestuoso, uma mulher, que se me afigurou a pomba da boa-nova ao quadragésimo dia do dilúvio**. Retive as rédeas do cavalo, **sofreei** a respiração, contemplei-a com petulante ternura, e ela foi-se embora.

Tornei no dia seguinte a Benfica, e vi a menina sentada na varanda a ler, com um papagaio pousado na espádua esquerda.

O papagaio tomou medo aos **galões** do meu cavalo, saltou-lhe do ombro para o regaço, sacudindo-lhe da mão o livro, o qual caiu à estrada por entre os balaústres. Descavalguei dum salto, apanhei o livro e esperei

Abstraído: absorto, completamente mergulhado nos pensamentos, indiferente a tudo.

Dementado: enlouquecido.

Se finava: morria.

* Ironicamente, o relato fantasioso termina como se fosse uma história religiosa, sagrada.

Desabridos: intempestivos, violentos.

Afuzilava: fuzilava, lançava.

** Alusão irônica à pomba que Noé soltou para saber se as águas do dilúvio tinham baixado.

Sofreei: contive.

Galões: saltos repentinos.

O homem dos três calções: livro do francês Paul de Kock (1794--1871), um escritor popular na época mas desvalorizado pela crítica em geral. Por isso, o comentário de Silvestre é irônico: pelo tipo de livro, vemos que o gosto da dama não era nada sofisticado.

Inferi: deduzi.

Cismadora: pensadora.

Coisas etéreas: coisas sublimes. O título do livro contrasta de forma engraçada com essa dedução do personagem.

Libré: uniforme.

Jarrete: tendão ou nervo da curva da pata de bois ou cavalos.

Sobrecanas: protuberância óssea que se pode formar nos membros anteriores do cavalo.

Morgada: filha primogênita herdeira dos bens da família.

Ginjas: um tipo de cereja.

Cor nacarina: cor avermelhada.

Viloa natureza: natureza grosseira, nada nobre.

Lamparões: uma doença comum em cavalos.

Proficiência: competência.

que um criado o viesse receber. Entretanto, abri-o, busquei o título na primeira página, e achei que era *O homem dos três calções*. **Inferi** logo que a dama era uma altíssima **cismadora** de **coisas etéreas**.

Dei o livro ao criado de **libré** cor de canela, o qual, examinando o **jarrete** direito do meu cavalo, achou que ele tinha duas **sobrecanas**. Perguntei-lhe eu como se chamava a dona do livro, e ele respondeu que a fidalga se chamava Paula, que era **morgada**, que estava para casar, e dos costumes não disse nada.

Cavalguei, retrocedi depois dum curto passeio, e, ao passar-lhe à porta, vi Paula dando **ginjas** ao papagaio. Viu-me, e fez-se da **cor nacarina** das ginjas.

Eu carecia duma paixão que me sacudisse pelos cabelos, uma paixão que me levasse de inferno em inferno, que me empinasse ao apogeu da glória, ou me despenhasse na voragem da morte. Precisava disto, porque não tinha que fazer, e gozava robusta saúde, e alargava a testa há cinco meses, não sei para que destinos!

Amar uma menina herdeira; contratada para casar; galante; lida nos bons catecismos espirituais; criada com passarinhos e flores; rodeada dos mágicos rumores das florestas: tudo isto me pareceu talhado à minha ansiedade de lutar, de sofrer, de viver com glória, ou morrer com honra. Quando cismava nisto, e me assaltava ao mesmo tempo a cobiça de entrar num restaurante à *la carte*, e pedir um pastel de pombos, corria-me de vergonha da minha **viloa natureza**!

Encontrei, uma vez, o criado de D. Paula a passear os cavalos no Campo Pequeno. Dialogamos acerca de raças cavalares, e dos **lamparões** dos mesmos, que ele sabia curar com **proficiência**. Encaminhei a conversação até falarmos da fidalga, e obtive os seguintes esclarecimentos: perguntou-lhe a menina se eu dissera alguma coisa, quando entreguei o livro, e mostrara-se admiradíssima de eu querer saber o nome dela. Desejara muito saber se eu lera o título do livro: informação que o criado não soubera dar. Perguntara-lhe se me via algumas vezes na estrada, e ficara muito pensativa quando soube que eu ali parava, olhando para as janelas, quando o criado, à meia-noite, se erguia para aquietar os cavalos.

Estas revelações animaram-me a pedir ao expansivo **boleeiro** que me aproximasse do coração de sua ama, por intermédio de uma carta respeitosa e digna dela. O criado, vencida a **ficção** dos escrúpulos, aceitou a carta, que eu escrevi numa mercearia do Campo Grande, a qual poderia entrar numa coleção de cartas para uso dos anjos, se os amores lá de cima carecessem do favor do estilo e prosperassem na razão direta do arredondado do período.

Ao outro dia, fui a Benfica. Vi o papagaio, que saltou da gaiola ao peitoril da varanda, quando eu passava, e disse: *Tó carocha*! Pareceu-me isto um **ludíbrio** do pássaro, ensinado pela dona; mas a Providência é tão boa para os tolos que os compensa com o engenho de imputarem ao acaso as caçoadas que racionalmente e **acintemente** os castigam.

Depois de muitas **diligências** malogradas, encontrei o criado, que me asseverou a entrega da carta e o rubor da menina quando a leu. Falei-lhe na resposta, e ele **redarguiu** que não ousava pedi-la por ser falta de respeito.

Nesta situação, tão dolorosa como ofensiva do meu orgulho, fui a um baile.

III

Não foi de todo despressentida a minha entrada nas salas. A juventude de ambos os sexos encarou em mim com afetuosa benquerença. Os cabelos iam fatais e as olheiras fatalíssimas*.

Às onze horas, quando eu, no salão de espera, me atirava a uma almofada, como corpo que não pode com a alma, **tangeu** duas vezes a sineta do pátio, e em seguida entrou Paula, pelo braço de um moço bem figurado, com outras senhoras e cavalheiros idosos no **préstito**.

Boleeiro: cocheiro.

Ficção: fingimento.

Tó carocha!: expressão que significa "cai fora!", "ora, adeus!".

Ludíbrio: zombaria.

Acintemente: de propósito.

Diligências: buscas.

Redarguiu: respondeu.

Não foi de todo despressentida: não passou despercebida.

* A estranha aparência do personagem chamou a atenção de todos.

Tangeu: tocou.

Préstito: cortejo.

Dante: referência ao poeta italiano Dante Alighieri (1265-1321), autor do poema *A divina comédia*.	
Trofônio: personagem mitológico grego, construtor do templo de Delfos. Na caverna onde foi sepultado, havia um oráculo, onde muita gente ia para saber do futuro. Dizia-se que aqueles que consultavam o oráculo ficavam tristes para sempre.	
Relumbrar: brilhar.	
Nauta: navegante.	
Adro: pátio de igreja.	
Sinceiros: salgueiros.	
Asas iriadas: coloridas como o arco-íris.	
Galicismo: palavra francesa empregada em outra língua. No caso, é o uso do verbo *comprometer*. No sentido de "levar alguém a uma situação desonrosa".	
Dos Barros e dos Lucenas: alusão a João de Barros (1496-1570) e João de Lucena (1549-1600), escritores portugueses. Levando-se em conta a época em que viveram, percebe-se que o personagem tem como modelos escritores muito antigos. Citá-los como referência de boa linguagem tem, por isso, um tom cômico.	
Emendava: corrigia.	
Solecismo: erro de gramática.	
Foros: aqui, tem o sentido de pureza.	

Creio que me não viu, e, se me viu, fez o que fazem as mais inocentes e desartificiosas senhoras quando não querem ver.

Segui-a. Avizinhei-a nas salas. Ouvi o som de sua voz. Tive indiretamente notícias do papagaio, pedidas por uma outra menina. Convidei-a para uma quadrilha. Vi-lhe um gesto de assentimento, e senti-me brutificar, pensando no que havia de dizer-lhe.

Destes apertos têm saído grandes tolices e grandes conceitos. Quer-me parecer que não fui infeliz falando-lhe deste teor:

— A Providência dos infelizes encaminhou para aqui os meus passos. Eu não sabia que vinha aqui encontrar o anjo que fez da minha vida um suplício. Entrei nestas salas, como **Dante**, na região das lágrimas, como **Trofônio** no seu antro, donde não há mais sair com um sorriso nos lábios. V. Exa. calca aos pés o mais devotado coração que ainda palpitou em peito de homem. Enganei-me, quando a vi, ao **relumbrar** dos relâmpagos, naquela tarde tempestuosa. Amei-a então, como o **nauta** suspiroso ama a cruz do **adro** da sua terra natal. Amei-a como o rouxinol a sombra dos **sinceiros**. Amei-a como o orvalho a flor e a aragem da tarde as **asas iriadas** da borboleta.

Paula fitou-me e coçou a testa com o leque.

Noutro intervalo da dança continuei:

— Por que não respondeu à minha carta?

— Era impossível. Eu já dei o meu coração. Por delicadeza lhe não devolvi a sua carta, e peço-lhe que me não escreva outra, que *me compromete* — respondeu ela.

Não me soou bem este **galicismo** dos lábios de Paula. Eu, em todas as situações da minha vida, quando vejo a língua **dos Barros e dos Lucenas** comprometida, dou razão ao filósofo francês que, à hora da morte, **emendava** um **solecismo** da criada, protestando defender até o último respiro os **foros** da língua. E com que admiração eu leio aquilo do gramático

Dumarsais, que, em **trances** finais de vida, exclamava: *"Hélas! Je m'en vais... ou je m'en vas... car je crois toujours que l'un et l'autre se dit ou se disent!"*[5]

Tinha-se achegado de nós o sujeito que lhe dava o braço à entrada. No semblante de Paula conheci o receio de ter sido ouvida pelo cavalheiro, que a fitava com desconfiança.

Nunca mais tive a oportunidade de lhe falar. Às três horas, saiu Paula, e eu fui para o meu quarto devorar o restante da noite em repertir-me as palavras dela com tanto afeto que o próprio galicismo já me soava aos ouvidos como as **vernaculidades** do meu querido **Castilho**.

Eu tinha à mão a *Primavera* daquele autor. Abria-a ao acaso, quando os raios do sol, coados pelo transparente verde, me alumiavam alegremente o quarto. Em pouco está transfigurar-se o espírito do homem. Com a luz parece que entraram as esperanças: era o anjo delas que descera nos raios do sol. Abri **à ventura** a *Primavera*, e saíram-me como prenúncios de maiores alegrias estes versos:

> Sobre as aras de Amor todas of'recem:
> Os ais do adorador nenhuma ofendem,
> Comprazem-se de ouvir que as chamam belas...
> Se nos ouvem cruéis, se esquivas fogem,
> É por que insana lei de atroz costume
> Lhes ordena o fugir...
> A mãe universal, ou cedo ou tarde
> Vence, triunfa, e no triunfo leva
> O sexo encantador já **manietado**:
> Todas opões sabida resistência;
> Mas cumpre não ceder: por nós combatem
> Seu mesmo coração, e a natureza...

[5] Não suprimo este descabido incidente do filósofo e do gramático, posto que fútil e desgracioso. Silvestre **ia muitas vezes derramado** nestas divagações, que denotam pouca firmeza na composição e desleixada **contextura** nas ideias. Honra, porém, lhe seja pelo muito que ele amou a língua, **a apuros de** esfriar subitamente em paixões vulcânicas, por causa das incorreções gramaticais das cartas, que respondiam às suas, sempre **castiças**. (N. do A.)

Dumarsais (1676-1756): gramático francês.

Trances: transes.

Hélas (...) disent! (em francês): "Ah! eu me vou... ou eu me vou... pois acho que uma e outra forma se diz ou se dizem!". Na tradução perde-se a variação que há em francês na conjugação do verbo ir (*je vais/je vas*). Até na hora da morte, o gramático pensava no uso correto de sua língua.

Ia muitas vezes derramado: estendia-se bastante.

Contextura: encadeamento.

A apuros de: a ponto de.

Castiças: escritas num português corretíssimo. O amor pela língua era tanto em Silvestre que esfriava até paixões violentas se recebesse da amada uma carta com erros gramaticais.

Vernaculidades: aqui, tem o sentido de linguagem pura.

Antônio Feliciano de Castilho (1800-1875): poeta famoso por seu português castiço. Representava, na época, a literatura tradicionalista contra a renovação pregada pelos escritores realistas.

Primavera: título de um livro de poesias de Castilho, de 1822.

À ventura: ao acaso.

Manietado: subjugado.

<table>
<tr><td>

Preceitos: conselhos.

Arraiar: despontar.

Ninfas: formosas figuras femininas da mitologia grega e romana que viviam nas fontes, nos bosques e oceanos. Eram invocadas pelos artistas em busca de inspiração.

Escola arcadiana: escola do Arcadismo, estilo poético que valorizava a vida campestre.

Epíteto: nome.

Festões: ornamentos com a forma de guirlanda.

Acorçoado: estimulado.

Ovídio português: alusão a Antônio Feliciano de Castilho, poeta admirado por Camilo.

Muito de ver-se: muito vistosa.

Cabazinho: pequeno cabaz, um tipo de cesto de vime.

Cobiçável: desejável.

À puridade: em segredo.

Sécia: elegante.

Saloia: camponesa.

Castorina: tecido de lã, leve e sedoso.

Enflorei-lhe os cabelos: enfeitei seus cabelos com flores.

Enramalhetei-lhe o colo: coloquei ramalhetes no seu colo.

Sátiro: ser da mitologia grega e romana representado como um homem com chifres e pernas de bode.

</td><td>

Fui lendo os dulcíssimos **preceitos** com que o mimoso poeta aconselha os amantes desditosos, e, num **arraiar** de alegria louca, dei nestes versos:

> Começaremos ofertando às **ninfas**
> Sobre altares campestres, levantados
> Das árvores à sombra, ao pé das fontes,
> Ou nas grutas do fresco, ou sobre outeiros,
> Festões, grinaldas, passarinhos, frutos
> E capelas de búzios e de conchas...

O poeta ensina, nesta passagem, a amar as ninfas; e eu, afeito à nomenclatura da **escola arcadiana**, pensei que ninfa era um **epíteto** genérico para toda a mulher que se ama.

Com este errado juízo, entendi em mandar a Paula

> **Festões**, grinaldas, passarinhos, frutos,
> E capelas de búzios e de conchas.

Acorçoado pelo **Ovídio português**, comprei na Praça da Figueira muita flor, de que mandei tecer uma grinalda, **muito de ver-se**; num **cabazinho** de palha italiana dispus seis pêssegos aveludados, de **cobiçável** frescura; búzios não me foi possível arranjá-los, nem conchas; no tocante, porém, ao preceito dos passarinhos, fui muito feliz: comprei um lindo periquito na Rua do Arsenal.

Fiz mais.

Chamei **à puridade** uma jovem e **sécia saloia** de Benfica, brindei-a com uma saia escarlate listrada e um corpete de **castorina** amarela; **enflorei-lhe os cabelos** e **enramalhetei-lhe o colo**. Nunca vi coisa mais fresca, nem mais bucólica medianeira do amor dum **sátiro** urbano a uma ninfa saturada da lição de maviosos idílios, como é já notório.

</td></tr>
</table>

Industriei a moça no modo de apresentar à fidalga

Festões, grinaldas, passarinhos, frutos.

Devia ser à hora em que ela descia ao jardim, que uma gradaria separava da estrada. Melhor do que eu antevira se ocasionou o ensejo da entrega. D. Paula reparou na esbelta saloia, que tinha em uma das mãos o cabaz e na outra a gaiola.

— Ai! Um papagainho! — exclamou a menina. — Isso é para vender?

— Não, minha senhora — disse a saloia —, é para dar à senhora fidalga.

— A mim?! Quem me manda isto?!

— Vossa Excelência verá numas letrinhas que vêm aqui entre as flores.

— Letrinhas!? Quem é que me escreve? Você não sabe o nome da pessoa?

— Não, minha senhora: mas o senhor que me cá mandou disse-me que aceitasse Vossa Excelência o periquito, e as flores, e os pêssegos, e, se não quisesse a carta, que a rasgasse.

— Os pêssegos! — exclamou a fidalga. — Quem é que me manda pêssegos?!

— É ele — tornou a saloia.

— Leve, leve — acudiu D. Paula —, que não aceito nada.

— Pois eu tenho ordem de deixar ficar tudo — replicou a saloia, pousando sobre a **padieira** duma porta interposta na gradaria o cabaz e a gaiola.

A este tempo assomou numa janela o pai da menina, perguntando o que vinha a ser o cesto e o pássaro que estava sobre a porta. D. Paula, dominando rapidamente o sobressalto da surpresa, disse que fora a prima Piedade que lhe mandara aquele periquito e o cestinho das flores. O pai, que era amigo de periquitos, desceu ao jardim; e, no entanto, a filha escondeu a carta, que ia presa à grinalda com um laço de fita encarnada. O

Industriei: orientei. Observe que o personagem, influenciado pela leitura da poesia que fala de ninfas, segue ao pé da letra os versos e decide cortejar a amada como se fosse um poeta arcádico. É outro momento de sátira aos poetas ultrarromânticos.

Padieira: viga.

velho, examinada a ave, passou a espreitar o cabaz; e, como visse os convidativos pêssegos, que eram seis, comeu três com **sôfrega** delícia, deu um à filha, e guardou dois nas algibeiras do *robe de chambre*. Paula, para ler a carta, escondeu-se num **caramanchel**. A prosa vil seria descabida em cena tão eminentemente poética. Era, pois, em verso a minha carta, que, segundo os **ditames** da poética de **Aristóteles** e **Longino**, devo chamar *epístola* e não carta. A qual epístola foi ainda o sonoro Castilho que me induziu a escrevê-la com os seguintes ditames da citada *Primavera*:

> *Formaremos cantigas, em que aos ecos*
> *Dos campos entre a lida repitamos*
> *As perfeições, os méritos, os nomes*
> *Das Napeias, etc.*

E noutra passagem:

> *Depois que pouco e pouco transformado*
> *Se houver em confiança o pejo, o susto,*
> *Mudaremos de estilo: em nossos versos,*
> *E só, e de contínuo a formosura*
> *Em fogo nos porá do estro as asas.*
> *Hão de sorrir-se e comprazer-se, e muitas*
> *Suspenderão em seu caminho os passos.*
> *É a lei sem exceção; domina em todas*
> *A sede, a glória, de chamar-se belas**.

Não entendi à letra o primeiro aviso, que diz: *Formaremos cantigas*. Pareceu-me que eu seria estranhamente recebido, se me andasse por Benfica em serenatas**, que este século de ferro **moteja**, **com bazófia de ilustrado**, ilustração oca e estéril, que **funda** toda em regalos corporais, despe o coração da sua poesia nativa e tira ao amante o suave desafogo de formar cantigas à mulher amada. Portanto, para me conformar ao século, em vez de cantigas, poetei em verso hendecassílabo,

---

Sôfrega: voraz.

Caramanchel: caramanchão.

Ditames: preceitos, regras.

Aristóteles (384-322 a.C.): filósofo grego que escreveu um tratado sobre a arte poética, entre outras obras.

Longino (213-273): filósofo grego a quem se atribui a autoria de um livro sobre o estilo literário, entre outras obras. A citação de pensadores célebres para a escrita de um simples bilhete de amor acentua o caráter cômico da cena.

* O personagem continua a inspirar-se nos versos de Castilho para redigir sua carta de amor.

** O personagem não consegue entender bem o sentido dos versos e imagina que eles sugerem que se faça uma serenata.

Moteja: ridiculariza.

Com bazófia de ilustrado: com a pretensão de parecer ilustrado, sábio.

Funda: se baseia.

predominando no sáfico, alternando com o alexandrino, e intercalando tudo de estribilhos de redondilha menor*. **Era cataplasma para fazer supurar o coração mais cru**!

IV

No dia imediato fui, **purpureado de cândido pejo**, passar em Benfica. Este pejo é o meu elogio. Um verdadeiro amor é segunda inocência. **Tal máxima**, que eu atiro à circulação, deve ser a defesa de muitas senhoras de certa idade e de certos costumes, que respondem com imprevistas esquivanças às audácias de amantes, que as assediam com ares de César, cuidando que **chegar, ver e vencer** é tudo o mesmo. O mundo chama **matreiras** a essas damas; e eu, que sei mais do coração humano que o trivial, digo e juro que é uma segunda inocência com os adoráveis sustos do pudor, que as torna **esquivas**. Eu tenho encontrado muito disto em peitos antigos. Se eu pudesse transfundir em corpos tenros os corações sensíveis que tenho conquistado em senhoras duma **idade anticanônica**, a felicidade não seria a **sede de Tântalo**. O meu erro tem sido procurar a alma amante e sisuda na mulher dos vinte anos e a formosura e a graça na de cinquenta. A primeira é um mal que todos me cobiçam; a segunda é um bem que ninguém me questiona. Não me serve nenhuma, por isso.

Voltando ao conto:

D. Paula de Albuquerque viu-me através das vidraças e gesticulou amorosamente com a cabeça, em que eu divisei por entre as fitas algumas das flores da grinalda. Jubilei doidamente no secreto do meu coração e compreendi o porquê de chamarem aos poetas antigos *videntes*, que soa como profetas. Abendiçoei a *Primavera*, meu livro de alma, e a inspirada voz do **vate**, que me ensinara o **filtro** amoroso dos

Festões, grinaldas, passarinhos, frutos.

---

* Aqui o personagem descreve como compôs os versos. A descrição é engraçada porque mistura tudo e não tem sentido.

Era cataplasma (...) cru: isto é, era um remédio capaz de comover o coração mais cruel. O personagem imagina que seus versos eram tão impactantes que poderiam abrir o coração da jovem.

Purpureado de cândido pejo: com o rosto ruborizado pelo puro acanhamento ou pudor.

Tal máxima: frase curta que expressa sabedoria.

Chegar, ver e vencer: irônica citação de uma frase famosa atribuída ao general romano Júlio César ao comentar a rapidez de uma de suas vitórias.

Matreiras: espertas.

Esquivas: ariscas.

Idade anticanônica: maneira sarcástica de se referir a mulheres mais velhas.

Sede de Tântalo: Tântalo é um personagem da mitologia grega que foi condenado pelos deuses a padecer eternamente de sede e fome, tendo, bem perto de si, água e frutos.

Vate: poeta.

Filtro: aqui tem o sentido de "fórmula mágica".

> **Decantado:** famoso.
>
> * Alusão a Ovídio (43 a.C.- -17 d.C.), que fazia poemas dedicados à amada Lésbia.
>
> **Plectro:** palheta usada em instrumentos de corda.
>
> ** Veja a comicidade dessa passagem sobre as poesias dedicadas ao periquito.
>
> **Delongas:** atrasos (na narração).
>
> **Ateou-se:** pegou fogo.
>
> **D. Dinis (1261-1325):** rei de Portugal, apelidado de "rei lavrador".
>
> **Hábito de Cristo:** hábito era a vestimenta do frade; depois, ter o "hábito de Cristo" passou a designar aquele que era recebido na *Ordem dos cavaleiros de Cristo*, antiga ordem religiosa e militar, criada no século XIV pelo rei D. Dinis.
>
> **Junot:** comandante das forças francesas que, sob as ordens de Napoleão Bonaparte, invadiu Portugal em 1807.
>
> **D. João VI (1767-1826):** rei de Portugal. Transferiu a corte portuguesa para o Brasil para fugir dos franceses em 1808.
>
> **Pensar:** cuidar.
>
> **Comenda de Cristo:** condecoração da *Ordem dos cavaleiros de Cristo*.
>
> **Direitos de mercê:** nomeação para cargo público.
>
> **Bem agourada solicitação:** solicitação que estava bem encaminhada.

O periquito estava na sua gaiola pendurado na mesma janela. A avezinha de Paula bem pudera prender a atenção da posteridade como o **decantado** passarinho da Lésbia, do poeta romano*. Se eu publicasse as poesias, que dedilhei no **plectro**, com referência ao periquito, o meu volume seria como um tratado ornitológico, em que os fenômenos dos amores das aves iriam desvendados discretamente aos olhos da juventude**.

Estas **delongas** estão afligindo a curiosidade de quem me ler. Entro em matéria.

Paula respondeu, agradecendo a ave querida, as flores e a surpresa: só não mencionava os pêssegos, salvo se a surpresa eram os pêssegos.

Ateou-se a correspondência, e tão fervorosa de paixão, de parte a parte, que tarde voltarão a este globo degenerado duas pessoas com tanto amor e estilo, ao que parecia.

Este amor tinha assumido as dimensões honestas do matrimônio; mas semelhante palavra não ousava escrevê-la o meu pulso plebeu. Tive então ódio a meus avós, que viveram estupidamente lavradores honrados, citando com inofensiva soberba a consideração que lhes dera o Senhor Rei **D. Dinis**. Nem um **hábito de Cristo** na minha família! Nem sequer na invasão do **Junot** eu tive um parente que matasse dois franceses, ao menos, e fosse depois ao Rio de Janeiro pedir um hábito de Cristo ao Senhor **D. João VI**, que dava dez hábitos à família que matasse dez franceses! Meu pai tinha tido a imoralidade de dar de comer e **pensar** as feridas a alguns soldados de Napoleão que lhe pediram abrigo! Nem sequer os deixou morrer!

Lembrei-me de arranjar uma **comenda de Cristo**, por me dizerem que era isso mais fácil do que descobrir quem a quisesse com os **direitos de mercê**. Andava eu na **bem agourada solicitação** desta graça, quando a minha desfortuna me pôs à prova de novas decepções.

Se medito no mau desfecho deste episódio da minha vida, caio sempre na triste opinião de que D. Paula caçoou comigo.

É o caso que, indo eu uma vez a Benfica, não para vê-la, que muito alta ia a noite, mas para adorar o santuário em que ela, a essas horas, devia estar sonhando com a minha imagem*, vi encostado à parede fronteira de sua casa um vulto **rebuçado**, rebuçado amargo** ao meu suspeitoso coração! (comprazo-me de ter feito destes dois rebuçados uma elegância de estilo, que é minha, e, se alguma idêntica aparecer, sem a minha **rubrica**, será tida como furto, e os falsificadores serão perseguidos na conformidade das leis).

Perpassei pelo vulto humano e, lá ao longe, descavalguei, prendi as rédeas e retrocedi sutilmente a espreitar o escândalo, se escândalo era. Se era, leitores **pios**!...

O sino do mosteiro dominicano respirava pelos seus pulmões de bronze duas horas da manhã, quando uma janela do palacete se abriu com leve rumor, e a lua, sem velar de puro pejo a face, alumiou aos meus olhos o rosto de Paula.

O encapotado avizinhou-se da gradaria e **ciciou** palavras que eu não pude ouvir, porque as minhas orelhas estavam sendo como vestíbulos do inferno que me ia lá dentro na alma.

Este incomportável suplício durou uma hora, ao fim da qual era eu já um assassino programático daquele homem, que viera atravessar-se ao meu amor feroz de tigre.

"Oh!", exclamava eu no recôndito das arcadas do peito. "Oh!, para que vieste tu, desgraçado, assanhar a ira do homem que tem sede do teu sangue e fome das tuas carnes! Que demônio te lançou ao meu caminho, se eu hei de pôr-te um pé no peito e sacudir-te de lá o coração à cara da **perjura**! Não tens velha mãe que te chore, nem pai velho, que em teus braços se ampare à borda do sepulcro? Não sabias que os teus dias estão contados, e que a aurora de amanhã te verá a face

---

* **Novamente, o personagem é levado por suas fantasias amorosas.**

Rebuçado: encoberto, encapotado.

** **Aqui, o narrador faz um trocadilho com a palavra** *rebuçado*, **que também significa guloseima feita de açúcar e vendida geralmente em pequenos pedaços, embrulhados em papel ou plástico. Daí o comentário jocoso que ele faz em seguida, entre parênteses, sobre a sua criatividade literária.**

Rubrica: assinatura.

Pios: piedosos.

Ciciou: sussurrou.

Perjura: traição.

morta, e que, na tua fronte, e com teu sangue escrita, o mundo lerá a tremenda palavra: 'vingança'? Oh!, tu não sabias que Paula era minha, minha como tu já agora és dos vermes, como nós três, ela, eu, e tu, todos, ai!, todos seremos do inferno*!"

Disse, e fui procurar o cavalo. Tinha-se desprendido e estava a **espolinhar-se** em regaladas cambalhotas**. As cilhas do selim estavam partidas; as rédeas também; a cabeçada tinha apenas duas correias úteis.

Rugi de cólera, e o cavalo, espavorido, fugiu a **desapoderado** galope, caminho de Lisboa.

A Providência é mestra do *ridículo*, quando quer. O meu rancor repartiu-se entre o amante de Paula e o quadrúpede fugitivo. Depois, sentei-me **esbofado** num degrau de escada, olhei para a lua, olhei para mim, olhei para o selim que eu trouxera debaixo do braço, e ri-me.

E o meu riso era um espirro de ferocidade, uma destas coisas que sente o Lúcifer quando sacode a vertigem da raiva impotente contra Deus.

Eram quatro horas da manhã quando emergi do meu **letargo**. Vi um padeiro, que me contemplava assustado: pedi-lhe que me levasse o selim entre a carga; e eu caminhei, admirando a impassibilidade da natureza, que parecia zombar de mim, pela voz dos seus rouxinóis, dos seus cochichos e das suas calhandras.

V

O meu cavalo, afrontando-se com a barreira, parou. Quando eu cheguei, estava ele amarrado com um **cabresto** às grades da porta, e os guardas escreviam um ofício ao respectivo comandante, participando a presa que haviam feito e pedindo ordens sobre o destino do vadio.

Convenci-os de que o cavalo oficiado era meu pelo testemunho convincente da sela e dos fragmentos da cabeçada; mas, como não quisessem perder o ofício, obrigaram-me a esperar a resposta da autoridade que houve a bem julgar-me o legal proprietário da besta.

---

* Observe a comicidade desta explosão emocional ultrarromântica.

Espolinhar-se: espojar-se.

** Observe o contraste entre o estado de espírito perturbado do personagem, ao ver a traição de sua amada, e as cambalhotas brincalhonas do cavalo.

Desapoderado: desenfreado.

Esbofado: exausto.

Letargo: abatimento.

Cabresto: arreio de corda ou couro usado para prender o animal ou controlar a sua marcha.

Receei que a lógica da sela não persuadisse o chefe daqueles sujeitos.

Estas miudezas podem **enfastiar** os espíritos **frívolos**; mas para mim tenho que os menores episódios das vidas, predestinadas a grandes destinos, são fatos ponderáveis nos ânimos reflexivos.

Recolhi-me ao meu quarto, sondei as profundezas da minha alma, e deste mergulho à consciência saí com má cara e ideias sinistras.

Eu tinha um par de pistolas de coldres, carregadas muitos meses antes. Para as carregar com a certeza de levar nelas a morte, **desfechei-as** contra o saguão da casa. A detonação fez grande estrondo e causou grande susto a uma senhora grávida, que perdeu os sentidos. O marido desta matrona era cunhado do **regedor**, e foi queixar-se de mim, como causa dum abalo que podia trazer as funestas consequências dum **móvito** e a perda do menino, em que ele fiava as alegrias da sua velhice. A dona do hotel, quando tal soube, disse que eu era muito feliz em ter contra mim as queixas de um só dos pais daquele menino possível. Parece-me que esta mulher, com tal juízo sobre paternidades, ia de encontro às ideias que tenho sobre o fenômeno da geração.

Ora o regedor, nesse mesmo dia, fez-me intimar para ir à sua presença, e interrogou-me; dali fui com um cabo e um ofício ao administrador, que me mandou com um ofício e um cabo ao governo civil. Aqui me foi pedida a licença de usar de pistolas; e, como eu não a tivesse, ia ser metido em processo, a não me valerem alguns amigos que podiam muito com a autoridade. Vejam que trabalhos!

O menino da mulher do meu vizinho vingou, segundo vi passados tempos. Na minha vida não há sequer o pesar dum infanticídio involuntário.

Carreguei as pistolas e fui na noite do seguinte dia a Benfica. A poucos passos distante do palacete de Paula apeei e fiz retroceder o criado com o cavalo a esperar-me em determinado ponto.

Enfastiar: aborrecer, entediar.

Frívolos: fúteis.

Desfechei-as: disparei-as.

Regedor: autoridade administrativa.

Móvito: aborto.

Soou meia-noite.

A folhagem dos álamos rumorejava nas asas das brisas. A lua, coada por entre os dosséis de trepadeiras, **mosqueava** a relva dos pradozinhos ajardinados de Paula. Lá do interior vinha uma toada suave de fonte que mais parecia um gemer de saudade.

A intervalos, as lufadas da viração rolavam as folhas secas, e a cigarra e o grilo pareciam calar-se para ouvi-las.

Este ouvir e sentir refrigerou-me a febre da alma. Contemplei-me em minhas ferozes intenções, no centro dum espetáculo tão majestoso de poesia e inspirador de pensamentos afetuosos. A razão, resgatada momentaneamente pelos bons instintos e moralizadora educação que meus pais me deram, **sopesou** os ímpetos do coração vingativo. Desceu o anjo da paz à minha alma, e renasceu-me lá a esperança de encontrar alguma vez mulher digna de mim, cuja posse me não custasse o sangue do meu semblante.

Ergui-me no intuito de abandonar para sempre à vingança da Providência a mulher **fementida** e o vitorioso rival; ao dar, porém, os primeiros passos, relaceei os olhos ao jardim e vi um vulto vestido de branco, branco do mármore das estátuas tumulares. Estaquei, e o vulto caminhou direito à grade. "É ela", disse o meu coração em ânsias. "Que veio aqui fazer Paula? Enganar-se-ia ela comigo?"

Retirei-me a um lado para ficar encoberto pelo muro. O vulto acelerou o passo, abriu sutilmente a grade, meteu fora a cabeça e murmurou:

— Já estão a dormir todos: podes entrar. Fiz-te esperar muito tempo?

Fiquei entre o palerma e o estupefato.

— Anda, Caetano — tornou ela —, que estou a **arrefecer**! Tu não te mexes? Estás amuado?

— Vossa Mercê engana-se — disse eu, quando conheci a cozinheira* ao clarão da lua.

Mal proferidas estas palavras, o vulto deu um grito de surpresa e fugiu, deixando aberta a grade.

Mosqueava: salpicava.

Sopesou: controlou.

Fementida: pérfida, falsa.

Arrefecer: desanimar, esfriar.

* Nova surpresa cômica: em vez da mulher amada, ele encontra a cozinheira.

A este tempo, ouvi passos na estrada, e, sem refletir, entrei no jardim e sumi-me por entre a espessura dos arbustos. Pouco depois, vi entrar um vulto de homem no jardim, caminhar afoitamente, subir a um **patim** e empurrar de manso uma porta, que não se abriu. Mais tarde, correu-se uma janela superior à porta e travou-se este diálogo:

— Caetano!
— Eufêmia!
— És?
— Sou. Abres?
— Não; tenho medo.
— Ora!, ainda estão a pé?
— Não é isso... Estava ali à porta do jardim um homem. Cuidei que eras tu. Não o viste?
— Isso havia de ser para a fidalga: não vi ninguém.
— Não pode ser para a fidalga.
— Pois então quem era, senão o conde?
— Não era, que esse entrou às onze horas e está cá.
— Seja quem for; abre a porta.
— Hoje não: vai-te embora. Olha... tinha-te ali um franguinho assado... **queres que to deite?**
— Então é certo que não abres?
— Estou a tremer com medo. Será alguma espera para o Sr. conde?
— Será...
— A fidalga é uma **doidivanas**... Será ele o do periquito?
— **Lá se avenham**... Então até amanhã.
— E o frango, **quere-lo**?
— Bota cá.

Pouco depois, o homem saiu, e eu, com o rosto entre as mãos, fiquei o tempo que pode gastar uma alma em descer ao inferno e voltar ao mundo com uma brasa eterna nos seios.

Saí do jardim; fitei os olhos na lua: levei a mão convulsiva à testa e exclamei: "**Anátema**!".

Dito isto, vim para Lisboa.

Patim: pequeno patamar da escada.

Queres que to deite?: queres que eu te dê?

Doidivanas: inconsequente, irresponsável.

Lá se avenham: eles que se entendam.

Quere-lo: tu o queres.

Anátema: vergonha.

VI

Decorreram três meses, durante os quais fui à província vender uma parte da minha **legítima** paterna. Cuidava minha extremosa mãe que eu, dois anos ausente dela, ia enfim adoçar-lhe os últimos anos e resgatar os empenhos a que sacrificara os bens. Não a desenganei logo por compaixão; mas o aspecto melancólico da minha aldeia, o silêncio, a quietação penosa do lar doméstico e a **sensaboria** das **práticas** monótonas de quatro clérigos das partidas da minha mãe tornaram-me as saudades de Lisboa em profundo tédio da minha terra.

Liquidada a venda de algumas propriedades, que minha boa mãe, com engenhosa compaixão de meus desatinos, fez comprar por terceira pessoa, voltei a Lisboa.

Como disse, tinham passado três meses sobre o meu coração. Aquela *eterna brasa* que eu, por amor da retórica, há pouco disse que trouxera do inferno nos seios da alma, estava quase apagada, como todas as brasas que a gente inflama com assopros de estilo. Pelo modo como o homem e o amor estão feitos neste tempo, três meses de ausência correspondem àqueles dilatados anos dos amores da Idade Média, que traziam da Palestina à **castelã** saudosa o coração leal do seu cavaleiro. Peitos de ferro deviam **albergar** corações de férrea tenacidade. Agora, é mais íntimo e devorante o amor, mais combustível o coração; a chama, batida por variados ventos, ateia-se mais enfurecida e o elemento dos afetos **volatiza-se** rapidamente. A mais aumenta a versatilidade humana, quando o amor-próprio sai **anavalhado** destas lutas, em que é grande parte o orgulho. Assim se explica o quase esquecimento de Paula quando voltei a Lisboa; e, se de todo não a esquecera, fora a curiosidade de saber a conta em que o mundo a tinha que me levava a indagar os pormenores da sua vida.

O **boleeiro**, que já o não era da casa de Benfica, deu-me alguns, os mais agravantes à honra da menina; os

---

Legítima: herança.

Sensaboria: falta de graça ou interesse.

Práticas: conversas.

Castelã: mulher ou filha do dono de um castelo medieval.

Albergar: abrigar.

Volatiza-se: evapora.

Anavalhado: ferido a navalha.

Boleeiro: cocheiro.

outros comunicaram-mos as suas amigas, os seus **turibulários**, os poetas que a traziam em letra redonda nas décimas dos folhetins e os noticiaristas que a vinham sempre aclamando rainha dos bailes.

As minhas averiguações vieram aos seguintes resultados: Paula estava prometida a um fidalgo do Alentejo, seu primo segundo, e amava com quantas provas se justifica o amor, um conde. Este conde devia ser o sujeito mencionado no diálogo de Eufêmia e Caetano, aquele fino amante que levou o frango assado com recheio dos suspiros da cozinheira. O conde pensava que a dedicação de Paula sem reserva lhe assegurava um casamento rico; ela, porém, do sacrifício reservara o que não podia dar nem tinha para dar — o coração.

Um indivíduo que por nome não perca **requestou** Paula, quando o conde a julgava mais avassalada e perdida de amor. Não sei se a comoveu com

Festões, grinaldas, passarinhos, frutos.

O que afoitamente certifico é que o conde foi traído e caiu das nuvens quando viu escorregar por uma corda, das janelas de Benfica, um sujeito que era um dos seus quarenta amigos íntimos. O amante **vilipendiado** vingou-se divulgando o mais secreto da sua intimidade com Paula. A sociedade espantou-se no primeiro dia da nova, e, no segundo, esqueceu-se a ponto de redobrarem os adoradores em redor de Paula e **recrudescerem** as invejas das damas, que ao mesmo tempo a denegriam.

Tudo isto se passou nos três meses da minha ausência. Quando me narraram miudezas destes fatos, **contados pela rama**, estava eu em S. Carlos, e D. Paula numa **frisa**. Achei-a mais **donosa**. O demônio triunfa às vezes, **aformosentando** o vício. A candura nem sempre é bela. Há rostos angelicamente inocentes que dão ares de idiotismo. Tem o crime uns resplendores do inferno que reverberam nas caras e as alindam. Assim o pensa-

Turibulários: aduladores.

Requestou: assediou.

Vilipendiado: desprezado.

Recrudescerem: tornarem-se mais intensas.

Contados pela rama: contados superficialmente, pelo alto.

Frisa: camarote de teatro.

Donosa: graciosa.

Aformosentando: embelezando.

Sobranceria: altivez.	
Ignóbil: vergonhosa.	
Arguia: aqui tem o sentido de "censurava".	
Planeava: planejava.	
Lançar pregão: alardear.	
Despique: desforra.	
Sordícias: indignidades.	
Gênero: gênio.	
Biocos: cerimônias.	
Velhacaria: patifaria.	
Tafuis: elegantes metidos a conquistadores.	
Inépcia: imbecilidade.	
* Silvestre percebe que sua ingenuidade e boa-fé, na verdade, não passavam de incapacidade de perceber o que realmente estava acontecendo.	
À socapa: disfarçadamente.	
Circunspectamente: ponderadamente, com seriedade. Como se percebe, no momento em que conta o que lhe aconteceu, o narrador toma consciência dos erros que cometeu. A distância temporal entre o momento da narração e a ocorrência dos fatos permite a Silvestre ter uma visão crítica.	
Linguareira: linguaruda.	
Folhetim: aqui, tem o sentido de fofoqueira.	
Mordente: maledicente.	
Crismar: batizar.	

va eu de Paula, que seduzia diabolicamente com o seu gracioso despejo.

E o mais é que me fitava com magnética **sobranceria**, e eu a ela com **ignóbil** humildade. Todo homem tem suas intercadências de parvo, de desprezível e de baixeza. A mim me quer parecer que lhe mandava outro periquito, se abro a *Primavera* do sedutor Castilho naquela noite! Entendam lá o homem!

É certo que dormi sobressaltado e acordei a pensar nela. É engraçada coisa o modo como eu me queria a mim mesmo explicar a renascença do antigo amor, para me não envergonhar da razão, que me **arguia** de homem sem brios. Dizia eu, entre mim, que era honorífico vingar-me da afronta e que a vingança devia ser simulada com aparências de amor. **Planeava** levá-la ao escândalo, exibi-la à irrisão pública e **lançar pregão** do meu **despique**; quando porém ideava estas **sordícias**, indignas do meu **gênero** brando, imaginava ao mesmo tempo que, chegado o lance da vingança, a comprimiria ao seio e me faria sacerdote da vítima.

Nestes e noutros pensamentos me ocorreu o dia seguinte, e outro, até chegar a noite em que D. Paula tinha camarote. Namorei-a sem recato, sem **biocos**, sem **velhacaria**. Odiei os rapazes que vinham segredar-me os sabidos escândalos; cheguei a defendê-la por negação, e a benquistar a gargalhada dos **tafuis**, que a não contemplavam com menos arrebatamento que eu.

Ora, devo confessar que Paula encarava em mim com um sorrir tão desacostumado, e uns trejeitos tão esquisitos, que só a minha boa-fé, irmã gêmea da **inépcia**, era capaz de aceitá-los como benignos e amoráveis*. Além de que, reparei algumas vezes que ela falava ao ouvido da prima Piedade, e riam ambas **à socapa**, sem olhar para mim, senão três minutos depois de espirrarem a risota. Agora é que eu penso **circunspectamente** na passagem.

D. Maria da Piedade era uma **linguareira** com graça sarcástica, um **folhetim** de gênio **mordente**, temida dos elegantes, a quem ela costumava **crismar** com

epítetos truanescos. A mim sabia eu que ela me chamava *Periquito*, metendo a riso a dádiva sentimental, que seria minha glória aos olhos duma mulher sensível. Não duvido apostar que a leitora, se eu alguma vez tiver uma leitora, simpatizará com a minha memória por ter visto a candura e **lhaneza** de coração com que eu ofertei à ingrata a avezinha. Estas singelezas do amor são as que mais enternecem as boas almas. Dê-me a leitora uma lágrima, que eu não quero outra vingança das mulheres que me escarneceram a poética simplicidade, simbolizada naquele periquito.

À saída do teatro, notei que Paula me acenara com o leque de dentro da carruagem. Rarefez-se a nuvem negra da zombaria. Recolhi-me feliz ao Grêmio Literário, e fui nessa noite eloquente em teorias de amor.

Às duas horas do dia seguinte, quando eu estava escrevendo as comoções alegres da noite desvelada, recebi uma carta da **posta** interna. Conheci a letra de Paula. Parou-me o sangue no peito; tremiam-me as mãos como se as tomasse o horror de profanarem a **missiva** do anjo. Abri, e vi que eram versos. Versos! O idioma primitivo do coração! Os suspiros metrificados! A expressão suprema do amor que se envergonha de expandir-se em prosa!... Ó júbilo **intumescente**!

Li:

Ao terno cantor, que n'alma
Tem da amante o nome escrito,
Solitária amante envia
Saudades do periquito.

"Será isto escárnio?!", exclamei. Respondeu-me a seguinte quadra:

Ao meigo vate, que eu amo
Com amor casto e infinito,
Manda um doce e ardente beijo
O saudoso periquito.

Epítetos truanescos: nomes ridículos.

Lhaneza: afabilidade, gentileza.

Posta: correio.

Missiva: carta.

Intumescente: crescente.

Não tive alma para ler o terceiro insulto, que mais tarde pude ver:

> *Na rocha alpestre*
> *Vaga Silvestre*
> *Todo aflito;*
> *Na grande testa*
> *O vento intesta*
> *Com rouco grito,*
> *E ele a gemer*
> *E o eco a dizer:*
> *"Ó periquito!"*

A letra destes ignominiosos versos era de Maria da Piedade; mas nem por isso fica sendo menos criminosa Paula, que sobrescritara a carta.

A dor empedrou-me. Grande é a angústia do homem que de si próprio quer esconder o seu **aviltamento**!

VII

Este insulto foi providencial. Foi como mão de ferro, que me apertou o coração até **esvurmar** dele as fezes do vilipendioso amor. Saí de Lisboa, no mais agreste do inverno, e fui para Santarém, onde vi o santo milagre largamente contado no livro das viagens do adorável poeta da **Joaninha do Vale**.

Estava, naquela estação, desabrida em Santarém a natureza. Eu queria chorar sozinho em algum recanto daquelas frondosas encostas e dessedentar-me da sede de amor, dando o coração às maravilhas da Terra e do Céu. Esperava eu que a **soledade** e a contemplação me refrigerassem a alma e a depurassem das imundícies em que a pobrezinha caíra, como pomba que, fatigada de voejar, não achou outro poisadeiro. A estas esperanças me haviam induzido alguns filósofos, que tinham o mundo em ódio e acharam no ermo conforto e bem-aventurança. Neste pressuposto, fui dar o primeiro lance

---

Aviltamento: degradação.

Esvurmar: espremer (o pus de um tumor, por exemplo).

Joaninha do Vale: personagem do romance *Viagens na minha terra*, do escritor português Almeida Garrett (1799-1854).

Soledade: solidão.

de olhos amoroso à natureza, subindo àquela empinada eminência que lá chamam a Porta do Sol. Apenas assomei ao alto, fiquei comovido das **blandícias** da natureza, que fez favor de me tirar o chapéu da cabeça e mo enviou para além-Tejo nas asas dum furacão. Retrocedi vexado da grosseria e sentei-me a recomendar à natureza de Santarém e ao Diabo os filósofos **encomiastas do campo**. Rompeu-se uma nuvem, e eu abri o guarda-chuva contra a **bátega** do vento; uma **refega** contrária apanhou-mo por dentro em cheio e converteu-mo em **roca**. A fugir da trovoada desfeita, entrei por um portal. Um cão **rafeiro**, denominado pelos filósofos o *amigo do homem* por excelência, arremeteu contra mim e, covardemente, quando eu fugia, me arrancou a aba esquerda do fraque. Deste feitio me recolhi à estalagem da Sra. Felícia, pessoa de agradável sombra, que se condoeu sinceramente da minha angústia muda*.

Mal me tinha eu apaziguado dos frenesins da minha irrisória raiva contra a natureza, quando o administrador do conselho mandou perguntar-me quem eu era e que vinha fazer a Santarém, caso não apresentasse pas-saporte. Respondi categoricamente que era viajante e que o meu passaporte era a minha inocência das coisas alheias ao coração e o desprezo em que tinha as futilidades com que a república era administrada.

A autoridade, maravilhada de tão **farfalhuda** resposta, quis conhecer pessoalmente o discípulo de **Diógenes** que **discreteava** na estalagem da Sra. Felícia, e foi procurar-me. Corremos aos braços um do outro. Tínhamos sido condiscípulos na universidade e cinco anos amigos. Fui ser seu hóspede, e resolvi demorar-me alguns meses em Santarém.

Uma tarde, recebeu o meu amigo, da mão de um oficial de diligências, um ofício do governador civil para imediatamente dar busca na estalagem da Sra. Felícia, onde se presumia estar uma menina nobre, fugida de Lisboa com um sedutor. Ordenava a autoridade superior que o raptor fosse enviado à cadeia e a menina recolhida, até novas ordens, num convento.

Blandícias: carícias.

Encomiastas do campo: que elogiam a vida campestre, a natureza.

Bátega: chuva forte e repentina.

Refega: pé de vento.

Roca: peça redonda de fiar. O vento forte fez Silvestre girar como se fosse uma roca.

Rafeiro: cão que costuma vigiar o gado.

* A cena é cômica. Silveste procura consolo nas belezas da natureza, descrita romanticamente. No entanto, o vento arranca seu chapéu, desaba uma tempestade e um cão feroz o ataca.

Farfalhuda: pomposa, empolada.

Diógenes: filósofo grego do século IV a.C., que desprezava as convenções sociais.

Discreteava: discursava, filosofava.

O meu amigo lera em voz alta o ofício e mentalmente a participação do governador civil de Lisboa **conteúda** no ofício. Observei que ele, depois dum trejeito de pasmo, abriu os beiços para me dizer alguma coisa, mas susteve-se, e sorriu com certa malícia.

— Queres tu vir na qualidade de **aguazil** acompanhar-me nesta diligência? — disse-me ele.

— Vou — respondi —; mas, se tu és homem de coração, como creio, **dá escápula** aos infelizes, que se amam: não queiras sobre o coração a responsabilidade de dois suicídios. Não achas horrível a prisão para ele e um convento para a pobre menina? Que lucro tira a moral pública de redobrar o escândalo e ajuntar à vergonha uma inútil barbaridade?!

— Mas que queres tu que eu faça?

— Que vás à estalagem, que finjas a busca e por portas **travessas** deixes fugir a mulher, que a lei chama *raptada*, e o rapaz, que bem pode ser que, em vez de roubador, seja ele o verdadeiramente roubado. As vossas leis são assim... Uma mulher foge pela porta ou pela janela da casa paterna; manda adiante as trouxas do seu **fato**; amua-se contra a frieza do amante, se ele lhe faz reflexões para a conter em casa; vai ter, afinal, com ele, dizendo que já não pode esconder aos olhos da mãe **o caro penhor que lhe palpita no seio**. O pobre moço, obrigado pela honra, pela compaixão e pelo amor dela e do caro penhor, foge também aos pais, e vai caminho de Santarém ou doutra parte. Vem depois atrás deles a lei, e diz: "Esta menina foi roubada aos pais; este homem é o raptor desta inocente, que vai violentada como a Fátima de Gonçalo Hermigues, o **Traga-Mouros**". E depois...

— **Apanha as velas ao discurso**, que não há tempo — atalhou o meu amigo. — Vamos à Felícia, e lá veremos. Se tiverem ares de se amarem como nos romances, a minha misericórdia administrativa **velará** o escândalo.

Fomos à estalagem. Eram nove horas da noite.

Conteúda: contida.

Aguazil: oficial de justiça.

Dá escápula: permite a fuga.

Travessas: laterais.

Fato: roupa, vestuário.

O caro penhor que lhe palpita no seio: eufemismo para dizer que a moça está esperando um filho.

Traga-Mouros: o que mata mouros (árabes), invasores islâmicos da Península Ibérica e inimigos dos portugueses e espanhóis. Alusão a uma lenda portuguesa que fala dos amores do cristão Gonçalo Hermigues com a princesa moura chamada Fátima.

Apanha as velas ao discurso: chega de discurso.

Velará: encobrirá, ocultará.

A Sra. Felícia, interrogada pela autoridade, revelou que tinha em sua casa, havia dois dias e duas noites, um sujeito e uma senhora, que se diziam casados e nunca saíam do seu quarto. Ordenou o administrador que os fosse chamar à sala, em observância duma ordem da autoridade.

Meia hora depois, entrou na sala o sujeito e a dama. Céus! Expedi do peito involuntariamente um ai agudíssimo, levei as mãos aos olhos e caí numa cadeira, que ia caindo comigo.

Era Paula! Oh!... Paula!

Reinou profundo silêncio alguns minutos na sala. Quando me recobrei do espasmo, ergui-me e saí, sem encarar na desgraçada.

VIII

Na desgraçada — disse eu!... Que adjetivos tão tolos tem a nossa boa-fé para adaptar a certas mulheres que trazem a desgraça e a opinião pública sovada aos pés!

O meu amigo, voltando às onze horas da noite, achou-me febril, e **assistiu-me** até a madrugada com todos os recursos da medicina.

No dia seguinte, **sossegado o pulso**, contou-me assim o seguinte da diligência:

— Declarou Paula de Albuquerque que não era raptada e seguira de muito sua livre vontade aquele homem que amava, e com quem queria casar. O homem que ela seguia declarou ser irmão do padre-capelão da casa da menina e **mestre-escola régio** nos arrabaldes de Lisboa. Ajuntou mais o raptor, **vertendo prantos caudais**, que ele não queria de modo algum dar semelhante passo, mas que a fidalga fora ter com ele, dizendo que não havia outro meio de obterem consentimento para casarem e remediarem o mal feito. Acrescentou o meu amigo administrador que D. Paula, ouvindo tão ignóbil e covarde revelação do mestre-escola, rompera em vociferações contra ele, chamando-lhe miserável e pedindo que, sem demora, a enviassem a seu pai para não ver mais um ho-

---

Assistiu-me: deu-me assistência, ajuda.

Sossegado o pulso: com a respiração normal.

Mestre-escola régio: professor de primeiras letras pago pelo Tesouro Nacional.

Vertendo prantos caudais: derramando lágrimas torrenciais. A hipérbole acentua o tom cômico da cena.

mem indigno do sacrifício dela. O mestre-escola **abundava no parecer** de Paula e cuidava já em retirar-se, quando o administrador lhe disse que fosse esperar na cadeia que a inocência do seu passo fosse julgada. Em consequência do quê, o mestre de meninos desmaiou.

A autoridade oficiou daí ao governador civil, narrando-lhe os sucessos. Respondeu este que, visto ser tarde para entrar no convento, pernoitasse a fugitiva na estalagem, com vigias e sob a responsabilidade dos donos da casa, até virem de Lisboa novas ordens. O irmão do capelão foi para a cadeia e Paula, no dizer da Sra. Felícia, dormiu até ao dia com a serenidade dos anjos.

Três dias depois, o mestre-escola foi removido para Lisboa e encarcerado no **Limoeiro**. D. Paula desceu de Santarém ao Cartaxo, transpôs o Tejo e foi para uma quinta de seu pai em Azeitão.

Conclusão

Quando voltei a Lisboa, rara pessoa encontrei que me não contasse o sucesso com a **hediondez** natural das suas cores e com as outras exageradas, que a maledicência folga de carregar.

O mestre-escola, depois de alguns meses de prisão, foi mandado embora, sem ser julgado; mas da cadeia passou a bordo duma **galera**, que o desembarcou no Rio de Janeiro. É de crer que o fidalgo, para se forrar à vergonha dos debates no tribunal, perdoasse ao réu e conseguisse que o ministério público não achasse provas para a **querela**.

Pelo mesmo tempo, D. Paula casou com o primo que lhe fora destinado desde a **puerícia**, e tornou para o palácio de Benfica, em companhia de seu marido e já com um menino robusto, não obstante ter nascido tão **sem tempo** que ninguém pensou que vingasse. Dizia a avó de Paula que semelhante prodígio não era novo na sua família, porque ouvira sempre dizer que os primogênitos da sua linhagem quase todos nasciam antes dos seis meses de incubação. Coisa notável*!

Abundava no parecer: concordava com o parecer.

Limoeiro: nome de uma cadeia de Lisboa.

Hediondez: horror.

Galera: navio a vela.

Querela: denúncia.

Puerícia: infância.

Sem tempo: prematuro.

* Comentário jocoso, pois evidentemente é impossível tal situação; na verdade, ela se casara grávida.

Vi Paula no teatro: no seu camarote entravam as pessoas de mais brilho na sociedade lisbonense, e cortejavam-na com reverência igual à adoração.

Vi Paula nos bailes: os grandes do reino, os milionários, os anciãos reputados modelos de honra e austeridade, honravam-se de lhe darem o braço e de se curvarem a apanhar-lhe o leque do chão.

Vi o nome de Paula inscrito na lista das damas que socorrem os aflitos, pelo amor de Deus, e se chamam, na linguagem dos **localistas**, as segundas Providências na Terra.

Vi, finalmente, que D. Paula era a mulher que o mundo respeitava, **sem embargo** do conde, e dos amigos íntimos do conde, e do mestre-escola, único **bode expiatório** de tamanhas patifarias!

A MULHER QUE O MUNDO DESPREZA

I

Naquele tempo li eu que **Alfred de Musset** e **Espronceda**, poetas de altos espíritos, atordoavam as suas dores com a embriaguez, o primeiro porque amava uma literata **anfíbia**, o segundo porque o **alanceavam** remorsos de ter desgraçado uma Teresa, que morrera de paixão, por isso mesmo que não era literata.

Era então moda a **vinolência**, particularmente na academia universitária, onde os mancebos de mais poesia de alma e arremessos de "aspirações grandiosas", como então se dizia, protestavam contra a estreiteza do âmbito, em que o século lhes apertava as faculdades, dilatando os fictícios horizontes da vida, até onde o vinho da Bairrada, a **genebra** e o conhaque permitiam. Verdade é que nem sempre os ébrios podiam justificar a sua degradação com a necessidade de afogarem os

Localistas: repórteres, aqueles que redigem as notícias locais de um periódico.

Sem embargo: apesar.

Bode expiatório: pessoa que leva a culpa pelos erros dos outros.

Alfred de Musset (1810--1857): poeta romântico francês.

José de Espronceda y Delgado (1808-1842): poeta romântico espanhol.

Anfíbia: que tem duas formas de vida. Alusão maliciosa ao romance entre Musset e a escritora Aurore Dupin (1804-1876), que publicava seus livros com o pseudônimo George Sand e era conhecida pelo seu comportamento liberal — segundo falavam naquela época, ela tinha vários amantes, tanto homens como mulheres.

Alanceavam: afligiam.

Vinolência: embriaguez.

Genebra: um tipo de aguardente.

desalentos e dissabores da existência nas **copiosas libações**. Uns embriagavam-se para darem em espetáculo de admiradores a capacidade do seu estômago, e bebiam por **alguidares**; outros contavam aos seus amigos uma história tenebrosa de amor, que lhes matara a esperança e os infernara para sempre: a história **prefaciava de ordinário** a **emborcação de uma garrafeira**. Os auditores do **infausto** moço levavam-no depois à cama, onde ele digeria o seu vinho e a sua angústia suprema.

Eu conheci um destes infelizes, que era meu conterrâneo e passava em Coimbra por ter sido ultrajado em sua nobre alma pela mulher de cujos lábios **fementidos** recebera a morte. Alguns poetas cantaram-no, praguejando a infame que lhe apunhalara o coração. Da história, que ele referia em tom **cavo**, a verdade nua era que ele viu a sobrinha de um abade numa romaria e ofereceu-lhe **cavacas**, que ela não aceitou, porque o abade lhes não tirava o olho de cima. Ajunte-se a isto que ele foi à aldeia da Sra. Joaninha com o propósito de lhe falar em fugirem para um deserto; mas a pequena, como andasse atarefada com a matança dos **cevados**, **não lhe deu trela**. Por último, o meu vizinho ainda lá tornou em uma **noite de esfolhadas**; porém, o abade, desconfiado, como **pássaro bisnau** que era, deu sobre o acadêmico com uma **foice roçadoira**, e o acadêmico fugiu com tanta pressa e felicidade que algum santo estava a pedir por ele. Em consequência disto é que o bacharel se embriagava, como Alfred de Musset e Espronceda.

À imitação desta, podia eu contar a história de muitos bêbados ilustres da minha mocidade[6]. Conheci outros que eram poetas orientais. Escreviam do amor das mouras, das volúpias dos **serralhos**, das acesas

---

Copiosas libações: abundantes bebedeiras.

Alguidares: vasos, vasilhas de barro.

Prefaciava: precedia.

De ordinário: geralmente.

Emborcação de uma garrafeira: consumo de um monte de garrafas.

Infausto: infeliz, desgraçado.

Fementidos: falsos, enganosos.

Cavo: grave, cavernoso.

Cavacas: um tipo de doce.

Cevados: porcos engordados.

Não lhe deu trela: não lhe deu confiança.

Noite de esfolhadas: noite em que muitas pessoas se juntam numa fazenda para desfolhar o milho.

Pássaro bisnau: pessoa muito esperta.

Foice roçadoira: foice grande usada para derrubar o mato de um terreno.

Serralhos: haréns.

---

6 A palavra é pouco urbana e civil para livro de tanta polpa e gravidade. *Bêbado* é o homem que se embebeda na taberna. Ao bebedor que se embriaga nos cafés e nas salas, a não se lhe dar nome de *espirituoso*, também não deve chamar-se *bêbado*. Os glossários que conheço carecem desta distinção, que se quer observada entre pessoas *que se tratam*. (N. do A.)

paixões dos árabes. Claro é que num clima temperado, e com os costumes **chãos** e algum tanto **lorpas** e **lerdos** da nossa terra, a imaginativa **carecia de espiritar-se** com os **boléus** da embriaguez para sair-se dignamente com uma **sextilha** asiática. Vinham a fazer **ditirambos**, que intitulavam *Arroubos*, ou *Coriscos*.

Nota

Entre as poesias de Silvestre, achamos uma, datada em 1855, que parece referir-se à época e aos poetas orientais de que vem falando nas suas memórias. Dela trasladamos um fragmento, que vem a ponto:

....
A esperançosa mocidade, a plêiade
De gênios do **Marrare**, que é feito dela?
Pululavam **em barda**, enxame às nuvens
De abelhas, que **libavam** mel do **Himeto**,
Disfarçado em *cognac*; e, então, **melífluos**,
Como diz não sei quem, que sabe a língua,
Emelavam a gente, isto é, *melavam*!
E melaram os dulcíssonos meninos,
Quando neles se estava embelezado
O *Tejo de cristal* e a *lua meiga*.

Que é deles? Onde o ninho destas aves?
Que implumavam, apenas, e já **punham
O fito** na montanha bipartida,
E as cândidas asinhas sacudindo,
Era um gosto comum, um brio pátrio,
Um gosto nacional **perdê-los d'olho**
E ouvi-los, lá do alto, em **trinos destes**:

"Doce brisa,
Que desliza,
Pela **junça**
Do **paul**,

Chãos: vulgares.

Lorpas: grosseiros.

Lerdos: estúpidos.

Carecia de espiritar-se: não era capaz de excitar-se.

Boléus: tombos.

Sextilha: estrofe de seis versos. O narrador ironiza a ideia romântica da bebida como fonte de inspiração poética.

Ditirambos: poemas líricos que exprimem alegria.

Arroubos: arrebatamentos.

Marrare: nome de um napolitano que, no fim do século XVIII, era proprietário de vários cafés em Lisboa que se converteram em pontos de reunião da sociedade.

Em barda: em grande quantidade.

Libavam: bebiam.

Himeto: monte localizado na Grécia, famoso por suas abelhas, que produziam um mel delicioso.

Melífluos: harmoniosos.

Punham o fito: fitavam.

Perdê-los d'olho: perdê-los de vista.

Trinos destes: gorjeios assim.

Junça: um tipo de planta.

Paul: pântano.

Traz perfume
Como a aragem
Da **bafagem**
Duma virgem
De Istambul."

À compita de cântico, responde
Dalém, doutro poleiro, em sons mais ternos,
Outro bardo, que tem na terra amores:

"Minha Elisa, o teu segredo
Não no sei;
Nem na voz do arvoredo
Adivinhei.
Ai!, querida!, diz-mo cedo,
Diz-mo, querida,
Pela vida!
Se não dizes,
Morrerei!"

....

No número de ébrios que inspiram compaixão às almas flexíveis estava eu. Quem tiver lido as minhas desventuras e pesado, nas cordas sensíveis do seu peito, as embaçadelas (por não dizer sempre desapontamentos) que apanhei na curta primavera da minha vida, decerto me desculpa do asqueroso vício de que me sinto assaz castigado pelas inflamações de vísceras que a miúdo me atormentam*. A imagem de Paula não me aparecia como visão amada: mas figurava-se-me ela como o demônio sarcástico do ultraje à minha dignidade. Mil vezes mais atroz visão que a da mulher que nos abandonou enfastiada e talvez chorasse por não poder amar-nos! Deus sabe quanto dói à criatura que amaldiçoamos o tédio que as nossas meiguices, e lágrimas, e ciúmes, lhe causam!

Comecei por beber licor de hortelã-pimenta e acabei no **absinto estreme**. A minha embriaguez era pa-

---

Bafagem: alento, respiração.

À compita: ao desafio.

* Silvestre também se entregou à bebida para ganhar inspiração, mas a única coisa que ganhou foi uma inflamação das vísceras...

Absinto estreme: absinto puro é uma bebida alcoólica bem mais forte do que os licores.

cífica e até certo ponto catedrática. Eu me explico. Se o auditório me favorecia, deixava-me ir em discursos sobre a filosofia da história, alternados com outros discursos sobre a história da filosofia. Estas matérias, que a todo o homem, em estado normal, se figuram áridas e **insípidas**, a mim pareciam-me **deleitosas e lucidíssimas**; e os ouvintes, salvo a lisonja, mostravam-se igualmente admirados e instruídos. Não poderemos inferir daqui o fato de que as ciências de certa transcendência as devemos à alucinação de certas cabeças?, e que o espírito humano, sem o complemento de outros espíritos, cuja imortalidade ninguém discute, há de sentir sempre a estreiteza dos seus limites? Não discorro agora a este respeito, porque bebo água há dois anos*.

Numa dessas noites de exorbitância intelectual, como o auditório me abandonasse, saí do Marrare das Sete Portas e fui ver a lua, que crispava de cintilantes escamas a superfície prateada do Tejo. Eram onze horas. Num dos bancos que adornam o Cais do Sodré vi sentada uma mulher, que trajava de escuro e apoiava a cabeça entre as mãos, que, ao revérbero dum candeeiro, pareciam de **alabastro**, amarelecido de anos.

Aproximei-me dela, parei com quanta firmeza as pernas me permitiam, e disse-lhe:

— Mulher!

E ela, voltando para mim a face pálida, encarou-me e não respondeu.

— Mulher! — tornei, encostando-me ao peitoril do cais para manter a dignidade e aprumo do discurso.

— Que quer? — respondeu ela.

— Que tens tu com as magnificências da noite? Que segredos vens tu dizer às estrelas, que o Criador fizera tuas irmãs na formosura do brilho? Se te despenhaste da tua inocência, que queres tu deste céu que só verte o orvalho consolador no seio das criaturas afligidas sem mancha, das padecentes sem culpa, ou das infames com dinheiro**?

Insípidas: sem graça, desinteressantes.

Deleitosas e lucidíssimas: prazerosas e claríssimas.

* **Como parecia muito inteligente quando estava embriagado, Silvestre se pergunta se não seria necessário estar um pouco "alucinado" pela bebida para compreender melhor as ciências filosóficas. Mas como parou de beber faz dois anos, ele agora não se vê mais em condições de comentar esse assunto.**

Alabastro: tipo de pedra muito branca.

** **Observe o exagero romântico desse discurso de Silvestre a uma mulher desconhecida.**

Pouco mais ou menos, foi isto o que lhe disse, que me lembre; o restante, a não ser discurso sobre a filosofia da história, devia ser discurso sobre a história da filosofia.

O mais que me lembra é que, às cinco horas da manhã desse dia de agosto, a mulher do Cais do Sodré ia comigo numa carruagem e respirava o ar **balsâmico** da estrada de Sintra.

II

— Conta-me a tua história, Marcolina, antes que eu perca a razão, para lhe dar valor. A embriaguez, quando não é insultuosa, é pouco persistente nos sentimentos generosos. Faz-me compadecer de ti e darás à minha vida rumo novo, ou pelo menos uma ideia útil e própria de homem que ainda tem intervalos de encontrar-se na consciência. Tu choraste, quando viste árvores e flores; pediste-me que te deixasse morrer lá em cima entre as **fragas** da serra; **erraste uma vista**, de quem se sente morrer de desalento, pela extensão do mar. Quem és tu?, donde caíste até encontrar o primeiro apoio na tua queda sobre o ombro dum homem perdido de razão, que tu recebeste como se encontrasses um teu irmão no **despejo** e na desgraça? Já sei o teu nome; vejo que foste bela; que a natureza te quer ainda vestir dumas **galas** que tu expeliste de ti, quando as rasgavas com pedaços do coração. Já tens outra cor; e as lágrimas, em que te nadam os olhos, parece que te querem lavar os estigmas da face. Voarão nesta atmosfera os anjos invisíveis que te conheceram, quando tu eras pura*?

Marcolina abraçou-me **sem a veemência convulsiva** que os dramaturgos mandam nas **rubricas**. Foi um abraço **senhoril**, comedido e honesto como nossas avós os davam no jogo dos abraços, quando os anjos da guarda entravam naqueles jogos e saíam sempre sem vergonhas do mundo.

Marcolina sentou-se em uma cadeira defronte da minha **otomana** e disse:

Balsâmico: **perfumado, reconfortante.**

Fragas: **penhascos.**

Erraste uma vista: **vagueou o olhar.**

Despejo: **neste caso, tem o sentido geral de infortúnio.**

Galas: **ornamentos, trajes finos.**

* Outro discurso exageradamente romântico de Silvestre.

Sem a veemência convulsiva: **sem o ímpeto incontrolável.**

Rubricas: **anotações que os dramaturgos fazem nos textos para indicar como os atores devem interpretar certas cenas.**

Senhoril: **distinto.**

Otomana: **tipo de sofá largo e sem encosto.**

"Nasci no dia em que meu pai morreu nas linhas de Lisboa. Tenho dezoito anos. Meu pai foi empregado na tesouraria, onde ganhava para levar a vida com abundância. Se algum desgosto sentia, era por não ter um filho. Morreu, como lhe disse, no dia em que eu nasci.

"Minha mãe ficou muito nova, e bonita; mas quase pobre. As economias que meu pai deixara dariam escassamente a subsistência dum ano. Ouvi dizer que a casa estava **trastejada** com luxo, em que meu pai se esmerava, por ter sido criado no paço, onde meu avô era cirurgião.

"A mãe teve muito quem a pretendesse, não tanto por ser bela como por correr fama que tinha dinheiro. Teria eu um ano quando ela casou com um empregado público, mais novo e mais pobre que ela.

"Lembro-me da minha infância dos seis anos em diante, e dos meus irmãos, que já eram dois, filhos do meu padrasto; e, quando eu tinha dez anos, já éramos seis irmãos, todos meninas.

"Não tenho memória nenhuma de viver em casa mobilada com limpeza. Minha mãe foi vendendo pouco e pouco algumas joias que tinha para ajudar às despesas, que aumentavam, e aos vícios de seu marido, que também cresciam com a pobreza. O que me lembra muito bem é a indigência, e a fome, e a nudez de minhas irmãs.

"Meu padrasto, por causa duma revolução, foi demitido do lugar; e, obrigado pela penúria, fez um roubo, e esteve preso alguns meses. Nunca mais o vi, e não sei ainda hoje se foi **degredado**, se foi para o Brasil, como minha mãe dizia.

"Quando eu tinha doze anos, vivíamos num último andar duma casa na Rua de S. Luís. Minha mãe saía à noite com três de minhas irmãs e recolhia-se muito tarde a fazer a ceia, que era muitas vezes o jantar. Creio que ela andava mendigando. Outras vezes fechava-nos todas na única **alcova** da casa, e ela ficava na saleta: creio que este fato era **mais horrível que pedir esmola**.

Trastejada: mobiliada.

Degredado: mandado ao exílio.

Alcova: quarto pequeno.

Mais horrível que pedir esmola: isto é, a mãe prostituía-se na própria casa.

"Aos catorze anos, estando eu sozinha em casa uma noite, fazendo camisas para embarque, ouvi um rangido de botas nas escadas próximas e estremeci. A porta foi aberta de fora com a chave, e eu ergui-me, espavorida, correndo à janela que se abria sobre o telhado. Lembraram-me, naquele instante, palavras que a mãe me tinha dito, e julguei-me perdida.

"Quando lancei a vista à porta para me bem convencer da desgraça, vi um homem que caminhava para mim, dizendo que me não assustasse. Eu fui recuando até o cantinho da casa e encolhi-me a tremer e a chorar.

"Parece que o homem teve piedade de mim. Esteve a olhar-me com ar melancólico, sentou-se e limpou o suor da testa.

"Perguntou-me quantos anos tinha; se minha mãe nada me tinha dito a respeito duma visita; se eu antipatizava com ele; se eu queria sair de tanta pobreza e da companhia de minha mãe, que me vendera e que tencionava viver do preço da minha honra.

"Eu respondi soluçando a tais perguntas. O homem, que se mostrava condoído, chegou a chamar-me para junto dele, oferecendo-me uma cadeira. Fui sentar-me com muito medo; mas tranquilizei-me algum tanto quando vi que me não lançava as mãos. Uma vez que ele se inclinou para mim, deitando-me o braço à cintura, ergui-me de salto e ajoelhei, pedindo que me deixasse. Ergueu-me com brandura e disse-me: 'Esteja sossegada, que eu não lhe faço mal' — e passados instantes continuou: 'A sua felicidade não é eu deixá-la; porque amanhã sua mãe a venderá a outro homem que se não compadeça da sua inocência e lhe desprezе as lágrimas. A sua posição, menina, é muito desgraçada nesta casa. Eu vinha preparado para encontrá-la bem-disposta a ceder ao destino que sua mãe lhe deu; vejo que não é fingida a sua dor. Quer, Marcolina, salvar-se das grandes vergonhas que a esperam? Saia já desta casa, aceite a minha amizade; venha para a minha companhia, e depois pensará no que melhor lhe convier para ser menos infeliz. Confesso-lhe que a sua beleza me encanta; mas já não serei capaz de a querer sem que o seu coração a leve a ser minha amiga.'

"Continuou a falar neste sentido longo tempo; e afinal, estando já de pé para sair, lançou-me ao regaço dinheiro em ouro e disse: 'Quando sua mãe vier, diga-lhe que está pura, peça-lhe que não a venda, e obrigue-se a sustentá-la com a condição de não a vender. Esse dinheiro é o necessário para um mês; no princípio do mês que vem receberá igual quantia.' E saiu, beijando-me na testa e murmurando, quando me viu estremecer ao contato da sua boca: 'Pobre menina!'"

— Era novo esse sujeito? — interrompi.

— Não, senhor. Teria cinquenta anos.

— Continua. Tua mãe quando chegou...

— Viu o ouro sobre a mesa e fez-se escarlate de infernal alegria. Olhou para mim e disse: 'Não estás mal comigo?'. Rompi num pranto, que me afogava. Quis ela abraçar-me, chamando-me tola com modos carinhosos, e eu fugi para a alcova onde as minhas irmãs estavam assentadas no **enxergão**.

— Das tuas irmãs, uma já devia ter treze anos nesse tempo.

— Essa não vivia conosco.

— Que destino tinha tido?

— O que minha mãe quisera dar-me. A mãe disse-me que ela estava na **casa pia**; mas, alguns meses depois, soube que ela estava na situação em que estou hoje.

— E está ainda?

— Não, senhor. Morreu de dezesseis anos.

— No hospital?

— Não, senhor, em minha casa.

— E as outras irmãs?

— Logo lhe direi.

III

— Minha mãe quis que eu lhe contasse o que se passara entre mim e o Sr. Barão.

— Ah!, era barão o sujeito?!

— Era barão; mas não o maldiga, que tinha boas qualidades.

— Veremos... Por enquanto, não há razão de queixa. Ora diz o mais.

"Contei à mãe o sucedido; menos o modo como ele me falara dela. Ouviu-me com admiração e disse-me: 'Se eu soubesse que ele tinha palavra e te dava mesada, saíamos destas **águas-furtadas** e podíamos viver regaladamente.' Acrescentou a estas palavras um plano vergonhoso que devia enriquecer-me em poucos anos. Faz-me horror o que lhe ouvi!

Enxergão: espécie de colchão grosseiro, geralmente cheio de palha.

Casa pia: casa religiosa.

Águas-furtadas: sótão cujas janelas se abrem sobre o telhado.

"No dia seguinte, minha mãe comprou-me um vestido de **cassa**, um **mantelete** em segunda mão, um chapéu de palha e outras miudezas. Mandou-me pentear, e vestir, para darmos um passeio. Atravessamos algumas ruas, que eu via pela primeira vez, e entramos no pátio dum palacete. 'Onde vamos?', disse eu. 'Aqui é que mora o Sr. Barão; é preciso sermos gratas.' O guarda-portão, que já a conhecia, tinha subido a dar parte ao amo, e voltou quando minha mãe me estava dizendo: 'Deves mostrar-te muito agradecida ao fidalgo e pede-lhe licença para mudares de casa e alugares outra onde ele possa entrar **sem repugnância**.'

"Fez-se uma mudança espantosa no meu espírito, quando tal ouvi. Não hesitei. Subi as escadas, e minha mãe sentou-se no banco do pátio. Entrei numa sala muito rica e sentei-me à espera. Tinha o rosto banhado de lágrimas. Chegou o barão, e veio ao pé de mim, com ar muito alegre e meigo. 'Quem a trouxe aqui, Marcolina?', disse ele. 'Foi minha mãe, com um recado; mas eu venho dizer-lhe outra coisa.'

"Faltou-me o ânimo para continuar; mas, **instada pelo barão**, e com a odiosa imagem de minha mãe a instigar-me, cobrei forças e pude dizer-lhe que me tirasse da companhia de minha mãe e se compadecesse do meu infortúnio. 'Agora mesmo', disse ele. E saiu da sala para entrar noutra, onde mandou chamar minha mãe. Soube, depois, que nessa ocasião se realizou o contrato, com muita generosidade da parte dele no pagamento e pronta **anuência** dela no separarmo-nos. Neste intervalo, chorei com saudades da minha irmãzinha mais nova, que tinha cinco anos e meio e era linda como um anjo.

"Passados quinze dias, a minha guarda-roupa estava cheia de cetins e veludos. Tinha brilhantes que faziam invejável a minha desonra. Tinha uma mestra, que me ensinava as atitudes senhoris nos camarotes e recebia dessa mesma lições para entrar na carruagem, apanhando a cauda dos vestidos com elegância, e saltando dela garbosamente para o banco almofadado que me

---

Cassa: tecido de linho ou algodão.

Mantelete: capa curta usada sobre o vestido.

Sem repugnância: sem constrangimento, mais à vontade. A mulher está sugerindo à filha que se torne amante do Sr. Barão.

Instada pelo barão: com os pedidos insistentes do barão.

Anuência: consentimento.

oferecia o lacaio. Numa das minhas primeiras idas a S. Carlos, vi minha irmã num camarote com mais duas senhoras. Dei um grito de surpreendida e indiquei-a ao barão. 'Não olhes para lá', disse-me ele, 'tua irmã, se é aquela, deve ser o que são as companheiras: são três prostitutas que ali estão.' Baixei os olhos, como obrigados pelo peso das lágrimas e da vergonha. Vergonha e lágrimas! Que mais valia eu que minha irmã, e quem era mais digna de lágrimas que eu!

"Um dia recebi um bilhete de minha irmã, dando-me os parabéns da minha felicidade e pedindo-me que a não desprezasse por ter sido menos feliz que eu na carreira que a mãe nos dera a ambas. Mostrei esta carta ao barão, e ele, com soberba irritação, exclamou: 'Não lhe respondas; proíbo-to, sob pena de ficarmos mal.'"

— Começa o barão... — atalhei eu.

— Começa o segundo ato da minha tragédia — disse Marcolina.

IV

"Fui um dia ao Campo Grande: ia sozinha na carruagem. Apeei para passear entre as árvores e vi ao longe duas senhoras correndo para mim. Conheci minha irmã e corri para ela. Abraçamo-nos a chorar. Contou-me em breves palavras a sua vida. Era a minha, com a diferença das pompas. Vivia com um mercador de panos, **que aborrecia**; mas sujeitava-se por não ver outro caminho por onde achasse mais honesto modo de vida. Praguejou contra a mãe, analisando ao mesmo tempo os meus anéis e pulseiras com olhos cobiçosos.

"Quando assim estávamos entretidas, apareceu de súbito o barão; encarou-me **com desabrimento** e disse-me: 'Já para casa!'. Não repliquei, nem mesmo olhei para minha irmã. O barão arguiu-me severamente; e, dizendo-lhe eu que a minha vida não era mais honesta que a da outra desgraçada, mostrou-se muito ofendido com ser comparado ao mercador de panos. Arrependi-

Que aborrecia: que ela aborrecia, isto é, de quem ela não gostava.

Com desabrimento: de modo rude, grosseiro.

-me de dizer tal, porque ouvi insultos da sua vaidade ferida com tão pouco. Desde esse dia, comecei a sentir os espinhos da minha posição. Caí numa **modorra** de tristeza, mais dolorosa que a miséria. Se ia ao teatro, era **violentada**: se me vestia, a capricho do barão, fazia-o tão contrariada que ele rompia em desatinos contra mim, dizendo-me que eu já o não amava... como se eu o tivesse amado algum dia! O ódio a minha mãe recrescia, quanto mais eu entrava na consciência da minha perdição e no preço das galas com que eu insultava a virtude honesta. A minha grande desgraça, senhor, era eu não poder destruir os sentimentos da dignidade, talvez herdados de meu pai, que fora honrado. As mulheres na minha posição começam a ser felizes quando se enterram de todo no charco das torpezas*.

"Um dia, estava eu à janela, e vi passar minha mãe com a filha mais nova. Retirei-me, quando ela me ia acenar com a mão; mas ficaram-me os olhos na criança, e escondi-me a chorar. O barão encontrou-me a enxugar as lágrimas; contei-lhe a causa; e ele, querendo consolar-me, disse que minha mãe e irmãs estavam vivendo fartas e com decência à minha sombra, e ajuntou que, enquanto eu me portasse bem, não lhes faltaria nada. Pedi-lhe que me deixasse ter na minha companhia a mais nova de minhas irmãs. Não quis, nem mesmo concedeu que ela me visitasse alguma vez. Ora isto, e muitas outras contradições que fazem o desgosto da vida íntima, conseguiram desvanecer pouco e pouco a amizade que eu cheguei a dar-lhe, mais por amor da piedade com que me tratou na minha pobre casa que pela opulência com que me tinha na sua. Entrei a pensar no modo de me resgatar do cativeiro; porém, não via nenhum que não fosse aumentar o meu infortúnio.

"Lembrei-me de ir para uma terra da província ensinar meninas; mas eu escrevia tão mal, e lia tão pouco, que de certo me rejeitariam. De prendas de costura, apenas sabia dar um ponto, visto que minha mãe não

---

Modorra: prostração, abatimento.

Violentada: forçada, obrigada.

* Isto é, as mulheres como ela só podem ser felizes quando não têm mais nenhum pingo de dignidade.

pudera nem quisera dar-me educação, nem tive mestra, senão quatro meses, enquanto se me não romperam os vestidinhos que me dera minha madrinha.

"Pedi ao barão que me desse uma mestra de escrita e de leitura e me mandasse ensinar algumas prendas para me entreter.

"**Anuiu** a tudo, menos a ensinar-me a escrever, dizendo que o saber escrever era causa de muitas mulheres se perderem.

"Irritou-me muito esta objeção; mas aceitei o consentimento de aprender a marcar, bordar e talhar vestidos de senhoras. Felizmente a mestra escrevia sofrivelmente, e ensinou-me às escondidas, com grande aproveitamento.

"O barão tinha um guarda-livros, que raras vezes me via, e perdia a cor se acertava de encontrar-se comigo. Era novo como eu, tinha uma fisionomia agradável e um acanhamento que me fazia supor que eu, na minha situação, ainda impunha respeito. Conheci então o amor, à força de pensar que sentimento seria o que ele me causava. Era eu quem já o procurava ver de longe, e me retirava, se o guarda-livros me surpreendia a observá-lo duma janela por onde, através do pátio, se via o escritório.

"Alguém me denunciou ao barão, quando eu me julgava a resguardo da menor suspeita. O caixeiro foi despedido e a notícia deu-ma o barão com um riso sardônico e do mau intento. 'Já sei o fim para que tu querias saber escrever', disse ele. 'Qual era?', acudi eu. Não respondeu.

"Passados dias, achei uma carta no livro que andava lendo, emprestado pela mestra. Era do guarda-livros. Quem trouxera esta carta? Seria isto uma velhacaria traiçoeira do barão?! Não era. A mestra fora-me dada por informação do caixeiro e, **a instâncias dele**, me trouxe a carta, que não ousara entregar diretamente.

"Não me afligiu a temeridade do moço, que eu amava. Recebi a carta, agradeci-a à mestra, e respondi-lhe sem artifício, dizendo-lhe sinceramente que o amava; mas que entre mim e ele estava uma eterna barreira, levantada

Anuiu: consentiu, aprovou.

A instâncias dele: por insistência dele.

pela minha vergonhosa posição. Mulher que não amasse com toda a candura e inexperiência do que são verdadeiras vergonhas não escreveria tal carta. A mulher experimentada na infâmia finge sempre que não a incomoda a consciência de que a tem e nega aos outros o direito de cuidarem que ela se imagina infame. Penso eu que é verdade isto, pelo que tenho aprendido de mim própria.

"O guarda-livros respondeu-me admirando-se que eu visse tal barreira entre nós, quando ele meditava em me fazer sua esposa. Desde que li esta segunda carta, senti-me doida de esperanças felizes; apaixonei-me pelo homem, que me não via as nódoas da desonra: não era já amá-lo, era adorá-lo na minha imaginação.

"E, ao mesmo tempo, tamanha aversão me fazia o outro de quem o meu corpo era escravo que já mal podia dissimulá-la.

"Conseguiu Augusto que eu lhe falasse, quando saísse a passeio. Mandei pôr os cavalos à sege quando o barão estava fora. Apeei-me em S. Pedro de Alcântara e desci ao jardim, onde Augusto me esperava. Balbuciou a repetição do que me tinha escrito, sem ousar tocar-me a trêmula mão, nem eu ousava oferecer-lha. Conheci que a minha riqueza o humilhava. Lembrei-me então que aquele rapaz, se me visse numa pobre casa com modestos trajos, havia de amar-me expansivamente! Que falsos juízos forma o coração que se não vendeu com o corpo. Que grande bem seria poder a mulher despojar-se da pureza da alma quando se desonra!

"O barão teve aviso de que eu me encontrara com o guarda-livros. Nada mais natural! Como cuidaria eu que os criados me não espreitassem! Cegava-me a razão, o amor e o desejo impetuoso da liberdade. Já se me não dava que ele o soubesse e me expulsasse. Jurara até comigo de lhe dizer a verdade, provocando-me o barão a dizê-la.

"Foi o que sucedeu. À primeira queixa do homem assanhado pelo ciúme respondi que certissimamente amava Augusto; que queria passar do crime **faustoso** para a virtude na pobreza; que era muito infeliz na vida

---

Faustoso: luxuoso, que mostra ostentação.

que tinha; e que só com amor se podia suportar a vergonha de ser banida da sociedade.

"Espantou-se do meu desembaraço o barão e cobriu-me de injúrias; das injúrias passou às lágrimas; das lágrimas tornou aos insultos; e, quando eu menos podia esperar uma vilania sem nome, deu-me uma bofetada. Levei as mãos ao rosto e quase perdi os sentidos. Quando abri os olhos, **desvariados** de angústia, o barão estava ajoelhado aos meus pés e dizia: 'Eu não sou, há muito, teu marido, porque não posso sê-lo, porque nunca te disse que sou casado e que tenho a mulher no Brasil. Espera que ela morra, e então serás minha mulher. A sociedade te respeitará então o título, a riqueza e a virtude de me teres sido fiel.'

"Não sei que mais lhe ouvi, que parecia aumentar o sentimento de abominação agravado pelas súplicas depois do insulto. Afastei-me e escrevi-lhe, a despedir-me. Devia de ser-lhe nova e aflitiva surpresa quando viu a minha carta escrita com boa letra e a rancorosa eloquência com que eu lhe atirava ao rosto a desestima em que o tinha, já convertida em desprezo.

"Dum arremesso, entrou no meu quarto. Trazia um par de pistolas **aperradas**: tive-lhe medo e horror quando ele gritou: 'Uma para te matar e outra para mim!'. 'Que mal fiz eu para morrer?!', exclamei com a ânsia de quem quer e pede a vida.

V

"Menti-lhe para me livrar das baixezas suplicantes e das ameaças. Prometi deixar Augusto e ficar na companhia do barão. Pediu-me que escrevesse uma carta ao caixeiro, segundo ele ma ditasse. Recusei. Ameaçou-me de novo; vendo-me, porém, resistente e já disposta a morrer, tornou às branduras e desistiu da carta, como coisa inútil depois da minha promessa.

"No mesmo dia, brindou-me com um alfinete de diamantes e mandou-me preparar para irmos viajar. O meu plano estava formado: respondi a tudo que sim.

Desvariados: desvairados, delirantes.

Aperradas: engatilhadas.

"Quando veio a mestra, dei-lhe uma carta para Augusto, avisando-o do meu projeto de fuga e pedindo-lhe que me recebesse assim pobre, que eu já sabia trabalhar e nunca lhe seria pesada.

"A mestra estava já vendida ao barão, que foi logo senhor da carta. Se eu fosse esperta, adivinhara a **perfídia** da **medianeira** na alteração de rosto com que me recebeu a carta. Estava-se acusando a vil criatura; mas eu não podia julgá-la. Parece-me que só os infames podem julgar bem os infames.

"Vi entrar o barão no meu quarto com terrível contração de rosto. Sem me encarar, pediu-me uma a uma todas as minhas joias: dei-lhas. Pediu-me todos os meus vestidos, todos, nomeando-os um a um pelas suas cores e estofos: dei-lhos; e perguntei se devia despir o que tinha vestido. 'Veremos', disse ele. E, depois de atirar os vestidos a pontapés para o interior do seu quarto e guardar as joias, acrescentou: 'Agora, vá quando quiser, que vai como veio'. 'Não vou como vim', respondi eu. 'Era pura quando entrei nesta casa, Sr. Barão.' Replicou-me com um insulto sem nome e saiu.

"Esperei que anoitecesse, e no entanto pensei para onde iria. O coração impelia-me para Augusto; mas eu ignorava a residência dele. Lembrou-me ir pedir agasalho a minha irmã, e da casa dela indagar a morada de Augusto. Lembrou-me de relance minha mãe; mas suposto me sorrissem as minhas irmãzinhas, fechei logo os olhos a esta horrorosa visão. Prevaleceu o único refúgio, que era minha irmã, muito menos desgraçada do que eu.

"Escureceu; saí do quarto e desci as escadas. Ia assim como estou agora. Não levava comigo cinco réis, nem valor algum além dum vestido de cassa que tinha no corpo. A meio das escadas, saiu-me o barão duma sobreloja, travou-me pelo braço com mais amor que força e disse-me: 'Onde vais, desgraçada?! Pensa bem no passo que vais dar. Contas com o caixeiro? Esse miserável é tão pobre como tu. Desde que saiu da minha casa, já me

Perfídia: deslealdade.

Medianeira: intermediária.

mandou pedir um empréstimo, que eu lhe dei como esmola. Nenhuma casa comercial o aceita sem as minhas informações; e eu, a quem mas pede, respondo que ele aniquilou a minha felicidade e desgraçou para sempre duas famílias. Serve-te assim o homem? Cuidas que o caixeiro irá pedir esmola para te sustentar? Irá; mas quem é que lha dá? E quando ele, cansado de humilhações e desonras, friamente olhar para ti e te julgar a causa de sua desgraça, há de aborrecer-te, odiar-te, e abandonar-te, e fugir de ti como quem foge do maior inimigo. Medita nisto, Marcolina. Perdoo-te o mal que me fizeste, esqueço tudo, peço-te mesmo perdão do que fiz hoje, alucinado pelo amor que te tenho. Ficas, Marcolina?'

"'Não fico', respondi, 'nem vou procurar Augusto. Para desgraça, basta a minha. Vou ter com minha irmã e de lá procurarei uma casa onde sirva.'

"Lançou-se-me aos pés o barão, abraçou-me pela cintura abafado pelos soluços; disse-me até, no seu desvario, que iríamos para a França, e lá casaria comigo. Causou-me riso e compaixão este desatino!... Cedi, deixei-me ir quase nos braços dele até o meu quarto. Parecia louco de alegria o pobre homem! Trouxe-me as joias, tirou do dedo um grande brilhante, que ele chamou anel de casamento, e quis à força que eu o pusesse entre outros, posto que podia abranger três dos meus dedos."

— Era uma pulseira! — interrompi eu com ambições de graça. — O barão, exceto os dedos, parece-me um bom sujeito!

— Era — tornou Marcolina —, era um coração como poucos. As ameaças das pistolas, os insultos, a requisição das joias e dos vestidos, tudo isto, que parece vilania, era nele uma sublime maneira de exprimir o seu ciúme e paixão.

"Nunca mais vi a mestra, nem tive pessoa que me falasse de Augusto. Naturalmente o fui esquecendo, o forçoso era esquecê-lo em Paris e Londres, para onde o barão me levou, sem me dar tempo a cismar uma hora no meu passado.

"De Londres fomos para Alemanha, e estávamos em Baden-Baden, quando o barão, no gozo de robusta saúde e felicidade que a cada hora me confessava, morreu subitamente dum ataque apoplético, quando se estava banhando.

"Não estou a moer-lhe a paciência com os pormenores das coisas sucedidas depois da morte do meu extremoso amigo. Basta dizer-lhe que eu fiquei apenas possuidora dos objetos valiosos que tinha para meu uso, e sem esses mesmos ficaria se um português que estava em Baden-Baden me não aconselhasse a sonegá-los às averiguações da justiça. A mulher do barão veio a Portugal e habilitou-se herdeira única da grande riqueza.

"Deliberei voltar para Lisboa."

VI

"As minhas joias valeriam quarenta mil cruzados.

"Coadjuvada pelo serviçal português, que me aconselhara, vendi em Londres as melhores peças do meu cofre e apurei uns doze contos de réis. Cheguei a Lisboa e aluguei uma casinha agradável em Buenos Aires. Procurei minha irmã e encontrei-a com muita dificuldade, reduzida ao extremo aviltamento. Em menos de um ano, a infeliz descera a escala da **abjeção**, que outras descem em muitos anos de libertinagem, com reveses de miséria e luxo. Se alguma vez passou numas ruas imundas da cidade alta, onde as mulheres competem em palavras obscenas com os marinheiros embriagados, já sabe onde eu encontrei a primogênita das segundas núpcias de minha mãe.

"E minha mãe onde estaria? E minhas irmãs a que destino seriam chamadas?

"Levei a desgraçada para a minha companhia. Chorei três dias a contemplá-la; e ela não chorava. Vesti-a com decência igual à minha; levei-a comigo a passeios ao campo; falava-lhe em tudo, menos no seu destino; queria ela contar-me a sua queda, e eu pretextava sempre uma distração para não lha ouvir.

"Passados quinze dias, conheci que minha irmã amava o vinho e bebia muito, e ria desentoadamente depois do jantar. Pouco tempo depois, começava a rir logo de manhã, e chegava ao jantar já completamente embriagada. Chamei o criado a perguntas, e soube que ela bebia genebra em grandes porções e a toda a hora. Aconselhei-a primeiro brandamente, e depois, **baldados os bons modos**, repreendi-a com severidade. O resultado foi querer ela sair de minha casa e voltar ao sítio donde viera. Estava irremediavelmente perdida. Consenti que se embriagasse e não saísse. Não bastou esta concessão. Um dia desapareceu-me. Fui procurá-la às paragens mais prováveis e não pude achá-la. Só depois de um mês, com auxílio da polícia, pude descobri-la... no Hospital de S. José.

Abjeção: **degradação.**

Baldados os bons modos: **como foram inúteis os bons modos.**

"Fui ao hospital. Falei-lhe, e vi que estava de todo desfigurada. Consultei o **facultativo** da enfermaria e soube que minha irmã estava mortalmente doente de **tubérculos pulmonares**. Fi-la transportar para minha casa, por me lembrar que, no hospital, a religião não poderia dar-lhe esperanças de melhor vida, agonizando ela entre as suas companheiras de desgraça, que continuamente vociferavam torpezas, ou praguejavam contra Deus, **enfrenesiadas** pelas dores.

"Ao sair do hospital, encontrei Augusto. Senti um abalo, como se visse ressuscitado um amigo morto e quase esquecido. Adiantou-se ele para mim, cumprimentou-me, e disse-me que andava estudando Medicina e estava no seu segundo ano, modo de vida que abraçara por ter parentes que o protegiam, conhecedores da malvadez com que o barão o perseguia.

"Minha irmã morreu: já não podia vencer a morte. Prestei-lhe quantos auxílios cabiam em forças da amizade e da compaixão. Os **paroxismos** da infeliz foram tranquilos; e, se as lágrimas valem na presença de Deus, pode ser que o seu inferno fosse o deste mundo somente."

VII

"Foi Augusto visitar-me.

"Falou-me do passado, e eu contei-lhe tudo que decorrera desde a sua última carta.

"Não lhe ocultei os haveres, que eu tinha em **inscrições**, compradas com o produto das joias. Respondi com amizade às reminiscências do seu amor. Pedi-lhe que fosse meu amigo, simplesmente meu amigo, e que não quisesse acordar um sentimento que por pouco nos não fizera a ambos desgraçados sem refúgio.

Encarreguei-o de indagar a sorte de minha mãe. Soube que ela, desde a morte do barão, estava vendendo os móveis para se sustentar e que, em breve, na opinião dos informadores, teria as filhas em conta de móveis*. Augusto, **industriado** por mim, pôde falar às meninas, na ausên-

Facultativo: **médico.**

Tubérculos pulmonares: **tuberculose.**

Enfrenesiadas: **alucinadas.**

Paroxismos: **crises.**

Inscrições: **documentos financeiros (como ações, apólices etc.) que podem ser resgatados.**

* Isto é, venderia também as filhas, como se fossem móveis.

Industriado: **orientado.**

cia da mãe, e persuadiu-as a fugirem para a minha companhia; o que elas prontamente fizeram. Ao mesmo tempo, mandei dar a minha mãe uma mesada, com a certeza de que suas filhas estavam em companhia de Marcolina, que as faria educar e preparar para um virtuoso destino.

"Parece que o senhor às vezes se mostra espantado desta linguagem na boca da mulher que ontem encontrou às onze horas da noite!..."

— Dizes bem, Marcolina; às vezes espanto-me. Tenho-te ouvido falar em *virtude* não sei quantas vezes!

— Uma.

— Só uma?! Será; mas tens tido **raptos** de eloquência religiosa que cabiam muito bem num livro espiritual.

— E daí que conclui? Que sou hipócrita?

— Não: concluo apenas que és mulher, mistério, enigma, absurdo, paradoxo, mescla de luz do céu e **lavareda** do inferno, demônio e anjo etc. Continua, que eu, enquanto te não vir desfalecida de falar, não te lembro que devemos jantar hoje.

— Pois então jantemos, que eu não posso mais. Parte-se-me o peito com dores; preciso descansar, porque há seis anos que não falo tanto, meu amigo. Estou admirada do bem que me faz o ar do campo. Ainda não tossi desde que cheguei a Sintra.

— Pois tu tens tosse?

— Tenho a tosse da **tísica**.

— Estás tísica?

— Parece-me que sim... Não falemos em moléstias. Vamos jantar, que eu tenho sincera fome. Depois iremos conversar debaixo das árvores: pode ser que eu chore, e o Sr. Silvestre também. Felizes os que choram... É a única felicidade que eu posso dar-lhe.

Estava o jantar na mesa.

Entre parênteses do editor

Há de muita gente pensar que Silvestre da Silva, nesta parte de suas memórias, anda apegado às muletas

Raptos: momentos inspirados.

Lavareda: labareda.

Tísica: tuberculose pulmonar.

literárias dos modernos regeneradores das mulheres degeneradas. Arguição injusta! A **Margarida Gauthier** é muito mais nova que a Marcolina; e reparem, além disso, que o processo da reabilitação moral desta mulher é muito diverso do da outra, se é que há aqui processo de reabilitação. Eu estou em acreditar que Marcolina, longe de exibir a fibra pura do seu coração, pedindo que lhe aceitem a virgindade moral que lá se refugiou das paixões infames e **infrenes**, há de esconder os bons sentimentos com pejo de os denunciar, e fará que as fivelas da mordaça lhe apertem atrozmente os lábios, quando a palavra "amor" lhe rebentar da abundância do coração. A meu ver, Marcolina está dando lições de moralidade, quando muita gente cuida que ela está pedindo lágrimas e perdão dos agravos que fez à moral pública. Veremos.

Como quer que seja, aqui não há *damas de camélias*, nem Armandos. Silvestre não quer que o romanceiem nem dramatizem. Conta as coisas em escrito como mas disse a mim conversando, e eu agora as dou em estampa ao universo quais as achei nos seus manuscritos. Da moral do conto, o universo que decida, e os localistas.

VIII

Marcolina fingiu que comia e que se alegrava. Quis ter graça para responder à provocação das minhas **facécias**: mas era senhoril demais nos **chistes**, que saíam obrigados pelo desejo de fazer-me boa companhia. Tomou algumas **chávenas** de café e não provou nenhuma bebida **espirituosa**. À quarta ou quinta chávena, teve um acesso violento de tosse, que terminou com um **golfo** de sangue. Saiu do **quebranto** em que ficara com as faces **emaciadas e lívidas**. Pediu-me perdão do dissabor da sua doença e prontificou-se, se eu queria, a ir contar-me o restante da sua vida, à sombra das árvores. Desisti da minha curiosidade, dispensando-a de

Margarida Gauthier: personagem do romance *A dama das camélias*, do francês Alexandre Dumas Filho (1824--1895). Margarida é uma prostituta amada por um jovem de família aristocrática chamado Armando Duval. Ela, porém, renuncia ao seu amor para não lhe causar uma desgraça social.

Infrenes: incontroláveis.

Facécias: brincadeiras.

Chistes: gracejos, anedotas.

Chávenas: um tipo de xícara ou taça com alça usada para servir chá, café, chocolate etc.

Espirituosa: alcoólica.

Golfo: golfada, jorro.

Quebranto: abatimento.

Emaciadas e lívidas: pálidas e descoradas.

falar naquele dia em coisas que a fizessem chorar e me comovessem a mim. Não quis. Aceitou-me o braço e saímos. À sombra da primeira árvore, distante dos grupos que a viram passar e nos olhavam com um sorriso de escárnio ou de piedade da minha libertinagem, sentou-se Marcolina, e recomeçou com as últimas palavras que dissera antes de jantar:

— Felizes os que choram... É a única felicidade que eu posso dar-lhe. — E prosseguiu, depois de recordar o fato em que ficara suspensa a história:

"Augusto, apesar das minhas instâncias, pouco sinceras, falou-me do seu amor incessantemente; com tanto respeito, porém, o fazia, quer eu estivesse sozinha, quer com as minhas irmãs, que me cativou a gratidão. Mal sabe o mundo quanto a mulher indigna de respeito sabe ser agradecida a quem teve com ela a comiseração do recato nas palavras e nos gestos!... A infeliz passa da estranheza à alegria de se ver ainda tratada com delicadeza, quando a consciência, o seu **verdugo**, lhe está dizendo que não merece inspirar sentimento algum, que não seja aviltante ou desonesto. Foi assim que me prendeu Augusto, sem me despertar o amor doutro tempo. Sentia que o não amava e mentia-lhe, querendo retribuir a sua generosidade cavalheirosa. O desapego de meu coração era incompreensível. Na minha vida só se tinham dado os infortúnios que lhe contei. Não gastara a sensibilidade; amara-o apenas a ele; e, sem ter sido enganada pela sedução dalgum homem, sinceramente lhe digo que me inclinava a odiá-los todos. Creio que me levaram a isto as desgraças de minha irmã falecida. Cuidei que todos os sentimentos de dignidade lhos tinham matado os homens, reduzindo-a à hediondez de corpo e alma em que a vi.

"As conversações de Augusto tendiam todas ao casamento. Contrariei-as com simulada repugnância; mas em minha alma antevia a felicidade de ter um marido, que nunca me havia de pedir contas do meu passado. Além disso, meditando nos costumes de Augusto,

Verdugo: carrasco.

no seu viver, na sua aplicação aos estudos, e no plano que tinha de se retirar para uma província logo que estivesse formado, achava-o mais perfeito do que eu podia merecê-lo: parecia-me que qualquer menina sem mancha na sua reputação e com um bom dote se devia dar por bem-aventurada com tal marido.

"Casei.

"Acredite que eu não tive um mês de contentamento. Sou obrigada a crer que há em mim desgraça contagiosa. Augusto transfigurou-se, se não era hipócrita; ou o demônio do meu destino lhe entrou no espírito para me atormentar sem tréguas, nem fim. Eu não posso demorar-me a contar-lhe pelo miúdo o desconcerto em que vivemos. Augusto era libertino, **dissipador**, jogador, e até embriagado o vi muitas vezes. Como se explica esta mudança, a não ser pela precisão de mudar-se tão espantosamente um homem que devia ser o meu flagelo?! Mas por quê? Em que era eu criminosa para tal castigo? Que mal fizera eu a Deus ou à sociedade? Não fui causa a que o barão deixasse a mulher, porque já a tinha abandonado quando me levou para si. Fui boa com a minha mãe e com minhas irmãs. Lembra-me agora se o meu crime era possuir alguns contos de réis das joias que me tinham sido dadas, e que eu escondi aos direitos da herdeira. Mas a minha desonra e repulsão dentre as pessoas virtuosas não valia alguma coisa?

"Seriam as joias, seriam, meu amigo... É certo que meu marido em dois anos dissipou tudo, tudo. As inscrições vendeu-as; o resto dos braceletes, anéis, cadeias, relógios, tudo, com razão ou sem ela, com violência ou brandura, me levou de casa. Restavam-me os móveis, quando, depois de esperar três dias por Augusto, recebi dele uma carta em que me dizia adeus para sempre. Não sei se saiu do país, se se matou. Há três anos que o não vi, nem os seus condiscípulos tiveram novas dele.

"Ficaram comigo três irmãs, e minha mãe em sua casa, vivendo da mesada que eu lhe dera até o fim, já **quando a furtava à boca** e à decência do vestir. Chamei

---

Dissipador: gastador, esbanjador.

Quando a furtava à boca: quando a tirava da própria comida.

minhas irmãs, que eram já mulheres, e disse-lhes que era necessário morrermos todas. Ouviram-me espavoridas. Disse-lhes que a morte era simples e rápida se acendêssemos dois fogareiros num quarto e fechássemos portas e janelas. Lançaram-se a mim a chorar. Não queriam morrer.

"Fui vendendo a roupa e os móveis. Perto estava já o dia da fome irremediável, quando fui convidada a procurar em determinada casa um homem que desejava tirar-me da miséria. A encarregada deste convite era uma mulher que tinha **estabelecimento público de infâmia**. Fui?... Fui... meu amigo, porque minhas irmãs tinham vendido na véspera as suas camisas e minha mãe já três vezes tinha vindo à minha porta pedir esmola com um ar de zombaria que me **espedaçava**. Apenas conheci a casa em que estava, quis fugir; mas fui **estorvada** pelo homem que me chamara. Era um amigo do barão.

Voltei a casa com uma peça de ouro e escondi de minhas irmãs a ignomínia daquele dinheiro. Inventei uma história, fiz o elogio da generosidade dum benfeitor, e minhas irmãs, erguendo as mãos a Deus, pediram-lhe a saúde dele. Então ri-me... riso atroz!... creio que me ri da Providência... e, a falar a verdade, não sei bem do que me ri...

Calou-se Marcolina, obrigada pela tosse e pelo vômito de sangue. Amparei-lhe a fronte nas minhas mãos; esperei que sossegasse e disse-lhe:

— E as lágrimas?... Tinhas-me dito que chorarias, infeliz!...

— Pois não vê as lágrimas no sangue? — disse ela, sorrindo. — Os olhos já não as têm.

— Não quero ouvir mais — tornei eu.

— Não tem mais que ouvir... O que falta é...

— A duração da desgraça com um só meio de remediá-la...

— Decerto...

— Que fazias ontem no Cais do Sodré?

Estabelecimento público de infâmia: bordel, casa de prostituição.

Espedaçava: despedaçava.

Estorvada: impedida.

— Pedia coragem ao meu demônio para me matar; mas vi minhas irmãs, ou o demônio mas mostrava, para que o meu inferno se não acabasse.

— Basta. Esta noite partiremos para Lisboa. Confias de mim o teu destino e o de tuas irmãs? — disse-lhe eu, sem calcular o cargo que me impunha e pensando apenas na quantia que podia dispor.

Marcolina sorriu-se e disse:

— Que generosa alma a sua! Não sabe em que mundo está!...

IX

Poucos dias depois da minha volta de Sintra, as três irmãs de Marcolina entraram num recolhimento, a título de minhas parentas.

Marcolina saiu de Lisboa comigo e entrou em minha casa na província. Era já morta minha mãe. Os meus vizinhos escandalizaram-se de me verem em concubinagem, e o pároco da freguesia deixou de me visitar, e o boticário proibiu as filhas de me falarem, e o regedor recomendou à mulher que não fizesse conhecimento com a lisboeta, que tinha cara de pecado.

A minha aldeia é penhascosa, feia e triste. Marcolina amava os rochedos, e as sombras das matas, e ajoelhava às cruzes que encontrava nas veredas por onde andava sozinha, e dobrava-se rente com o chão para beber das fontes térreas em que borbulhava a água. Retingiram-se-lhe as faces e cessou algum tempo a tosse. Já subia comigo aos **píncaros** das serras, quando eu caçava; trazia ao tiracolo a **saca** de malha com a merenda, e por lá, naqueles vales, onde os medronheiros e avelãzeiras vinham a terra com frutos, era de ver as delícias com que ela comia, por igual comigo, as grosseiras iguarias que levávamos.

Entrou o outono, e logo notei a **desmedrança** e abatimento de Marcolina. A decomposição parece que se via, como se os vermes lhe andassem roendo já perto

Píncaros: pontos mais altos.

Saca: saco, bolsa.

Desmedrança: prostração.

da epiderme. Quis voltar com ela a Lisboa; mas achei-a **pertinaz** em não sair da aldeia. Dizia-me que fosse eu distrair-me e que a deixasse ali acabar os seus dias.

Poucos tinha ela já de vida, quando a mais velha das irmãs lhe escreveu contando que o pai voltara rico da África e pusera anúncios nos jornais indagando notícias de sua mulher e filhas. Dizia mais que ele fora ao recolhimento e chorara de alegria vendo-as; mas logo se enfurecera quando elas lhe falaram da mãe. Acrescentava que ele, sabendo que devia à enteada o refúgio de suas irmãs, estava ansioso por vê-la, e pedia-lhe que voltasse imediatamente a Lisboa.

Esta carta deu delírios de júbilo a Marcolina. Fez por **vigorizar-se** para a jornada, não tanto para testemunhar a felicidade das irmãs como para pedir ao padrasto que não desamparasse sua mulher. A esperança apagou-se súbita, quando preparávamos a partida. Fui, uma tarde, à vila próxima comprar alguns **aprestos** para a jornada, e, quando voltei, estava Marcolina nos últimos arrancos. Agitou-se vertiginosamente quando me viu: apertou-me ansiosa contra o coração e murmurou:

— Agora... e só agora me atrevo a dizer-te que te amei... Deixo-te a eterna lembrança da desgraçada que só à hora da morte se julga digna de ti...

Morreu.

Não posso bem dizer o que senti nessa hora. Morrera uma grande parte do meu ser. Senti o vácuo; era no peito que o sentia. Devia ser o coração, o que vulgarmente se diz coração, que morrera.

É, pois, certo que eu amei aquela mulher?

Ó meu Deus e minha consciência! Vós bem vedes com que orgulho e saudade eu digo que sim, que amei!

Amei-a porque era mais pura, mais virgem e mais santa que a outra respeitada do mundo; e porque, em ódio à sociedade, que a desprezava, não posso vingá-la senão amando-a com eterna saudade.

Pertinaz: teimosa.

Vigorizar-se: revigorar--se, fortalecer-se.

Aprestos: coisas necessárias.

SEGUNDA PARTE
CABEÇA

JORNALISTA

I

O homem não se deve somente à sua felicidade — primeira máxima.

O principal egoísta é aquele que se **desvela** em explorar o coração alheio para **opulentar** o próprio com as **deleitações** do amor — segunda máxima.

Como a felicidade do egoísta é um **paradoxo**, a felicidade pelo amor é impossível — terceira máxima.

Quarta — o bem particular é resultado do bem geral.

Quem quiser ser feliz há de convencer-se de que sacrificou ao bem geral uma parte dos seus prazeres individuais — quinta máxima.

O amor, considerado fonte de contentamentos ideais, é o sonho dum doido sublime — sexta.

Sétima — a mulher é uma contingência: quem quiser constituí-la essência de sua vida aleija-se na alma e cairá setenta vezes sete vezes das muletas a que se ampare do chão mal **gradado** e barrancoso do seu falso caminho.

Estas sete máximas fui eu que as compus, depois de **ler a antiguidade** e alguns almanaques que tratavam do amor.

Entrei a cogitar no modo de ser útil à humanidade com a minha experiência e inteligência do coração humano. Ofereceu-se-me logo **azo** de exercitar as minhas benévolas disposições. Escrevi para o *Periódico dos Pobres*, do Porto, uma correspondência contra o regedor da minha **freguesia**, acusando-o de me prender um criado

---

Desvela: empenha.

Opulentar: enriquecer.

Deleitações: prazeres.

Paradoxo: contradição.

Gradado: aplanado.

Ler a antiguidade: ler os autores antigos.

Azo: oportunidade.

Freguesia: nome da menor das divisões administrativas de uma cidade (em Portugal).

Epítetos:	qualificativos.
Ominoso:	detestável.
Paxá de três caudas:	homem rude.
Prurido:	forte desejo.
Dotação do clero:	verba destinada ao clero.
Côngrua:	quantia que os moradores pagavam ao padre para o seu sustento.
Pé de altar:	rendimento que o padre ganha de batizados, casamentos etc.
Conde de Tomar:	Antonio Bernardo da Costa Cabral (1803-1889), político português que liderou um golpe de Estado em 1842 e tornou-se chefe de um governo ditatorial até 1846.
Suco:	substância.
Lavra:	autoria.
Capitulando-me:	classificando-me.
Encômios:	elogios.
Émile de Girardin (1806-1881):	jornalista francês que revolucionou o formato e o conteúdo dos jornais. Compará-lo com Silvestre é um exagero cômico.
Mirandela:	cidade do norte de Portugal.
* Para homenagear um escritor, geralmente lhe era oferecida uma pena de ouro. Mas Silvestre recebeu uma pena de galinha.	
Andassem encontradas:	eram contra.
Revolução militar de 1844:	tentativa sem êxito de uma revolução contra a ditadura de Costa Cabral.

para recruta. Nesta correspondência discorri largamente acerca dos direitos do homem. Examinei o que foi a liberdade em Grécia e Roma. Procurei-a no berço do cristianismo e vim com ela, através dos séculos, até a Revolução Francesa, que eu denominei o último verbo da sociabilidade humana: tudo isto por causa do recruta e contra o regedor da minha freguesia, que eu cobri de **epítetos** tais como **ominoso** e **paxá de três caudas**.

O regedor respondeu-me e eu repliquei. Seguiu-se uma série de correspondências, que podiam formar um livro importante para a história dos costumes dos regedores em Portugal no século XIX.

O **prurido** de escrever correspondências a respeito doutras muitas coisas, e mormente da **dotação do clero** — matéria que veio a ponto, quando eu tive uma questão com o meu pároco por causa da **côngrua** e **pé de altar** —, insinuou-me a persuasão de que havia em mim pronunciadas tendências para escritor político. Discutia-se naquele tempo o Sr. **Conde de Tomar**, a quem uns chamavam Barba-Roxa e outros Marquês de Pombal. Decidi-me a favor dos segundos, que tinham incontestável razão. Escrevi uma série de artigos, com muito **suco**, em grande parte copiados do *Dicionário Político* de Garnier-Pagés; e, na parte de minha **lavra**, havia ali uma verdura de ideias que ninguém lhe metia dente. Por essa ocasião recebi de vários pontos do país diferentes cartas, umas insultadoras, **capitulando-me** de besta; outras, no mais moderado de seus **encômios**, profetizavam em mim o **Girardin** português. De **Mirandela** recebi a lisonjeira nova de se andarem quotizando alguns amigos da ordem para me oferecerem uma pena. Veio a pena, passado algum tempo; mas era uma pena de galinhola, uma zombaria que eu repeli com todas as potências do meu desprezo*.

Como as minhas doutrinas **andassem encontradas** com as do regedor e do pároco — afeiçoados à **revolução militar de 1844** —, maquinaram eles contra mim ciladas, que me iam sendo fatais, sob pretexto de eu ser partidário do Sr. Costa Cabral. As **sevícias** do rancor chegaram ao extremo de me matarem uma cabra, que pastava no **passal** do vigário, e aleijaram-me uma égua, que num ímpeto de castidade, escoiceara um **garrano** do regedor. Estas prepotências eram indicativas dalgum grande atentado contra minha vida*. Saí, portanto, da minha aldeia e fui para o Porto expor com **desassombro** ao sol da civilização os meus talentos em matéria de governação pública.

Fiquei grandemente surpreendido e **embaçado** quando cheguei ao Porto e **dei fé** que ninguém se ocupava a falar de mim! À mesa-redonda do hotel onde me hospedei tratou-se o assunto da política; e, como era essa a feliz **conjunção** de eu divulgar o meu nome, encaminhei habilmente a controvérsia, até me declarar Silvestre da Silva, autor dos artigos **epigrafados** "**Os portugueses na balança do mundo**".

Ninguém me conheceu o nome, a não ser um literato localista, que teve a audácia de me dizer que os meus artigos **tresandavam ao montesinho** e que as minhas ideias **entouriam** o estômago intelectual como se fossem castanhas cozidas. Donde ele concluía que a minha literatura tinha a cor local dos meus alimentos e denunciava a morosidade das minhas digestões.

Devo a este **lorpa** a popularidade que alcancei logo aos primeiros dias da minha chegada. Àqueles sarcasmos respondi com um murro de consistência provinciana, murro que devia também ter a cor local da pesada digestão das castanhas. O literato desafiou-me e teve a bravura de me propor um **duelo à pistola à ponta de lenço**. Responderam os meus padrinhos que eu optava pelo murro à ponta do nariz. Com esta pequena modificação à sua proposta, o localista retirou a honra da **peleja** e desafogou na seção das locais, chamando-me **onagro** e vários outros adjetivos, cujo período eu lhe arredondei com um puxão de orelhas na primeira ocasião.

Assim, pois, inaugurei a minha entrada no Porto.

Sevícias: crueldades.

Passal: porção de terra cultivada, anexa à casa do pároco, e que faz parte de seus rendimentos.

Garrano: cavalo pequeno e forte.

* Observe que as "vinganças terríveis" de que Silvestre se diz vítima não passam de brigas de vizinhos.

Desassombro: decisão.

Embaçado: constrangido.

Dei fé: percebi.

Conjunção: oportunidade.

Epigrafados: intitulados.

Os portugueses na balança do mundo: alusão irônica ao famoso livro *Portugal na balança da Europa*, de Almeida Garrett (1830).

Tresandavam ao montesinho: tinham jeito de coisa de provinciano.

Entouriam: enchiam.

Lorpa (ô): idiota.

Duelo à pistola à ponta de lenço: aquele em que os duelistas marcam a distância por meio de um lenço, segurando-o pelas pontas opostas.

Peleja: batalha, desafio.

Onagro: jumento.

II

Naquele tempo, **a cidade heroica** estava muito mais adiantada em **policiamento** que hoje. Uma dúzia das principais famílias abriam frequentemente os seus salões e rivalizavam na profusão do serviço. Comia-se muito.

Posto que os dissabores fundos da minha vida passada me fizessem ver com tédio os regalos da sociedade, fui obrigado pela minha posição nas letras a comparecer nos focos da civilização. Escrevi alguns folhetins, historiando os prazeres fictícios daquelas noitadas, e mediante eles granjeei a estima das donas da casa; e quer-me parecer que, se eu tivesse coração naquela época, as virtudes da **cidade da virgem** seriam hoje uma coisa muito equívoca.

Como detesto a **fatuidade**, inibo-me de contar as demonstrações mais ou menos recatadas que recebi de singular afeto.

Não intento **desdourar** as demais senhoras de Portugal dizendo que as há no Porto que se avantajam em formosura a quantas conheço, exceto a leitora*.

A mulher do Porto, como ela era há quinze anos, **estava por adelgaçar**, gozava-se de cores ricas de bom sangue; era redonda e **brunida** em todas as suas formas; o ofegar do seu peito comprimido pelas **barbas** do colete era como a oscilação duma cratera que vai romper à superfície**; **dardejava** com os olhos; ria francamente com os lábios inteiros; deixava ver o esmalte dos dentes e o rosado das gengivas; **meneava** os braços com toda a pujança dos seus músculos reforçados; pisava com gentil desenvoltura; dizia com toda a **lisura** as suas primeiras impressões; ria-se com os chistes dos galãs que tinham graça; ouvia sentimentalmente as tristezas dos céticos; **doidejava** nas vertigens da valsa; bebia o seu cálice de Porto; comia com angélico despejo uma dezena de sanduíches; tornava para as danças com redobrado ardor; e, ao repontar da manhã, quando as flores da cabeça lhe caíam murchas e as trancinhas

---

A cidade heroica: a cidade do Porto.

Policiamento: civilização, cultura.

Cidade da virgem: referência à cidade do Porto. A imagem de Nossa Senhora faz parte do brasão de armas dessa cidade.

Fatuidade: vaidade, presunção.

Desdourar: desmerecer.

* O narrador diz que, na cidade do Porto, as mulheres são mais belas que as de outros lugares, mas não mais belas que a leitora. É constante no livro esse diálogo do narrador com os leitores, principalmente com as leitoras, quase sempre marcado por uma ironia sutil, como nessa passagem.

Estava por adelgaçar: estava por emagrecer, isto é, ainda não tinha emagrecido.

Brunida: que tem a pele brilhante, lustrosa.

Barbas: abas.

** O exagero da comparação é sarcástico.

Dardejava: lançava raios ou dardos.

Meneava: movia de um lado para outro.

Lisura: franqueza.

Doidejava: enlouquecia.

da madeixa se empastavam com o suor na testa, a mulher do Porto era ainda formosa, mais formosa ainda pelo cansaço, a disputar lindeza à aurora, que nascera para lhe disputar a beleza*.

E eu, vendo-as, pensava nisto e sentia não ter coração para elas!

Ai!, dez anos depois, a mulher do Porto já não era assim, não!

Tinha passado por elas o **bafo pestilencial do romance**. Liam e morriam para a verdade e para a natureza legítima. Invejavam a palidez das pálidas e a espiritualidade das magras. Tal menina houve que bebeu **vinagre com pó de telha**; e outras, mais suspirosas e avessas ao vinagre, desvelavam as noites emaciando o rosto à claridade doentia da lua. Algumas tossiam constipadas e queriam da sua tosse catarrosa fingir debilidade do peito, que não pode com o coração. Muitas, à força de jejuns, desmedravam a olhos vistos e **amolgavam** as costelas entre as compressas de aço do colete.

Estas não são já as mulheres que eu vi, sadias e frescas, como se saíssem do paraíso terreal, antes que o autor da vida as condenasse às dores e à morte.

Foi o romance que degenerou as raças, porque lá de França todas as heroínas, **em 8º** e a 200 réis ao franco, vêm definhadas, tísicas, em jejum natural, **tresnoitadas**, levadas da breca. Nunca se dá que os romancistas nos digam o que elas comem, quantas horas dormem, quantos cozimentos de **quássia** tomam **para dessaburrar o estômago**, qual gênero de alimento preferem, que doutrinas de higiene adotaram, quantos amantes afagam para cicatrizarem os golpes da perfídia com o pelo do mesmo cão. **Mal haja** uma literatura que transtorna fundamentalmente a digestão e o sono, estes dois poderosos esteios da saúde, da graça, da formosura e de tudo que é poesia e gozo neste mundo! Se alguma vez o romancista nos dá, no primeiro capítulo, uma menina **bem fornida de carnes** e rosada e espanejada como as belas dos campos, é contar que, no terceiro capítulo, ali

---

* Observe que o narrador descreve a beleza das mulheres do Porto. No fim, o que vemos é uma descrição satírica delas, apresentadas ironicamente como belas.

Bafo pestilencial do romance: o narrador atribui a decadência física das mulheres à influência da leitura de romances românticos.

Vinagre com pó de telha: simpatia em que se misturava vinagre com pedaços de telha reduzidos a pó. Essa receita evidentemente provocava um mal-estar que gerava grande fraqueza e abatimento, dando às mulheres um ar doentio que elas achavam romântico.

Amolgavam: amassavam, deformavam.

Em 8º: tipo de produção gráfica em que se imprimem dezesseis páginas por folha.

Tresnoitadas: sem dormir à noite.

Quássia: tipo de planta que pode ser usada como vermífugo.

Para dessaburrar o estômago: para limpar o estômago.

Mal haja: expressão que significa contrariedade, animosidade. O narrador está criticando a literatura romântica.

Bem fornida de carnes: com o corpo cheio e arredondado.

Engonços: encaixes.	
Desassisadas: desajuizadas.	
Imolam: sacrificam.	
Se correm da sua inépcia: fogem da sua falta de inteligência.	
Glóbulos cruóricos: o sangue que coagula (o uso de termos médicos nos lembra que Camilo foi estudante de medicina).	
Não se retingem: não voltam a ficar vermelhos.	
Desentranhem: façam nascer.	
Meladas e desmeduladas: secas e sem medula.	
Peços: que não se desenvolveram.	
Outoniços: que estão no outono da vida, isto é, no ocaso da existência.	
Enervados: doentes dos nervos.	
Fenecidas: mortas.	
Mosteiros góticos: mosteiros medievais de estilo gótico.	
Fastio: tédio.	
Polcam: dançam a polca.	

a temos prostrada numa otomana, com olheiras a revelar o cavado do rosto, com a cintura a desarticular-se dos seus **engonços**, com as mãos translúcidas de magreza, os braços em osso nu e os olhos apagados nas órbitas, orvalhadas de lágrimas.

Pouca gente alcança os limites do desarranjo que estes envenenadores impunes causam nos costumes e na transmissão da espécie.

Estas mulheres **desassisadas**, que se **imolam** aos caprichos duma literatura, por não terem coisa séria em que empreguem a imensa energia do seu espírito, quando tornam a si, e **se correm da sua inépcia**, tarde vem o arrependimento, que, nos melhores anos, deram cabo das melhores forças. Obrigadas a viverem nos limites da razão, casam-se, e curam de reconstruir o edifício desconjuntado da saúde, comendo e bebendo e dormindo regularmente; mas as molas digestivas já têm então perdido as suas forças; os **glóbulos cruóricos** do sangue **não se retingem** jamais; as pulsações batem frouxas; o ar filtra ao pulmão por canais obstruídos; e não há contrapor à segunda natureza, formada por molestos artifícios, cuidados medicinais, que vinguem a antiga compleição deteriorada. Que frutos quereis que **desentranhem** estas árvores **meladas e desmeduladas**? Frutos **peços** e **outoniços**, filhos **enervados**, e como flores mimosas **fenecidas** ao ardor do sol, que lhes cai a prumo em plena vida.

Estas meninas de quinze anos, que eu hoje conheço no Porto, são as filhas das robustas donzelas, que me enchiam de satisfação os olhos na minha mocidade. Que degeneração! Vê-las numa sala é ver as virgens lacrimosas e lívidas, que se pintam nas criptas dos **mosteiros góticos**. Que tristeza de olhar e que dengoso **fastio** no falar! Quando se reclinam nas almofadas dum sofá parece que desmaiam narcotizadas; quando **polcam**, e se deixam ir arrebatadas nos braços dos parceiros, afigura-se-me que de sua parte não há mais ação nem movimento que o das asas, do ar que lhe agita a orla do vestido, volátil e vaporoso como éter. Que degeneração*!

Ó mulheres do Porto, ó virgens saudosas da minha mocidade, ó santas da natureza como Deus as fizera, que é feito de vós, que fizeram de vós os romances, e o vinagre, e a lua, e o pó de telha, e as barbas do colete, e os jejuns, e a ausência completa do boi cozido, que vossas mães antepuseram às mais legítimas e respeitáveis inclinações do coração?!

III

Naquele tempo, as minhas cogitações eram todas dirigidas por cálculos e raciocínios. O meu alvo mais remoto era ser ministro da coroa. Estavam as minhas faculdades regidas pela cabeça**. As cabeças de alguns ministros, quando não tivessem outro préstimo, nem provassem outra coisa, muito puderam, convencendo-me da minha aptidão para os cargos superiores da república. Eu conhecia na intimidade uns homens de inteligência espalmada e cabeça escura como o cano duma bota; homens sem ciência nem consciência; **rebotalhos** da humanidade, arremessados à margem pela torrente **caudal** das transformações sociais; espíritos **tolhidos de gota**, sem saudades, sem crenças, nem aspirações; entulhos de má morte, que atravancavam todo o progresso e **escarneciam** com gosmento sorriso as expansões atrevidas da geração nova que a cada passo queria arvorar um marco de adiantamento. Conheci estes homens, e conheci-os ministros da coroa, **sopesando** debaixo dos pés chumbados à terra, que ameaçava engoli-los, a explosão das ideias e o peito da mocidade que se afrontava com o possante atleta da rotina.

Comecei a publicar uma série de artigos contra os velhos, e disse mesmo que era necessário matá-los, como na Índia os filhos faziam aos pais inválidos para o trabalho. Estes artigos criaram os meus créditos de estadista, e muitas simpatias. Escrevi o **panegírico** da gera-

* Silvestre condena agora os mesmos comportamentos que tinha quando era comandado apenas pelo coração, conforme vimos na primeira parte do livro.

** De agora em diante, Silvestre decide conduzir a vida guiado exclusivamente pela razão ou intelecto.

Rebotalhos: refugos, restos.

Caudal: caudalosa, potente.

Tolhidos de gota: paralisados pela gota, doença nas articulações que dificulta a locomoção.

Escarneciam: ridicularizavam.

Sopesando: reprimindo.

Panegírico: elogio.

ção nova, se bem que a geração nova não tinha feito coisa nenhuma*. Disse que a mocidade estava a rebentar de **cometimentos** grandiosos em serviço dos interesses materiais do país. Todos os meus artigos falavam em cometimentos grandiosos e interesses materiais do país.

    Naquele tempo fui convidado a alistar-me na maçonaria, e, depois de prestar os juramentos terríveis sobre uma bainha de espada, único objeto do ritual que então apareceu, fui proposto para orador da **loja**, e aí fiz os meus ensaios de eloquência sanguinária, pedindo diferentes cabeças, como quem pede confeitos pela Semana Santa. Os meus irmãos ouvintes, que tinham todos uns nomes de guerra medonhos, tais como **Átila, Gengis Khan e Alarico**, tomaram-me tamanho medo que me foram denunciar à polícia como demagogo e me **exautoraram** das funções da palavra.

    Assanhado pelos **estorvos**, que me embargavam o passo, escrevi contra a estupidez da geração nova, que não valia mais que a velha, e chamei os povos às armas. O ministério público **deu querela** por abuso de liberdade de imprensa contra o jornal, cujo redator principal era eu. O jornal foi condenado e os assinantes não pagaram no fim do segundo trimestre.

    Empenhei a minha casa para sustentar a gazeta, que três vezes foi condenada na multa e custas. Afinal, quando me vi exaurido de recursos e cansado de lutar com a indiferença pública, achei em mim terrível analogia de destino com todos os redentores intempestivos da humanidade, e **bebi o meu cálice até as fezes**, as quais fezes eram pagar à fábrica de papel as últimas cinquenta resmas, que eu fizera gratuitamente distribuir por esta raça de ingratos portugueses que, de três em três meses, mandavam vender o jornal às tendas.

    Compenetrei-me da **estolidez** das minhas aspirações a desencharcar da lama um povo **aviltado** e cego de sua estupidez. Foi uma terrível decepção esta que me deu à cabeça os tratos que as mulheres de Lisboa me tinham infligido ao coração. Vi que o homem

---

* Comentário sarcástico do narrador a respeito da nova geração que, assim como a velha, nada tinha de construtivo para apresentar.

Cometimentos: ações arrojadas.

Loja: templo maçônico.

Átila, Gengis Khan e Alarico: líderes de guerreiros famosos por sua ferocidade e crueldade, que viveram em diferentes épocas.

Exautoraram: destituíram.

Assanhado: estimulado.

Estorvos: obstáculos.

Deu querela: queixa apresentada em juízo.

Bebi o meu cálice até as fezes: suportei minha aflição ou amargura até o fim.

Estolidez: estupidez.

Aviltado: degradado.

grande, neste país, no mesmo ponto em que hasteia o estandarte da redenção, aí, de força, há de amargurar as torturas do seu Gólgota. **Achei-me extemporâneo neste século** e cobri com as mãos o rosto envergonhado, como os mártires da liberdade romana, que **velavam** com a túnica o rosto e diziam aos **pretorianos**: "Matai, escravos!".

Após alguns meses de devorantes cogitações sobre o futuro desta terra, fui à minha aldeia vender uma **tapada**, e o milho de três colheitas, e tornei para o Porto, elaborando projetos que já não tinham que ver com o bem da sociedade. O egoísmo da cabeça, mil vezes mais odioso que o do coração, esporeava-me a falsificar os mais sagrados sentimentos, mascarando-os de modo que a sociedade me desse a desforra das agonias com que remunerara a minha dedicação e o custeamento do jornal, um ano e tantos meses.

O meu pensamento era casar-me rico* e fechar os olhos temporariamente ao horizonte onde o desejo via uma pasta de ministro e onde a realidade me mostrava aquela terrível *coisíssima nenhuma* do **Sr. Júlio Gomes da Silva Sanches**, admirável em seus dizeres.

PÁGINAS SÉRIAS DA MINHA VIDA

I

Vi no baile do barão de Bouças as três herdeiras mais ricas da sociedade portuense. Das três, a mais velha e rica era viúva e regularmente feia. A mais nova tinha **uns longes sedutores**: mas, examinada **ao pé**, era uma cara sem vida, coisa muito parecida com a alvura de leite, encarnada nas maçãs do rosto, como as bonecas de olhos de vidro, e **beiços purpurinos de malagueta**.

Achei-me extemporâneo neste século: achei-me alguém fora do meu tempo, que não era igual aos demais.

Velavam: cobriam.

Pretorianos: soldados que faziam a guarda dos imperadores na Roma antiga.

Tapada: certa extensão de terreno cercado.

* Abandonando os devaneios românticos e os sonhos políticos, o objetivo de Silvestre passa a ser este: arranjar-se na vida por meio de um casamento com uma mulher rica; por isso, vai traçar um plano de ação.

Sr. Júlio Gomes da Silva Sanches (1803- -1866): político liberal português, tendo sido deputado e ministro por muitos anos. Estava vivo na época da publicação do romance de Camilo (1862).

Uns longes sedutores: um certo ar sedutor.

Ao pé: de perto.

Beiços purpurinos de malagueta: lábios vermelhos da cor da pimenta malagueta.

A terceira era uma verdadeira mulher, **trigueira** como as prediletas de **Salomão** e gentil e desenvolta como as prediletas de toda a gente.

Consultei a minha cabeça*, e a cabeça me disse que **requestasse** a viúva. Senti que o coração punha embargos; mas a **veleidade** foi de momentos. Caiu-lhe em cima a cabeça com todo o peso da razão; e o pobrezinho, que já não servia para mais que centro das funções sanguíneas, gemeu, contorceu-se e amuou**.

À roda da viúva giravam os mais graúdos **peraltas** do Porto, sujeitos que andavam sempre de esporas e que **se frisavam** todas as manhãs para irem passar as tardes em casa do seu alfaiate, discutindo as belezas de uma lapela de fraque e a lista mais ou menos enflorada das pantalonas.

Eram estes os terríveis **açambarcadores** das almas das senhoras do Porto; mas com as almas se contentavam, como convinha a pessoas puramente espirituais.

Pedi que me apresentassem à viúva. O elegante de quem solicitei este favor, antes de me apresentar, disse-me:

— Fala-lhe de mim, a ver o que ela te diz.

— Vê-se que a amas... — atalhei eu.

— Amo deveras; mas não lhe amo a fortuna.

— A *fortuna* é galicismo — interrompi com **azedume**. — Diz antes os haveres. Morra o homem de paixão, sendo necessário, mas salve-se a língua **dos Lucenas, dos Sousas e dos Bernardes**.

Este meu amigo incorreto foi depois dizer a outro que eu era tolo. A ignorância é muito atrevida!

Falei com D. Justina Mendes, e para logo adivinhei que dentro daquele peito não havia senão membranas, tecidos adiposos e ossos com as respectivas cartilagens. Fez-me doer a cabeça com três palermas respostas que me deu. Perguntando-lhe eu se tinha saudades do seu tempo de casada, respondeu-me:

— O boi solto lambe-se todo.

Devia dizer vaca, se gostava do **anexim**.

Perguntei-lhe se amava os bailes. Resposta:

Trigueira: morena.

Salomão: rei bíblico que teve centenas de esposas em seu harém.

* Esse é o modo como Silvestre vai se comportar daqui em diante, orientado pela razão.

Requestasse: assediasse, namorasse.

Veleidade: capricho.

** Na luta entre a cabeça e o coração, este foi derrotado.

Peraltas: elegantes.

Se frisavam: enrolavam (os bigodes).

Açambarcadores: aqui tem o sentido de pessoas que conquistam todas as outras.

Azedume: mau humor, irritação.

Dos Lucenas, dos Sousas e dos Bernardes: alusão a três antigos prosadores portugueses considerados clássicos: João de Lucena (1549-1600), Frei Luís de Sousa (1555-1632) e Padre Manuel Bernardes (1644-1710).

Anexim: ditado. Observe a rudeza do comentário do narrador sobre a frase dita pela mulher.

— Bons bailes é cada um em sua casa.

A terceira pergunta:

— Que juízo faz Vossa Excelência do cavalheiro a quem eu devo o favor de lhe ser apresentado?

— Não é feio; mas eu não gosto — respondeu.

— Então de quem gosta, minha senhora?

— De ninguém: tomara eu que me deixem.

— Vossa Excelência há de necessariamente gostar de caldo de repolho com feijão branco — repliquei.

Esta facécia de mau gosto foi ouvida, repetida e lançada à circulação por duas senhoras que nos ouviam atentas.

D. Justina envesgou-me os olhos e murmurou:

— Não acho graça nenhuma ao seu atrevimento. — E, voltando a cara, sentou-se de esguelha.

Tornando ao apresentante, disse-lhe que a viúva o achava bonito.

Pedi que me apresentassem à mulher trigueira, e logo me disseram que não gastasse o meu tempo com um coração rendido aos encantos de Josino.

Este Josino, esta criatura que eu cantei em oitava rima, era um homem de **biscuit**, **engelhado** de **refegos** na cara como a **frontaria da Batalha**, velho dengoso, que tinha amado as mães solteiras das meninas casadoiras que requestava. Mas que terrível homem!... Era amado, e casou com ela.

Nota

Diz Silvestre que cantara Josino em oitava rima. O leitor decerto me agradece a reprodução do poema, que passou **despressentido** e sem assinatura num jornal literário daquele tempo. Foi ele escrito na véspera do matrimônio de Josino com a formosa trigueirinha. Não louvo semelhante **desafogo de despeito**, **nem encareço o quilate** da poesia. Reza assim a coisa, depois de ter resumido em estiradas oitavas o **epítome** da sua vida e a resolução de se casar:

Biscuit: porcelana.

Engelhado: vincado, marcado.

Refegos: dobras, pregas.

Frontaria da Batalha: alusão sarcástica a Josino, cujo rosto é comparado à fachada do mosteiro da Batalha, que tem uma cor amarelada e é cheio de nervuras.

Despressentido: despercebido.

Desafogo de despeito: desabafo de despeito por ter sido preterido pela mulher trigueira.

Nem encareço o quilate: nem elogio a qualidade.

Epítome: síntese.

Josino amigo meu, velho **incontrito**,
Há trinta anos conheço **em cata** duma,
Que tenha coração, e algum **saquito**
Daquilo com que a vida mais se arruma.
É velho o meu Josino; mas bonito,
E bem conservadinho; inda se apruma,
Quando vê na janela da vizinha
A travessa criada da cozinha.

Nos bailes, faz-me inveja o seu meneio,
E os trejeitos, que faz co'a perna fina,
E o **garbo**, que lhe empresta o bom recheio
Do **túmido** algodão com que fascina.
Do cume de gravata, em doce enleio,
Contempla as graças da gentil menina,
Já neta duma avó, que foi deveras
Namoro de Josino em **priscas eras**.

Já tem um pouco os olhos **desvidrados**;
Porém, não sei que graça tem, se os pisca!
Eu, se fosse mulher... ai!, meus pecados!,
Caía neste anzol de antiga isca.
Há homens tão fatais e endiabrados,
Que mal sabe a mulher ao que se arrisca,
Se palestra lhes dá! Ai!, pobrezinha!
É a história do sapo e da doninha*!

Mas que importa o poder que tens no peito
Das cândidas donzelas, velho audaz!
Tu consegues fazer com manha e jeito
O que a natureza pérfida desfaz.
Já consta por aí que tu és feito
De pródigo algodão, múmia **falaz**!
Suspeita-se também ser de algodão
A coisa a que tu chamas coração.

Incontrito: incorrigível.

Em cata: à procura.

Saquito: saquinho (no caso, de dinheiro).

Garbo: elegância.

Túmido: avolumado.

Priscas eras: antigos tempos.

Desvidrados: sem brilho.

* Diz-se que o sapo consegue fascinar a doninha com o olhar de tal maneira que ela acaba indo em direção a ele e é engolida.

Falaz: enganosa, falsa.

Josino, ainda assim, jamais **fraqueia**;
Ousa dar-se o valor duma **antigualha**,
Camafeu de **Herculanum ou de Pompeia**,
Que no mundo não tem mulher que o valha.
Isto diz muita vez, à boca cheia,
À criada Jacinta, quando **ralha**,
Porque a pobre, **mulher de sã lisura**,
Se ri quando ele encaixa a dentadura.

Josino tem **caleche** e tem cavalo,
Que aos triunfos d'amor lhe presta ajuda.
Quando silva da pita o agudo estalo
Donzelinha não há que não sacuda
A ceroula do pai, para espreitá-lo,
Tingida do pudor, que o gesto muda;
Enquanto ele lhe mostra o dente amante,
Que outrora adorno foi dum elefante*.

Nestes meses de inverno, o reumatismo
Costuma **apoquentá-lo**; e ele afeta
Que está numa **sazão de ceticismo**,
E rebate do amor a doce seta**.
Diz que o seu coração é fundo abismo,
Onde entesoura imagem predileta
Da mulher que há de vir; e, à vista disto,
Presume-se **que vem c'o Anticristo**.

Mas, apenas repinta a primavera
Espargindo matiz de lindas flores,
Josino sai da cama, onde gemera,
E remoça nutrindo outros amores.
Ludíbrio miserando da quimera,
Que o mangara no leito **d'agras dores**,
Ei-lo, de novo, em coração **repoisa**
De menina, que pese alguma coisa.

Fraqueia: fraqueja.

Antigualha: antiguidade.

Camafeu: objeto de adorno em pedra fina.

Herculanum ou de Pompeia: antigas cidades romanas.

Ralha: repreende.

Mulher de sã lisura: honesta.

Caleche: carruagem de dois assentos, descoberta na parte dianteira e puxada por um ou dois cavalos.

Quando silva da pita o agudo estalo: quando o agudo estalo do chicote (= pita) produz um som de assobio (= silva).

* O sarcasmo é devastador; ele compara o dente de Josino a uma presa de elefante.

Apoquentá-lo: incomodá-lo.

Sazão de ceticismo: época de pessimismo.

** Alusão à seta que o Cupido, figura mitológica, atira no coração humano para fazê-lo apaixonar-se.

Que vem c'o Anticristo: que vem no fim dos tempos — modo sarcástico de dizer que nunca virá.

Ludíbrio miserando da quimera: zombaria miserável da fantasia.

Que o mangara: que zombara.

D'agras dores: com aflitas dores.

Repoisa: repousa.

Rebocar: maquiar.	
Néscio: tolo.	
Logros: malandragens.	
Élite (em francês): elite.	
Detração: difamação.	
Assente o pai: com o consentimento do pai.	

* O autor intervém para comentar o verso que diz ser calunioso ou ofensivo à honra da jovem porque se trata de um mentira confessada na margem do texto pelo próprio Silvestre, que se justifica dizendo que escreveu isso por exigência da rima.

Alfim: por fim.

Bom Jesus do Monte: santuário com várias fontes, na cidade de Braga, em Portugal.

Trépida: temerosa.

Magno anelo: grande desejo.

Esganarello: personagem principal da peça *A escola dos maridos*, do francês Molière (1622-1673). Apesar dos conselhos contrários do irmão, Esganarello resolve se casar com Isabel, que, no entanto, ama um jovem e é por ele amada. Depois de várias peripécias, em que é enganado, Esganarello, arrependido, conclui: "Infeliz quem se fia numa mulher".

Não cuida que perdeu do seu quilate
Enquanto pode as rugas **rebocar**.
Diz sempre que lá dentro inda lhe bate
O quer que seja, que precisa amar.
Assim, como quem diz um disparate,
Pergunta se será **néscio** em casar:
Conta os **logros**, que fez, nunca sabidos,
E teme a previdência dos maridos.

Sem embargo, porém, deste palpite
Josino vai pedir a mão de esposa
A formosa menina, das do **élite**,
Que a **detração** abocanhar não ousa.
Assente o pai ao digno convite,
Que é pássaro bisnau, velha raposa,
E vira um vulto de homem presumível
Sair do quarto dela (ó vista horrível)[7].

Josino, **alfim**, casou, e partiu logo
(Ah!, que não sei de nojo como o conte!)
Todo ânsia, paixão, ardor e fogo,
Com ela para o **Bom Jesus do Monte**.
Ai!, que lua de mel, que desafogo
De candente paixão ao pé da fonte,
Que **trépida** repete em **magno anelo**
As falas que murmura o **Esganarello**[8].

Esganarello... sim!... (Se saber quer
Alguém, que o não conhece, aquele herói,
Procure-o, que há de achá-lo em Molière,

---

[7] Estamos autorizados a declarar que este verso, sobre ser mau, é calunioso*. No manuscrito do autor leio à margem desta oitava as seguintes palavras: "Menti por amor da rima: as mentiras em prosa é que não são perdoáveis, salvo quando é preciso arredondar o período, se a verdade se não presta." (N. do A.)
[8] Outra calúnia por amor da rima. (N. do A)

Ou lá na vizinhança.) O caso foi
Que, extinta a **lua incasta do prazer**,
A esposa diz que já n'alma lhe dói
Saudades do teatro italiano,
E do primo doutor... grande **magano**[9].

II

Acabo de demonstrar que é difícil, se não impossível, armar romances com as meninas do Porto. Pode ser que este **aranzel** de coisas **nunca faça gemer os prelos** do meu país; porém, quem me diz a mim que eu não tenha o póstumo regalo de ser impresso e lido? Nesta hipótese, com que a minha vaidade se incha, quisera eu vestir a nudez dos meus contos, enfeitá-los com as joias do estilo, que dão realce aos assuntos frívolos, e recompor mais literariamente com **embelecos** de imaginação as securas da verdade, dura de engolir neste tempo, se o engenho **não a arrebica de pechisbeques** e desvarios da natureza.

A viúva, bem aproveitada, podia dar alguns capítulos. Tolice tinha ela demais para saciar o espírito público, sempre faminto de ver em letra redonda as tolices próprias às costas alheias. Se eu tivesse sido mais moderado na minha linguagem, a criatura dava um livro; mas a minha razão, inconciliável com as **parvoiçadas** da milionária, saiu com aquela pergunta do caldo de repolho, mais para castigar os seus admiradores que para **chasquear** a

---

[9] A existência deste primo bacharel é que não é ficção; se o fosse, acudiria eu logo pela honestidade da família, cuja honra tenho em mais veneração que as **aleivosias** dum verso hendecassílabo. Este primo era pessoa de costumes **derrancados** e poeta, sem a delicadeza que pelo ordinário é inerente e **congenial** da verdadeira poesia. Daí vinha mofar ele da dentadura do marido de sua prima e **jogar a péla** com as almofadinhas de algodão, se Josino, extremamente **fiado em si**, o deixava a sós com ela. Ora, posto que a desgostosa senhora andasse mui duvidosa de suas forças e muito se tremesse de fraquear em luta contra as tentações, o primo conseguiu tornar-se-lhe odioso, porque nenhuma mulher perdoa à irrisão com que os **ineptos** pensam **aviltar** o marido aos olhos dela. Foi isto que a salvou. Salva ainda a vaidade, quando a dignidade falece! Muito é que o amor-próprio pondere mais no ânimo da mulher que o temor da difamação! Admirável em sua sabedoria foi a Providência, que dotou a mulher de índoles contraditórias, que nós chamamos defeitos, em razão de nos deixarmos induzir pelos mil absurdos em que se firma o chamado senso público*. (N. do A.)

Lua incasta do prazer: lua de mel.

Magano: malandro. O verso sugere que a jovem esposa logo se tornou amante do primo doutor.

Aleivosias: calúnias, mentiras.

Derrancados: corruptos.

Congenial: própria.

Jogar a péla: aqui tem o sentido de brincar de bola.

Fiado em si: confiante.

Ineptos: imbecis.

Aviltar: desprezar, desonrar.

* O autor explica que a esposa de Josino não o traiu com o primo porque este começou a zombar do seu marido; embora estivesse tentada a traí-lo, sentiu-se ferida em seu amor-próprio com essa zombaria e ficou com ódio do primo.

Aranzel: lenga-lenga, narrativa longa e enfadonha.

Nunca faça gemer os prelos: nunca seja impressa.

Embelecos: artifícios, fantasias.

Não a arrebica de pechisbeques: não a enfeita com falsos brilhos.

Parvoiçadas: tolices.

Chasquear: zombar.

tola. Bem pode ser que esta senhora, se fosse pobre, tivesse o siso comum, que o dinheiro produz milagres de variados feitios: a certas pessoas **pule-as**, espiritualiza-as, dá-lhes estilo sentencioso e inspiração para falarem de tudo com público aplauso; a outras pessoas despoetiza-as, materializa-as e embrutece-as. Conheço exemplos de tudo, e o leitor também.

A viúva, segundo me consta, antes de casar, era uma menina como são todas as meninas. Tinha os seus namoros, a quem respondia com bonita letra, e pensamentos, se não engenhosos, **pudibundos**. Casou com um riquíssimo velho por escolha de seus pais e condescendência sua. Fez as delícias do esposo, e as próprias, comendo e dormindo para ter sempre as faculdades do coração em torpor. Enviuvou ao sétimo ano de casada, quando de sua primeira natureza já não tinha vislumbres. Soube então que era riquíssima e requerida pelos homens notáveis da terra, e continuou a comer e a dormir. Porém, como os pés lhe inchassem por falta de exercício, e os médicos a mandassem passear e agitar-se, a viúva apareceu de repente nos passeios, nos bailes e nos teatros, onde adormecia do segundo ato em diante. Dispararam-lhe à queima-roupa as mais incendiárias declarações, e ela ouviu-as a dormir, enquanto a não incomodaram. Depois, como a pusessem em cerco e não a deixassem tomar fôlego, a mulher **despegou em despropósitos e rusticarias**, que a tornaram mais amável aos concorrentes. Aqui está o que era a viúva.

Assestei o fito à terceira, à menina que tinha aspecto de **serafim** de tribuna de igreja. Disseram-me logo que o Dr. Anselmo Sanches a requestava traiçoeiramente. Ora, o Dr. Anselmo Sanches era um *homem honesto*.

Convém saber que em toda a parte do mundo sublunar a *honestidade* é sinônimo de "decoro, compostura, pejo e decência". No Porto, a palavra *honestidade* soa como *hipocrisia velhaca**.

O homem honesto dali é o que logra **embair** a opinião pública; **recatar a impudência** com o exterior

---

Pule-as: forma pouco usual do verbo polir, significando "limpa-as", "purifica-as".

Pudibundos: pudicos, recatados.

Despegou em despropósitos e rusticarias: deixou de desatinos e grosserias.

Assestei o fito: visei.

Serafim: anjo.

* Mais uma observação satírica dirigida à cidade do Porto: segundo o narrador, nessa cidade o "honesto" é um malandro hipócrita. Para chamar a atenção sobre esse sentido especial da palavra, ela vem destacada no texto.

Embair: iludir, enganar.

Recatar a impudência: esconder a falta de pudor.

sisudo da **catadura**; acentuar a expressão no tom sentencioso do preceito; contar com a mobilidade do globo visual para o revirar ao céu, quando o ânimo **afeta confranger-se** com a notícia dum escândalo; franzir os beiços e **avincar a testa**, se é forçoso **chancelar** com voto **cominativo** a pena de alguma imoralidade a retalho*.

Conheci alguns *homens honestos* no Porto. Custou-me muito. Venci, para vê-los ao pé, estorvos desanimadores. **Fez-se mister** iniciar-me nos **arcanos** da desonestidade para entrar no segredo de certas existências que, dantes, me pareciam **bem fadadas da virtude**, ou dotadas de compleição **refratária** ao vício. Quando me avistei com eles na mesma zona, senti-me corrompido, escorria-me do coração o pus **tábido** das chagas; dei como impossível o regenerar-me diante do meu próprio senso íntimo; estava ou devia estar perdido, porque julguei necessária à vida a hipocrisia cínica**.

É que, sem ter descido as **escaleiras** todas da **protérvia** e do **opróbrio**, não se devassa o **latíbulo** em que se encovam os *homens honestos*.

A corrupção periódica das almas, empestadas pelo exemplo, ou impelidas pelo instinto, não tem que ver com a corrupção por grosso, que o acaso ou o ardil vos depara no secreto viver dessa **cabilda** de beduínos, salteadores da honra alheia, e nojentíssimos farsistas da sua.[10]

O mundo é péssimo; há, porém, Providência nesta péssima organização.

À hora certa, dentre as flores da vida, cultivadas por mão ilesa de espinhos, salta a víbora, que a morde.

[10] Aqui está uma amostra das desordenadas imprecações de Silvestre contra a sociedade. Escreveu-as provavelmente durante a passagem da cabeça ao estômago. A trovoadas tais de estilo é que andavam sacrificados todos os jornais em que ele escrevia. Era impossível que o assinante, no fim do trimestre, não recebesse o cobrador do jornal como a última palavra do insulto. Por minha vontade, podava muito destas páginas; mas, sobre ser deslealdade à memória do autor, seria supor que os homens sinceramente honestos do Porto se ofendem da sátira que verbera os velhacos. O que eu quisera consertar é o desmancho de ideias deste capítulo; não posso, nem sei o que ele pensava, nem por que estava assim assanhado contra a sociedade portuense. Devia de ser escrita esta **objurgatória** no fim de algum trimestre, quando o proprietário do jornal lhe intimou silêncio. (N. do A.)

Catadura: aparência.

Afeta confranger-se: finge afligir-se.

Avincar a testa: franzir a testa.

Chancelar: confirmar.

Cominativo: punitivo.

* Nesse parágrafo faz-se uma descrição irônica das expressões fisionômicas de um hipócrita: para enganar a opinião pública e fingir-se incomodado com alguma imoralidade, revira os olhos, mostra-se sério, franze os lábios e a testa.

Fez-se mister: foi necessário.

Arcanos: segredos.

Bem fadadas da virtude: honestas.

Refratária: resistente.

Tábido: podre.

** Ele ficou tão impressionado com a hipocrisia desses "homens honestos", que chegou a pensar que a hipocrisia era necessária à vida social.

Escaleiras: degraus.

Protérvia: insolência.

Opróbrio: desonra.

Latíbulo: esconderijo.

Cabilda: bando.

Objurgatória: forte censura.

Não há felicidade completa para a verdadeira honra: menos a haverá para a falsa.

A virtude, conquanto escudada por si própria, é vulnerável, porque se dói aos golpes da injustiça.

Ora, a hipocrisia, estribada na manha e na fraudulência, há de, **em desaire** da justiça de Deus, rebater os tiros da indignação? É impossível. Embora o **látego** não fira uma fibra sensível nas espáduas do **fariseu abroquelado pela impostura**; embora a sátira recue espavorida dessas almas impermeáveis à vergonha, é preciso que se escreva um livro, ou se delineiem os traços desse livro, o único, o urgente, o possível, o capitalíssimo para o Porto.

Cansei-me de ouvir dizer que a segunda cidade de Portugal é um enxame de **moedeiros falsos**, de contrabandistas, de mercadores de negros, de exportadores de escravos e de **magistrados de alquilaria**. **Venalidade**, crueza e latrocínio são os três eixos capitais sobre que roda, no entender da crítica **mordente**, o maquinismo social de cem mil almas.

A minha análise aprofunda mais o espírito vital do Porto.

Ali, o viver íntimo tem faces desconhecidas ao olho da polícia e da economia social. Conhecem-se as **librés** dos **chatins de negros**; discrimina-se pelo brasão o fabricante de notas falsas do outro seu colega **heráldico**, **opulentado** em roubos ao fisco; ignora-se, todavia, o mais observável e ponderoso da biografia desses vultos, que a fortuna estúpida colocou à frente dos destinos e da civilização do Porto.

Ó cidade dos livros, que é da liberdade dos teus escritores?

Se aí há homem de alma, que sacode os sapatos na **testeira** da riqueza bruta, que testemunho nos dá da sua independência?

O jornalismo do Porto está acorrentado às **ucharias** dos ricos. O jornalista por via de regra é um pobre homem, que vive do estipêndio cobrado com francisca-

---

Em desaire: para vergonha.

Látego: chicote.

Fariseu: hipócrita.

Abroquelado pela impostura: protegido pela mentira ou hipocrisia.

Moedeiros falsos: falsificadores, ladrões.

Magistrados de alquilaria: autoridades de aluguel, isto é, corruptos, que se vendem.

Venalidade: qualidade de quem é venal, de quem se deixa corromper por dinheiro.

Mordente: sarcástica.

Librés: uniformes, vestimentas.

Chatins de negros: traficantes de escravos negros.

Heráldico: aristocrático, nobre.

Opulentado: enriquecido.

Testeira: fachada.

Ucharias: despensa, depósito de mantimentos. Isto é, o jornalismo depende dos ricos para sobreviver.

na humildade à porta do assinante. Para os festins do fidalgo de raça era chamado o **versista** com as consoantes prévias do soneto na algibeira, onde não havia outra coisa. Nos **temulentos jantares** do fidalgo de indústria há talher para o **gazeteiro**, que já deixou **na estante dos caixotins a local sumarenta**, inspirada pelo antegosto das **viandas**, que lhe arrastam na torrente a alma para o estômago*.

Nota

Perdoe-me a memória de Silvestre. A calúnia, conquanto escrita em palavras cultas e penteadas, é sempre calúnia. Elegâncias da linguagem, por mais que valham na retórica, valem nada para o desconceito de quem injustamente difamam. O jornalismo do Porto teve e tem admiráveis e valentes mantenedores da honra contra classes poderosas pela infâmia nobilitada. À conta de muitos poderia escrever-se o que o finado Silvestre disse de um, nestes termos, que trasladamos dos seus manuscritos:

"Havia aí uma forte alma e audaciosa inteligência, que levou a mão à máscara de alguns **para lhes estampar o ferrete na testa**.

O jornal **brioso**, que a tanto ousara, expirou **à míngua de subscritores**, porque os **afrontados** por ele iam, de porta em porta, mandar uns e pedir a outros que retirassem as moedas de cobre à receita do escritor, que as não queria para si.

O heroico moço, rodeado de inimigos e até ameaçado na vida, cruzou os braços, **descorçoado**, e disse: 'É impossível! Cuidei que teria por mim os incorruptos; mas a peste não respeitou consciência alguma'.

Num país em que o governo **atalaiasse** os interesses do Estado, e o renome honrado da cidade, aquele jornal seria sustentado **às expensas do tesouro**; aquele jornalista seria acrescentado em bens e honras; aqueles **réprobos**, **indigitados** pelo órgão da voz pública — que

Versista: pessoa que faz versos sem qualidade.

Temulentos jantares: jantares em que há muita bebedeira.

Gazeteiro: forma pejorativa de se referir ao jornalista.

Na estante dos caixotins: no local onde se imprimem os jornais.

A local sumarenta: a notícia substanciosa.

Viandas: comidas.

* Isto é, atraído pelo banquete gratuito de que vai participar, o jornalista já deixa pronta a notícia a ser publicada sobre o jantar, deixando-se assim levar pelo estômago e não pela alma.

Para lhes estampar o ferrete na testa: para denunciá-los. O ferrete era o ferro em brasa que se usava para marcar escravos e criminosos.

Brioso: honrado.

À míngua de subscritores: por falta de assinantes.

Afrontados: atacados.

Descorçoado: desanimado.

Atalaiasse: protegesse.

Às expensas do tesouro: com dinheiro do próprio governo.

Réprobos: malditos.

Indigitados: denunciados.

é sempre a voz dos fracos e dos inermes —, seriam por seu mesmo decoro e dos poderes que os nobilitaram, obrigados a **refutarem a detração** ou a despirem nas praças os **arminhos com que escondem o pescoço à corda de esparto**.

Doces e nobres quimeras!

O jornalista austero será sempre um ente **malsinado** e odioso para todos os governos. Hão de expulsá-lo sempre do **sacrário poluto** das **mercês**, onde reina o ladrão laureado, que tem o segredo de abater ministros erguidos e exaltar ministros despenhados."

E acrescenta Silvestre da Silva:

"Que outro homem há aí que se aventure a entrar na trilha daquele, que esmoreceu, afinal, diante das *conveniências sociais*? Serei eu..."

Fez bem! Partiu o braço, querendo parar o movimento da roda. Desbaratou a melhor parte do seu patrimônio em publicações panfletárias, que não rasgaram sulco algum para as searas do futuro progresso da humanidade. Criou inimigos, que nem sequer lhe tinham lido as **diatribes**, nem lhe podiam perdoar pelas graças do estilo — inimigos que não sabiam ler, os piores de quantos há. É o que ele fez!

III

Tornando ao Dr. Anselmo Sanches.

Dois meses depois que fui ao baile, planeando casar-me com uma das três representantes de ações bancárias no valor de trezentos contos para cima*, vi uma senhora, que devia ter sido formosa, encostada ao braço de seu marido.

Trinta e quatro anos teria ou menos; mas os precoces vincos da velhice denunciavam quarenta anos ou mais. Lá estava o fulgor dos olhos para desmentir a denúncia das rugas, fulgor embaciado de lágrimas, mas ainda vívido como clarão crepuscular quando uma barra de púrpura e ouro tinge a orla do céu. De feito, era aque-

---

Refutarem a detração: desmentirem a acusação.

Arminhos: alusão às capas feitas com a pele de arminho, um pequeno animal polar, geralmente usadas por nobres, aristocratas ou pessoas muito ricas.

Com que escondem o pescoço à corda de esparto: corda feita de um tipo de planta e que é usada nos enforcamentos. Isto é, a classe social impediria que esses acusados fossem condenados.

Malsinado: caluniado.

Sacrário: local onde são guardadas coisas sagradas, preciosas.

Poluto: manchado, corrompido, profanado.

Mercês: benefícios, favores.

Diatribes: críticas.

* Como Silvestre resolve se guiar mais pela razão do que pelo coração, seu projeto agora é casar com uma mulher bem rica.

la uma vida em crepúsculo da tarde; já tudo para além-túmulo era escuridade e pavor para a triste senhora.

Chamava-se Rita e era brasileira, pura carioca, linda como todas as cariocas que não têm mais de dezoito anos*.

Francisco José de Sousa, marido dela, era um português que enriquecera no Brasil. Tinham viajado longo tempo; e, como Francisco José de Sousa tivesse ido do Minho e as saudades da pátria o não deixassem nunca, escolhera o Porto para residência.

O fino trato, aliado à opulência, estimulou invejas, caprichos, competências e ódios mesmo na sociedade portuense. De todas estas más paixões **surdiu** um bom resultado: aumentou o número dos bailes, entraram em **emulação** as equipagens, enriqueceram as modistas, acudiram os jornalistas a **fazer ata**, qual delas mais **encomiástica**, dos bailes profusos e luxuosos; o Porto, enfim, poliu-se mais em dois anos que nos nove séculos de vida que a mitologia, vulgarmente chamada história portuguesa, lhe dá.

Estava designada a noite dum baile em casa de Rita Emília, quando os convidados receberam aviso da súbita doença de Francisco José de Sousa.

Correram amigos e indiferentes a visitar o enfermo. Fui entre os segundos: achei-o prostrado e taciturno; e não vi a esposa ao pé do leito, nem na antecâmara. Perguntavam por ela as pessoas mais familiares; mas a brasileira não recebia sequer as amigas íntimas.

Grande mistério, grande burburinho, a curiosidade em ânsias, a maledicência espionando, a calúnia imaginosa a segredar por praças, e salas, e botequins, desaforadas conjecturas. Andou pois a difamação explicando às cegas, por vários modos, a enfermidade moral de Francisco de Sousa e a misteriosa ausência de D. Rita.

Quinze dias depois fecharam-se as portas e janelas da casa do brasileiro**, e os criados, quase todos despedidos, disseram que os amos tinham ido viajar.

* Comentário sarcástico sobre as mulheres brasileiras.

Surdiu: brotou.

Emulação: competição.

Fazer ata: dar notícia.

Encomiástica: elogiosa.

** Embora Francisco José de Sousa fosse português, é tratado de "brasileiro", modo um pouco depreciativo com que se designavam, em Portugal, os portugueses que voltavam ricos do Brasil.

Aqui é que a curiosidade ia dando um estouro. Houve aí bisbilhoteria ilustre **que se encanzinou** de raiva por não poder esquadrinhar o segredo desta saída, a qual, de força, devia ter um escândalo por causa, escândalo que a hipocrisia pudera abafar ardilosamente.

Havia nesta casa uma menina de dezesseis anos, órfã, muito rica, pupila do brasileiro e filha doutro, que morrera no Brasil, **quando andava em liquidação**.

Mariana acompanhara-os na misteriosa saída do Porto: soube-se, porém, que, ao passarem em Braga, a órfã entrara nas Ursulinas, mosteiro de educação.

Esta menina era a terceira mulher rica do baile.

Sabido isto, respirou um pouco a maledicência. Já os **arpéus** da hipótese achavam duro onde morder. **Acordaram**, portanto, em **conciliábulo**, algumas famílias honestas*, que Mariana fora encontrada em flagrante desprezo do seu pudor e, por isso, enclausurada no mosteiro **bracarense**.

Toda a gente se ia ter com o Dr. Anselmo Sanches para evidenciar a conjectura.

IV

Era o doutor amigo íntimo da família, pertencia ao conselho tutelar da órfã, **curava** dos negócios litigiosos do brasileiro e podia muito na casa, dominando a vontade do dono, que se fiava dele, mais seguro que em si próprio. Trinta e oito anos teria Anselmo. Em conta o haviam de homem exemplar em todas as qualidades boas, exceto na jurisprudência, em que era ignorante mais que o ordinário. Isso, porém, não lhe danificava o bom nome. Os seus muitos apologistas, se duvidavam dar-lhe procuração para os representar no foro, sobejamente o indenizavam, confiando-lhe mulheres, filhas e — o que mais é no Porto — o dinheiro.

Tinha o Dr. Sanches uma cara mais que feliz para se fazer benquisto. Nunca fechava a boca. O queixo inferior, pendido sempre, servia-o às maravilhas, quando

---

Que se encanzinou: que se zangou.

Quando andava em liquidação: quando estava encerrando seus negócios comerciais para voltar a Portugal.

Arpéus: pequenos arpões ou ganchos de ferro.

Acordaram: chegaram a um acordo.

Conciliábulo: reunião secreta.

* Ironia do narrador, pois são famílias fofoqueiras, maledicentes.

Bracarense: da cidade portuguesa de Braga.

Curava: cuidava.

parecia escutar com dor os escândalos que os oradores encartados da Assembleia Portuense[11] expectoravam do peito sujo, onde a asma senil desafogava pela detração injuriosa. Se a vítima era senhora casada, o doutor abanava um pouco a cabeça, punha os olhos no teto, e dizia: "Vão-se os costumes...". Se o escândalo recitava as gargalhadas gosmentas do auditório, Anselmo sorria por complacência e murmurava: "É remarcável o deboche em que está o grande mundo!" (O **celerado conspurcava a língua pátria**!). Não consentia ele que se erguesse a voz a desculpar imoralidades, se raro sucedia algum confrade, por **sestro** de contradição, **indulgenciar** fraquezas ordinárias, em verdura de anos, ou obrigadas por circunstâncias especiais.

[11] Ao tempo que Silvestre da Silva escrevia esta impertinência contra a Assembleia Portuense, tinha esta sociedade uma sala privativa de alguns indivíduos, que se divertiam contando passagens da vida alheia, em linguagem acomodada aos assuntos. Os sócios desta congregação, chamada "Palheiro", eram pessoas respeitáveis, maiores de cinquenta anos, qualificadas na **jerarquia** eclesiástica, no comércio nobilitado e na magistratura, sendo o principal elemento do Palheiro negociantes aposentados, vindos do Brasil. A razão de chamar-se "Palheiro" àquela reunião não a sei. Conjecturalmente diziam alguns etimologistas que *palheiro* derivava de *palha*, querendo concluir que o pensamento de quem dera o nome à coisa fora significar o alimento natural dos sócios reunidos naquele ponto do edifício. Acho muito violenta e sobremaneira desatenciosa a hipótese. Os cavalheiros, ofendidos com tal interpretação, eram pessoas que tinham boas lembranças, propósitos salgados e instrução variada para enfeitar as desgraciosidades da maledicência. Estas qualidades intelectivas não se nutrem com palha, penso eu.
Conquanto não fosse extremamente agradável ouvir um sexagenário a discorrer em termos **lúbricos** acerca das suas libertinagens de rapaz, eu tenho mais que muito para mim que o **sal ático** dos **eufemismos** havia de encobrir a **impudicícia** da ideia.
O que havia de menos louvável nas sessões daqueles cavalheiros era a obrigação que reciprocamente se impunham de esmiuçarem os pormenores das desonras meio veladas para os contarem de modo que a difamação pudesse dali sair a desenrolar o sudário das chagas sociais à luz do sol. Quando os relatores não tinham que **expender**, era permitida a calúnia para gastar o tempo: quer-me parecer que este artigo dos estatutos do Palheiro não merece louvores*. Homens a escorregarem à sepultura, uns **entrajados** com as severas vestes da religião de Cristo, outros com o peito honrado por cruzes e **crachás**, outros com numerosa posteridade de filhos e netos, não davam de si boa prova indo para ali afiar a linguagem do impudor, decretar a publicidade de desgraças, que não precisavam da infâmia pública para o serem, e inventar escândalos para aligeirar os tédios da noite.
O que tinham de mais humano aqueles sujeitos era comerem muito biscoito de Valongo e **forragearem nos tabuleiros** às mãos-cheias para levarem à família. Isto, que não parece bonito, era a coisa de mais **sainete e folia** que os velhinhos faziam na assembleia.
O tempo foi matando uns e espalhando os outros, de modo que o Palheiro, à falta de concorrentes dignos, ficou devoluto, à espera que a geração nova passe da torpeza militante para as pacíficas recordações de suas façanhas. (N. do A.)

Jerarquia: hierarquia.

Lúbricos: sensuais.

Sal ático: tom elegante.

Eufemismos: forma educada de falar de coisas desagradáveis.

Impudicícia: imoralidade.

Expender: apresentar.

* Comentário sarcástico do narrador, criticando a prática da maledicência pelos membros do grupo, homens idosos, de elevada posição social e aparentemente distintos.

Entrajados: vestidos.

Crachás: aqui, tem o sentido de condecorações.

Forragearem nos tabuleiros: remexerem nos tabuleiros onde havia comida.

Sainete e folia: graça e brincadeira.

Celerado conspurcava a língua pátria: o malvado corrompia a língua pátria. Esse comentário refere-se aos galicismos (uso de termos e construções da língua francesa) empregados pelo Dr. Anselmo na frase anterior, como "remarcável" (de *remarquable* = notável), "deboche" e "grande mundo".

Sestro: costume.

Indulgenciar: perdoar.

Era para ver como o inexorável Sanches se enfurecia em **invectivas** contra Pedro, que passava diariamente duas vezes em tal rua, para inquietar a moça **incauta**! Chegava a chorar no apuro do sentimental, que prodigamente consumia, descrevendo os funestos resultados da sedução. Menos perdoaria a Martinho, que, impudico e sacrílego, ousava ir aos domingos, à missa do meio-dia, aos congregados ou clérigos, para ver pelas costas a mulher do seu vizinho Januário, depois de ter sujado a fama da mulher do seu vizinho Timóteo! E, em seguida, punha em miúdos a história do descrédito daquelas senhoras, casadas com os seus amigos, e havia risadas à conta dos maridos, e ficavam todos sabendo o que até então ignoravam. Momentos depois, se lhe pediam novidades, o doutor respondia que não só se abstinha de indagar a vida alheia, mas até quisera, se pudesse, cerrar ouvidos às histórias torpes que todos os dias germinavam da corrupção do corpo social.

Francisco José de Sousa prezava no doutor o que muitos chamavam **sobejidão** de escrúpulos. Parecia-lhe, a ele, brasileiro, **vilã e torpe** a incessante detração em que entretinham os saraus algumas dezenas de velhos, de cuja língua a palavra licenciosa dos bordéis saía mais nojenta do que é em si. Anselmo, para não cair no desagrado do seu amo, dizia que o mal não era a sátira, mas sim o estragamento dos costumes que a autorizava. Escusando os velhos, acrescentava que as **cãs** eram um pouco intolerantes; porém, inofensivas.

Simpatize o leitor com o Dr. Anselmo, para que se não diga que a virtude é mal vista como a verdade nua.

V

No espaço de três meses, a contar da violenta introdução de Mariana nas Ursulinas de Braga, **saiu a lume** o tenebroso mistério; mas sem estrondo, porque andava muita gente apostada a encobrir Anselmo Sanches para não ter de proclamar a infâmia do apostólico varão, que tinham santificado.

Invectivas: insultos.

Incauta: ingênua, descuidada.

Sobejidão: excesso.

Vilã e torpe: desprezível e infame.

Cãs: cabelos brancos, isto é, a velhice.

Saiu a lume: foi esclarecido.

Eu hei de abreviar em poucas páginas o que sei. Não me posso ver muito tempo encharcado nesta lama, onde me atirou um dos empurrões da sorte. Lama por toda a parte onde me impeliu o coração e a cabeça! Toda a gente se goza dalgumas paragens risonhas; a todo o peregrino da vida é dado **assomar** de barrancos **resvaladiços** às **chãs** pitorescas, e descansar, e esforçar-se aí para se afrontar de novo com as fadigas da jornada. Eu, de mim, não tive o que têm todos. Onde quer que parei, resvalei num **atascadeiro**. Quando os **acicates** do amor me arremessavam às aventuras do coração, ia-me esbarrar com tolas ou devassas, ou desgraçadas tais como Marcolina. Se era a razão que me induzia com os seus cálculos egoístas a tomar o meu quinhão daquilo que o vulgo chama senso comum, já sabem que consequências eu vou tirando das minhas racionais primícias. Vi três mulheres à luz serena do raciocínio. Saiu-me parva a primeira, a ponto de me obrigar, sendo eu em extremo delicado, a perguntar-lhe se gostava de caldo de repolho. A segunda, para me humilhar e abater o orgulho, deu-me em Josino um rival preferido. Esta terceira, a Mariana dos olhos doces e jeitos de inocência lorpa, vão agora saber no que deu.

VI

Grandes considerações!
Entendem **cordatos fisiologistas** que o amor, em certos casos, é uma **depravação** do nervo óptico. A imagem objetiva, que fere o órgão visual no estado patológico, adquire atributos fictícios*. A alma recebe a impressão **quimérica** tal como o sensório lha transmite, e com ela se identifica a ponto de revesti-la de qualidades e excelências que a mais esmerada natureza **denega** às suas criaturas diletas. Os *certos casos* em que acima se modifica a generalidade da definição vêm a ser aqueles em que o bom senso não pode atinar com o porquê dalgumas simpatias esquisitas, extravagantes e estúpidas que nos enchem de espanto, quando nos não fazem estoirar de inveja.

Assomar: subir.

Resvaladiços: escorregadios.

Chãs: terras planas.

Atascadeiro: atoleiro.

Acicates: estímulos.

Cordatos fisiologistas: sensatos estudiosos do funcionamento do corpo humano.

Depravação: degeneração.

* Isto é, o amor é um estado doentio, resultado de uma visão distorcida da realidade.

Quimérica: irreal.

Denega: recusa.

E tanto mais se prova a referida depravação do nervo que preside às funções da vista quanto a alma da pessoa enferma, vítima de sua ilusão, nos parece propensa ao belo, talhada para o sublime e opulentada de dons e méritos que o mais digno homem requestaria com orgulho.

Se me desarmam deste convencimento, cimentado em doze anos de experiência e observações, não sei como hei de explicar o amor de D. Rita Emília ao Dr. Anselmo Sanches.

Defendo-a desta vergonha como defenderia o réu dum crime extremamente execrável. A alucinação, a doença dos nervos, a demência, enfim, explicam o crime, e deviam no máximo das vezes absolver a mãe que mata seu filho, o filho que mata seu pai e a mulher que se dá em alma e corpo aos Anselmos Sanches.

Posto isto, dispensam a história das repugnantes conjecturas, que então fiz, sobre o inarrável mistério dos amores de Rita e Anselmo. Indulte-se a infeliz em nome da depravação do nervo óptico, em nome da física e da patologia, em nome da caridade evangélica, em nome de tudo que move à lástima, à piedade e ao perdão.

Rita amava Sanches: aceitem o fato consumado. Ora Francisco José de Sousa, ileso da enfermidade visual de sua mulher, via o doutor, qual a natureza o fabricara, feio, **canhestro**, **mazorral**, **abrutado**, **refratário aos dardos do deus de Gnido**. **Embalde** se cansaria a malquerença insinuando ao brasileiro com cartas anônimas — expediente em voga, e creio mesmo que inventado no Porto — a suspeita de que sua mulher encarava no doutor com olhos menos ajuizados que os dele marido.

E a suspeita era já de si tão absurda que não houve no Porto alma de sobra danada que denegrisse, até rebentar o escândalo, a virtude conjugal de Rita.

D. Margarida Carvalhosa disse-me um dia[12]:

Canhestro: desajeitado.

Mazorral: grosseiro.

Abrutado: abrutalhado.

Refratário: resistente.

Aos dardos do deus de Gnido: às setas ou flechas de Cupido. Gnido ou Cnido era uma antiga cidade grega onde havia um templo dedicado a Afrodite, deusa do amor, cujo filho era Cupido, representado como um jovem armado de arco e flecha. Quem fosse ferido por uma de suas flechas ficava apaixonado.

Embalde: em vão.

---

12 Esta D. Margarida e outros personagens mencionados em seguida pode o leitor conhecê-los em diferentes romances do editor. (N. do A.)

— Vou contar-lhe uma **enjoativa** novidade, Sr. Silvestre. Prepare-se para rebater um ataque de inveja.

— De inveja, minha querida senhora? Vai Vossa Excelência dizer-me que mimoseou o mais feliz dos mortais com o seu coração?... Invejo, realmente invejo...

— Cale-se. Não se trata de mim: é um escândalo.

— Ah!... dissesse-me Vossa Excelência logo que era um escândalo: ser-me-ia impossível associar o nome de Vossa Excelência a um escândalo. Trata-se de Guilherme do Amaral? Do Barão de Bouças? De Cecília? De João José Dias?

— Não, senhor. Trata-se daquela Rita brasileira de quem o Sr. Silvestre disse que andavam enamorados os anjos.

— E os demônios, minha senhora! Diga, diga, que eu interesso-me em aspirar todos os aromas que rescendem das essências angélicas.

Margarida Carvalhosa descompôs-se a rir e continuou:

— Pois o aroma da tal essência angélica está sendo um aroma de arruda, meu caro poeta.

— Arruda, minha senhora?! Queira explicar-se.

— Rita deixou de ser a cara-metade de seu marido e passou inteira* para o Dr. Anselmo Sanches.

— Calúnia torpe! — exclamei com sincero espanto.

Margarida Carvalhosa tange a campainha, sorrindo com irônica piedade da minha boa-fé.

— Venha cá, Josefa — disse ela à criada, que entrava. — Repare se a mamã está por aqui perto...

A criada disse que a senhora baronesa estava no jardim.

— Conte — prosseguiu Margarida — diante deste senhor, sem acanhamento nem receio, o que me contou a respeito da brasileira.

E, voltando-se para mim, ajuntou:

— Esta criada saiu de casa quando os brasileiros saíram para Braga. Escute-a.

A criada hesitava; mas, animada pela ama, disse com visível repugnância:

Enjoativa: desagradável.

* Observe o trocadilho feito com a expressão cara-metade, que, no caso, refere-se a Rita, que era casada com José de Sousa.

— A brasileira... Então que quer Vossa Excelência que eu conte?

— Como se chamava o amante da sua ama? — disse Margarida.

— Era o Sr. Dr. Anselmo.

— Como soube você que ela amava o Dr. Anselmo?

— Como soube? Soube-o porque eu era a criada do quarto da senhora.

— Aquilo é muito significativo, Sr. Silvestre — disse, sorrindo com gentil malícia, a filha do barão, e acrescentou voltada para a moça: — E como tem você a certeza?

— Ora essa! A senhora não sabe?! Eu sabia tudo. De mim só se escondia ele. Até ela, quando o doutor começava a querer seduzir a pupila do Sr. Sousa, chorava muito e desabafava só comigo.

— Conte lá essa história da sedução da pupila. Como era isso? — disse eu.

— O Sr. Doutor sabia que a Sra. D. Marianazinha era rica, e disse à Sra. D. Rita que o melhor modo de continuarem a viver perto sem que o mundo **botasse fel** era ela fazer com que o marido consentisse no casamento dele com a menina. Depois, a minha ama deu-lhe um desmaio, e esteve às portas da morte. Quando melhorou, abraçou-se à menina e perguntou-lhe se o doutor já lhe tinha dito alguma palavra a respeito de casar com ela. A menina pegou a chorar e não disse uma nem duas. Isto mais apoquentava a minha ama, e desesperava-se que metia medo. Tanto fez que a menina confessou que o doutor a perseguira quatro meses todas as vezes que a senhora não estivesse ao pé, e que, vindo uma vez com ela de Guimarães, onde a menina tinha ido visitar umas parentas...

A criada, neste ponto, levou o avental ao rosto para encobrir que não corava; e no entanto, Margarida, relanceando os olhos dela para mim, e de mim para ela, com um brilho de alegria só compreensível às mulheres **despenhadas**, que **folgam** a cada vítima **abismada** com elas, disse com império:

Botasse fel: falasse mal.

Despenhadas: decaídas.

Folgam: se alegram.

Abismada: caída no abismo (moral).

— Acabe a história, Josefa.
— A história está acabada, Sra. D. Margarida — disse eu.
— Faltam os comentários, que tanta gente faz por sua conta. Esta D. Rita, Sr. Silvestre, quando me estendia a mão e os lábios numa sala, fazia-o com um ar de soberania que me incomodava. Ouvi-lhe muitas vezes, falando de Cecília, dizer com virtuosas caretas: "Vergonha das mulheres!". Rejeitou convites para casa de certas senhoras que não aspiravam a santas. A mim me disse com pedantesco ar maternal: "Menina, as exterioridades, por muito francas e inocentes que sejam, bastam para condenar. Coíba-se de todas as ações que possam dar pasto à maledicência. Olhe que a honestidade não está somente no coração: um olhar e uma palavra irrefletida bastam a depor contra as mais sisudas intenções."

E continuou com rancorosa satisfação:

— De Mariana só lhe direi que ainda há quinze dias a vi com seu ar virginal voltar-se à brasileira, que estava ao pé de mim na missa dos Clérigos, e murmurar a meu respeito palavras que eu não pude compreender. Esta criada, que estava ao pé delas, ouviu-as: "Aquela Margarida Carvalhosa tem modos tão desenvoltos e impróprios de menina solteira!". Ora, isto dito por quem oito dias antes, vindo de Guimarães, aceitara uma catástrofe tão imprópria de menina solteira, não me parece crítica muito frisante aos meus costumes. (Eu ri-me por dentro, quando ela disse "meus costumes"...)

— Enquanto ao Dr. Anselmo Sanches — continuou D. Margarida, cortando as palavras com frouxos de riso —, esse deixo eu à perspicácia do Sr. Silvestre avaliá-lo... Retire-se, Josefa, que vem aí a mamã.

VII

A polícia correcional

Escrevi um artigo contra Anselmo Sanches, cuidando que assim vingava o gênero humano. Saiu o artigo na seção dos *comunicados*: o proprietário do jornal declinou a responsabilidade moral e legal da ofensa ao doutor. Rompeu-me assim das entranhas o ódio que as queimava:

"*Sr. Redator*:

> **Nam quis (...) teneat se...?** (em latim): pois quem será tão tolerante com esta cidade iníqua, como se fosse de ferro, que consiga conter-se? — versos de Juvenal (século I d.C.).
>
> **Cevo:** pasto.
>
> **Rebalsardes:** rolar na lama.
>
> **Cerdos:** porcos.
>
> **Exórdio:** introdução.
>
> **Farfalhada:** palavreado sem sentido.
>
> **Protérvia:** descaramento.
>
> **Quousque tandem, Catilina?** (em latim): até quando, Catilina? Início de um discurso do orador romano Cícero (106-43 a.C.) contra o conspirador Catilina.
>
> **Proh pudor, proh dolor!** (em latim): oh vergonha, oh dor! Frase muito usada em discursos ou artigos. Portanto, o comentário de que essa frase, assim como a anterior, eram novas, não passa de ironia.
>
> **Me, me adsum qui feci, in me convertite ferrum** (em latim): fui eu, fui eu que o fiz, voltai contra mim as armas. Versos do poema *Eneida*, do poeta latino Virgílio (70-19 a.C.).
>
> **Broslado:** bordado.
>
> **Embuçar:** ocultar.
>
> **Infesto:** nocivo.
>
> **Celeuma:** crítica.
>
> **Me saíram de revés:** contra mim.
>
> **Acoimando-me:** acusando-me.

Há casos em que o silêncio é um crime! À vista de infâmias que sobre-excedem e transbordam a paciência humana, não há aí peito de ferro que se contenha!

............**Nam quis iniquae**
Tam patiens urbis, tam ferreus, ut teneat se...?

Aqui é o caso de dizer como o cantor de Camões:
    Ergo-me a delatar tamanho crime
    E eterna a voz me gelará nos lábios.

Vinde a mim, hipócritas!

Vinde ao **cevo** do escândalo, celerados que andais nas encruzilhadas assaltando a honra dos infelizes descautelosos!

Aqui tendes charco para vos **rebalsardes**, **cerdos**!

Aqui está um dos vossos, que apunhalou a alma dum marido, crucificou uma esposa ao madeiro de eterno opróbrio e sovou aos pés uma coroa virginal."

Isto era o **exórdio**, que os meus inimigos chamaram **farfalhada**. Seguia-se depois a exposição chã da **protérvia** de Anselmo Sanches, arranjada em três capítulos, cada um com uma epígrafe. A primeira era: ***Quousque tandem, Catilina?***... Achou toda a gente literata muita novidade nesta passagem de Cícero a propósito de Anselmo. A segunda epígrafe era ***Proh pudor, proh dolor!*** — também nova. O terceiro capítulo rompia com o ***Me, me adsum qui feci, in me convertite ferrum***. O todo era **broslado** de passagens latinas, que tornavam o meu artigo um parto de indignação e outro parto de sapiência.

Guardava eu as justas conveniências em **embuçar** os nomes das duas mulheres, que figuravam no quadro **infesto** à dignidade humana; mas abstive-me de cerimônias com o doutor.

O meu artigo levantou contra mim **celeuma** de *pessoas honestas*, e até jornais honestos **me saíram de revés**, **acoimando-me** de indiscreto, licencioso e causa ocasional de escândalo. É boa tolice esta! Uma gazeta sisuda, maravilhando-se de que eu fizesse queixumes, não sendo sequer marido da dama, aplicou-me os sabidos versos de **Nicolau Tolentino**:

> Apóstolo impertinente,
> Pra que hás de tu suar,
> Se não sua o **padecente**?

Anselmo, como visse que a imprensa e a opinião pública estavam com ele, **deu querela** contra o jornal, por abuso. O responsável **declinou sobre mim**, e eu fui sentar-me no banco dos réus em polícia correcional.

O advogado de acusação era um jurisperito de grande nomeada e uma gravidade de colarinhos assustadora. O meu patrono foi nomeado *ex officio*: era um bacharel verde em anos e **sorvado** em inteligência.

A acusação fez o panegírico dos séculos áureos em que não havia imprensa, nem as vidas das famílias estavam expostas aos enxovalhos de escrevinhadores devassos.

"— Sr. Dr. Juiz de Direito! — exclama ele — o santuário da família não pode continuar à mercê destes esfoladores de reputações! A mulher casada treme no pedestal da sua virtude; o esposo honrado, num país de imprensa livre, anda como ovos em peneira; a virgem honesta é estrangulada no seu decoro, quando se embala no inocente berço das suas afetuosas aspirações aos sacratíssimos direitos da maternidade. (*Neste ponto, o escrivão do processo limpou as lágrimas ao lenço vermelho do tabaco.*) — Sr. Dr. Juiz de Direito — prossegue o **Demóstenes**, com os braços em arco e o **semblante em lavaredas de transporte** — Todos temos mulher e filhas, filhas **estremecidas** e esposas ternas. Que importa a inviolabilidade destas santas afeições, se a pena do **foliculário**, **estilando** o negro **fel** da calúnia, nos verte no coração a **peçonha** da desordem doméstica e nos expõe às vaias públicas?! Um marido vive em boa paz com sua mulher: vem um **refalsado** escritor e diz-lhe: 'Tua mulher é desleal!, tua mulher roubou-te os

---

Nicolau Tolentino (1740-1811): conhecido poeta português, autor de sátiras e versos humorísticos.

Padecente: sofredor.

Deu querela: deu queixa, processou.

Declinou sobre mim: pôs a culpa em mim.

Ex officio (em latim): por imposição da lei, isto é, não por escolha de ambas as partes.

Sorvado: fraco.

Demóstenes (384-322 a.C.): famoso orador grego.

Semblante em lavaredas de transporte: semblante avermelhado pelo entusiasmo.

Estremecidas: queridas, amadas.

Foliculário: jornalista vulgar.

Estilando: gotejando.

Fel: aqui tem o sentido de ódio, rancor.

Peçonha: veneno.

Refalsado: hipócrita.

doces mimos!'. Horrível, Sr. Dr. Juiz de Direito!, horrível! Desde este momento a paz da família é como se não tivesse sido **fuissem quasi non essem**, como diz Jó; o esposo tornou-se a fábula do povo; e a esposa, maculada sem mácula, aí fica infamada em si e na sua posteridade, por todos os séculos dos séculos! O cidadão **probo e laborioso**, se cuida que a honradez de sua vida o há de **escoar** dos tiros da calúnia, engana-se.

Aqui está o exemplo palpitante da atualidade. O Dr. Anselmo Sanches alcançou o quadragésimo ano de sua existência, sem que o ódio ou a inveja lho denegrisse com a baba pestilente da aleivosia. Todas as famílias se honraram de o terem na sua confiança. Em todas as casas honestas ele tem tido acesso como amigo, como irmão e como brasão das virtudes familiares em que ele é conselheiro, e **baluarte**, sem rebuço o digo, e baluarte — perdoai-me a modéstia do meu honrosíssimo cliente —, hei de chamar-lhe sem lisonja baluarte, **paladium sancta sanctorum**, das virtudes das famílias suas relacionadas. Pois ei-lo aqui pedindo às leis que o justifiquem perante o mundo e impondo ao fel cuspido por infamadora boca que volte ao negro peito donde saiu!...*"

Esqueceu-me o restante do discurso, que não precisava deter-se mais para ganhar o bom êxito. Os espectadores, os escrivães, o juiz, os **esbirros**, as testemunhas de acusação, todos estavam comovidos, quando o meu advogado tomou a palavra e disse que eu escrevera um romance sem intenção de ofender designadamente pessoa nenhuma. Anselmo Sanches é um nome — argumentava o **causídico** — que eu inventara, sem talvez saber que ele já estivesse inventado, e tanto assim era que o seu cliente ficara pasmado de se ver citado aos tribunais para responder pelos involuntários devaneios da sua imaginação opulenta e já provada noutros muitos contos de que ninguém se queixara.

Isto fez sensação.

Fuissem quasi non essem (em latim): **fora como se nunca houvesse sido** (trecho bíblico do livro de Jó, cap. 10, vers. 19).

Probo e laborioso: honesto e trabalhador.

Escoar: fazer escapar.

Baluarte: fortaleza.

Paladium sancta sanctorum (em latim): **aqui, essa frase tem o sentido de "protetor dos locais mais santos". É uma alusão irônica ao nome que os judeus davam ao local mais sagrado que havia no templo de Jerusalém.**

* Os dois parágrafos que reproduzem a fala do advogado de acusação são uma grande sátira ao estilo dos pomposos discursos jurídicos da época, cheios de citações eruditas e com um vocabulário rebuscado.

Esbirros: oficiais de justiça.

Causídico: advogado.

O doutor pediu licença para dizer que, se era verdade eu não o querer ofender, declarasse que todas as alusões, julgadas pela opinião pública em descrédito dele autor, eram um mero composto de fantasia.

O juiz voltou-se para mim e disse:

— Declara, pois, o Sr. Silvestre da Silva que é romance o seu artigo?

— Nada, não declaro.

— Como?! — tornou o juiz.

— O meu Anselmo Sanches é aquele — redargui apontando a grão-besta.

Este gesto, se fosse visto por gente fina, devia de produzir a comoção que faz nos espectadores o "Ninguém!" de *D. João de Portugal* apontando o seu retrato na tragédia de Garrett*.

— Pois o Sr. Silvestre insiste em caluniar o cavalheiro que generosamente lhe perdoa?!

— Rejeito o perdão de quem o deve pedir a Deus, e à sociedade, e ao seu amigo que atraiçoou, à mulher do seu amigo que cobriu de ignomínia, à pupila do seu amigo, que **debalde** quer lavar nas lágrimas a nódoa eterna.

— Mas que testemunhas dá o senhor da verdade das suas acusações?

— Três — respondi.

— Quais?! Do processo não consta alguma, nem o senhor **aduziu** alguma em sua defesa.

— As minhas testemunhas depõem em silêncio.

— Isso é absurdo.

— Pois, Sr. Dr. Juiz, creia Vossa Senhoria no absurdo, como Tertuliano: "***Quod absurdum, credo***".

— Não tenho que ver com Tertuliano; provas de arguição é do que a lei conhece aqui. Quem são as três testemunhas?

— É um marido que está prostrado de vergonha e de aflição num leito. É a mulher deste marido, que está doida. É uma órfã, recolhida nas Ursulinas de Braga, que está... prostituída. São estas as três testemunhas.

---

* Alusão irônica ao final da tragédia *Frei Luís de Sousa*, de Almeida Garrett. Dado como morto na África, D. João volta irreconhecível para casa, em Portugal, muitos anos depois. Sua mulher casara-se com outro homem, de quem tivera uma filha. Depois de muita tensão sobre sua identidade, quando lhe perguntam quem ele é, D. João aponta para um retrato seu na parede e diz apenas: "Ninguém".

Debalde: em vão.

Aduziu: apresentou.

***Quod absurdum, credo* (em latim):** creio porque é absurdo. Frase atribuída a Tertuliano (155-222), um dos importantes teólogos dos primeiros séculos do cristianismo.

Anselmo Sanches pôs os olhos no teto e exclamou:
— Ó céus!
— É a repetição da calúnia, que o Sr. Silvestre nos está dando? — interpelou o juiz.

O juiz recolheu-se ao santuário da sua consciência. Reinou profundo sossego de meia hora, finda a qual os autos passaram à mão do escrivão, que leu a sentença.

Fui condenado em cinquenta mil réis de multa, três meses de prisão e custas do processo.

Bati, como **Galileu**, o chão com o pé e disse: "Seja como for, o Sr. Sanches é um infame".

Paguei a multa e custas e **remi** o tempo de prisão a dinheiro.

Anselmo Sanches recebeu os **emboras** dos seus numerosos amigos.

A mim deram-me o epíteto de caluniador convicto. Os jornais acharam cordata a sentença e lamentaram que as aberrações do bom senso comprometessem a imprensa em semelhantes derrotas, desprestigiando-a e armando contra ela os inimigos.

Olhei em derredor de mim, procurando amigos que me **roborassem** a consciência da minha justiça, esmagada a coices de seus sacerdotes. Fugiam das minhas declamações os que me haviam excitado a verberar o doutor.

Tive então nojo mortal da sociedade e de mim, que Deus fizera dum barro menos vil, mas amassado no fel e vinagre do que se chama força da alma e desprezo do martírio.

Entendi que devia corrigir a obra do Criador. A minha primeira operação de reforma foi renunciar para sempre às manifestações da inteligência, e jurei comigo de nunca mais dar na estampa escrito que **não abonasse uma conscienciosa parvoíce**, talismã de tantos que aí correm, e à conta dos quais muitos meus colegas na imprensa se afortunaram e benquistaram com o mundo.

Acabou, pois, aqui, a minha vida intelectual.

Nem já coração, nem cabeça. Principia agora o meu **auspicioso** reinado do estômago.

Galileu Galilei (1564-1642): famoso físico, matemático e astrônomo italiano. Condenado pela Inquisição, foi obrigado a negar sua teoria do movimento da Terra, mas, segundo a lenda, depois do julgamento, teria dito: e no entanto ela se move.

Remi: compensei.

Emboras: parabéns.

Roborassem: corroborassem, confirmassem.

Não abonasse uma conscienciosa parvoíce: não revelasse uma conscienciosa tolice. Isto é, só publicaria algo idiota, pois desacreditara totalmente da inteligência, da razão e da sinceridade.

Auspicioso: promissor.

Nota

O autor remata aqui o período da sua vida de escritor, omitindo fases importantes e subsídios preciosos para a história literária das províncias do Norte. Em romance dispensam-se bem certas miudezas, que não deleitam, nem fazem chorar nem rir; é porém minha opinião que as menores coisas, na vida dum homem **extremado do vulgo**, são fatos significativos.

Silvestre estudou conscienciosamente o viver íntimo da cidade heroica e enfeixou as suas observações sob o título *O mundo Patarata*, que, no seu modo de sentir, era sinônimo de *mundo elegante*.

No vigésimo oitavo caderno dos seus manuscritos, li as seguintes páginas, que merecem entrar no templo da imortal memória com seu autor:

Se o mundo elegante no Porto será o mundo patarata de toda a parte?

"O mundo elegante é a sociedade polida, lustrada, envernizada no corpo e no pensamento, na ação e na palavra, na intenção e na obra.

Patarata quer dizer *ostentação vã*.

Elegância quer dizer *escolha*.

Poderão as duas coisas emparceirar-se num mesmo indivíduo, numa mesma classe?

É onde bate o ponto.

Demonstrado que ostentação vã é a máxima pataratice, o mundo elegante geme sob a pressão racionalíssima da lógica.

Por outro lado, evidenciada a urgência da patarata na vida real, como as visualidades na ilusão teatral, a pataratice é incremento da civilização*.

É o luxo o estímulo das artes e da circulação do **numerário** — dizem os economistas infalíveis. A pataratice é a arte amestrada pelo **aguilhão** do luxo. Ora, se o mundo elegante é o consumidor das espécies, que

---

Extremado do vulgo: muito diferente da maioria vulgar.

É onde bate o ponto: é onde a coisa se complica.

* O narrador conclui que o jogo das aparências (o mundo patarata) é indispensável ao desenvolvimento da civilização (o mundo real).

Numerário: dinheiro.

Aguilhão: estímulo.

constituem o luxo, e o **fomentador** da prosperidade das artes, segue-se que o mundo elegante é o mundo patarata.

Crê nisto toda a pessoa que já ouviu dizer que há uma coisa chamada lógica pela qual se prova que o mundo cabe num cesto, se o cesto for maior que o mundo.

A *elegância* também é sinônimo de beleza.

A sociedade elegante não pode ser substancial e formalmente a sociedade bela.

A tomarmo-la assim, **fumigaríamos** com incenso **derrancado** olfatos modestos que espirrariam contra a lisonja.

A lisonja é a **assa-fétida** das boas almas, das almas escolhidas, ou elegantes.

Na sociedade escolhida há pessoas que têm a consciência de serem feias.

Aí se compreendem todas as caras possíveis desde a malaia até a georgiana.

Todas as inteligências imagináveis.

Todas as **progênies** admissíveis na ordem da propagação.

Todas as virtudes, ainda as mais hipotéticas.

Há uma sociedade que não tem obrigação de ser outra coisa, **logo que** é *elegante*.

A sua missão é andar à tona do mar revolto da vida como as **alforrecas**.

O pássaro é um animal volátil, o peixe é um animal nadador, o réptil é um animal rasteiro, o *elegante* é um animal... elegante.

Diz **A. Karr** que Deus fizera a *fêmea* e o homem fizera a *mulher*.

Ora, a mulher não se limitou a fazer do *macho* um *homem*: fez uma brochura dependente do engenho do encadernador.

O espírito subiu da glândula pineal para o frisado; o entendimento desceu a reluzir no polimento das botas; o coração **entumecido** enfunou os **bofes** da camisa; as

---

Fomentador: incentivador.

A tomarmo-la assim: se assim a considerarmos.

Fumigaríamos: desinfetaríamos.

Derrancado: estragado.

Assa-fétida: planta medicinal que ajuda no sistema digestório. Nesta passagem, é uma metáfora para dizer que a lisonja é uma espécie de remédio para as relações sociais, pois facilita a convivência.

Progênies: descendências.

Logo que: já que.

Alforrecas: águas-vivas.

Jean-Baptiste Alphonse Karr (1808-1890): escritor francês, muito popular na época.

Entumecido: intumescido, inchado.

Bofes: pregas.

aspirações grandiosas acolchetaram-se à abotoadura dos diamantes; **os apertos de alma** atribulada passaram para o **atesamento** da luva*.

A alma, conquanto seja um ser imponderável, veste **tafetás e lemistes**, calça verniz, enluva-se de pelica, **bamboa-se em coxins**; e, se exercita algumas operações intelectuais e filosóficas, é quando se mete no estômago, como **Diógenes** na cuba.

Do mundo elegante são excluídas as pessoas de todos os sexos possíveis as quais não provarem que **despendem** como se tivessem para mais de **doze mil cruzados de renda**.

Se os têm ou não, essa averiguação incumbe aos **lançadores da décima**, impostos anexos e quinto para a amortização das notas.

Cá, o essencial e condicional é parecer que os têm; porquanto:

A benigna lei econômica da circulação monetária aceita como fatos legitimamente consumados todos os fatos do dinheiro;

Porque a modista, o alfaiate, sapateiro, luveiro, boleeiro, camaroteiro, e os demais satélites do **orbe** elegante, são entes de índole tão sincera, que nem por pensamento suspeitam da má natureza dos mananciais donde a moeda deriva pelos meandros da sociedade escolhida**.

Como quer que seja, a sociedade honesta não fica **desairada encasando-se** no mundo elegante. A pataratice de alguns *raios* postiços da boa roda não tem que ver com o eixo — a parte sã e legitimamente escolhida da *alta sociedade*.

O mundo elegante, na segunda cidade de Portugal, denota civilização muito adiantada.

Aqui é tudo asiático, menos o espírito que **se ala** quase nada às idealizações do Oriente.

Regalias materiais, **fausto**, **cortesania**, gentileza, puritanismo de raça, bizarria, **donaire**, **feitiço** de gestos e maneiras, é um pasmar o que por aí vai disso!

Os apertos de alma: as aflições.

Atesamento: esticado.

* Nesse parágrafo, Silvestre descreve metaforicamente como a vida foi reduzindo-se aos trajes elegantes. Isto é, a aparência sobrepujou o espírito.

Tafetás e lemistes: tecidos de roupas finas.

Bamboa-se em coxins: acomoda-se em almofadas.

Diógenes (412-323 a.C., aproximadamente): filósofo famoso por não querer contato com a sociedade constituída e corrupta, preferindo viver dentro de um barril ou cuba.

Despendem: gastam.

Doze mil cruzados de renda: representava uma renda alta.

Lançadores da décima: cobradores do imposto de 10% sobre rendimentos que eram tributados pelo governo.

Orbe: mundo.

** Isto é, para os que trabalham para a sociedade elegante, não importa a origem do dinheiro.

Desairada: envergonhada.

Encasando-se: encaixando-se.

Se ala: se eleva.

Fausto: ostentação.

Cortesania: modos aristocráticos.

Donaire: elegância.

Feitiço: sedução.

Se desbastaram: se civilizaram.	
Açafatas: fidalgas a serviço das mulheres da corte.	
Pasmoso: espantoso. O narrador ironiza a ascensão da classe média, que enriquece e se dá ares aristocráticos; daí a importância do jogo das aparências.	
Canhestro: desajeitado, acanhado.	
Rabecada: sons de rabeca ou violino.	
Coro: aqui, tem o sentido de orquestra, grupo musical.	
Núncia: anunciadora.	
Gorgolões: grupos. Isto é, diante do desembaraço das mulheres, os homens ficam sem graça de entrar no salão de baile sozinhos e esperam os primeiros sons da orquestra para entrar em grupo. Por isso, o narrador os compara a um bando de alunos entrando na escola.	
Casquilho: homem muito vaidoso no vestir.	
Roufenhas: fanhosas. Nesse parágrafo, temos uma descrição satírica das reuniões dos "elegantes".	
Coevo: da época.	

Não se explica a celeridade com que as camadas **se desbastaram** nestes últimos vinte anos. A que estava então no topo da jerarquia social ficou fazendo as mesuras solenes das velhas **açafatas**, por se não mesclar com o gracioso despejo da sociedade média. Esta, porém, com toda a pujança de um sangue novo, surgiu de salto, feita, e composta, como se o bom-tom lhe fosse herança de séculos.

É **pasmoso**!

As damas portuenses são muito mais iluminadas que os homens portuenses.

Entra-se num salão e admira-se o desembaraço das senhoras e o encolhimento **canhestro** dos galãs. O mais audaz encosta-se ao batente da porta e não ousa transpor o limiar sem que a **rabecada** do **coro**, **núncia** da primeira contradança, autorize a entrada em **gorgolões**, como a dos rapazes pela escola dentro.

Este acanhamento, porém, é de bom agouro.

Homens de talento e espírito são os que mais se acovardam diante de senhoras. No Porto há muito talento e espírito por força.

Os patetas, os lorpas, os atiradiços, são por via de regra os mais festeiros e festejados na sociedade, umas vezes com a cristã virtude da indulgência, outras com o riso zombeteiro da ironia.

Há por cá de tudo. Deus louvado!

E bom é que haja para que os tédios da uniformidade não volvam o mundo elegante às fórmulas dorminhocas da sociedade velha, em que o **casquilho** tomava a quinta chávena de chá, a pedido da dona da casa, e torcia um tendão a dançar o minuete, enquanto a menina fazia tossir ao cravo notas **roufenhas**, com grande aplauso e grandes abrimentos de boca, de seis velhas entendidas em cravo." Etc.

Não é menos valioso elemento, para quem se der a escrever a fisiologia do Porto, um artigo de Silvestre, que trasladamos dum jornal **coevo**. Dedica ele o seu escrito,

Às pessoas melancólicas
Eureka!
Arquimedes

Pela primeira vez, em minha vida, sinto a legítima vaidade de ser útil à humanidade padecente.

Por imprevisto acaso, entrei no grêmio dos "humanitários", como agora se diz.

Oferece-se mais uma cabeça às bênçãos da humanidade por entre as cabeças do **Holloway** dos unguentos, do inventor da **Revalenta**, do inspirado manipulador da pílula de família, do **mirífico** engenho que espremeu do fígado do bacalhau o óleo restaurador dos pulmões.

Declaro desde já que não inventei o remédio para a **epizootia**, nem os pós inseticidas, nem a cura do **mormo** real.

Os meus estudos patológicos atuam todos sobre a raça humana, posto que as enfermidades do **gado vacum** e suíno chamem de preferência a atenção do homem, animal carnívoro, que come o boi, porque o boi se não emancipou ainda e está dois séculos mais atrasado que o jumento, cuja emancipação é hoje indisputável.

De passagem direi que me espanta e indigna o **desvelo** que os governos empregam no exame das moléstias, que dizimam os animais prestantes para a cozinha.

É uma questão de estômago e não há aí questão de estômago **que não avulte as proporções** de uma questão nacional.

Se acontece **grassar** uma febre que devora centenares de pessoas, os conselhos de saúde **descuram** de averiguar os sintomas do **andaço**, não delegam visitadores às farmácias homicidas de província, nem **alvitram** os melhoramentos higiênicos de que depende a salubridade pública.

Adoece, porém, o boi, e para logo surgem os **Hipócrates** bovinos escrevendo **aforismos** e as corporações medicatrizes instauram congressos de sanidade e destacam membros científicos a vencerem tanto por dia.

Arquimedes (séc. III a.C.): filósofo grego que, ao descobrir a solução de um problema, gritou "Eureka!" ("achei!").

Thomas Holloway (1800--1883): médico inglês que inventou unguentos que se tornaram populares, deixando-o rico. De espírito humanitário, usou boa parte de sua fortuna na construção de um sanatório e de uma instituição de ensino superior.

Revalenta: trata-se da *revalenta arábica*, um alimento medicamentoso feito à base de lentilha.

Mirífico: maravilhoso.

Epizootia: doença que afeta ao mesmo tempo um grande número de animais da mesma espécie.

Mormo: doença dos cavalos.

Gado vacum: refere-se a vacas, bois e novilhos.

Desvelo: empenho.

Que não avulte as proporções: que não atinja as proporções.

Grassar: espalhar-se.

Descuram: não se preocupam.

Andaço: epidemia de curta duração.

Alvitram: sugerem.

Hipócrates: médico grego que viveu no século V a.C., chamado de "pai da medicina". Aqui, temos uma metonímia, em que o indivíduo (Hipócrates) é usado para representar sua classe (os médicos).

Aforismos: ensinamentos.

Não se cura tão pressurosamente de valer ao homem, porque o homem não é comestível. Pois indivíduos há que comem o boi, e são por isso mais antropófagos que se comessem o homem.

Fecha-se a digressão impertinente.

No que eu trazia há muito empenhadas as minhas vigílias era no descobrimento dum antídoto contra a melancolia.

A medicina conhece uma doença moral chamada "hipocondria"*. Os sintomas desta enfermidade são as desordens digestivas, as flatulências, os espasmos, a exaltação da sensibilidade, os terrores pânicos, a impermanência dos sentimentos morais etc. Os indivíduos mais inteligentes e mais imaginativos, quando irritados pelas paixões, ou fatigados pelo trabalho de espírito, são mais sujeitos a estes sucessos incuráveis, quando as influências morais os não curam.

Não era esta enfermidade, de origem corpórea, a que me preocupava. A melancolia, sem flatulências nem perturbações estomacais, a que tanto ataca os inteligentes como os idiotas, era esse o meu fito.

Horas e dias terríveis passam por nós como períodos negros da existência.

Cai-nos a fronte para o seio, onde o coração nos dói **premido** por mão de ferro. Não há lembrança feliz que possa estrelar-nos o caos da imaginação: não há raio de sol que faça abrir flor de esperança em nossa alma arada pelo desconforto.

Essa situação é comum a muitas pessoas: só não a conhecem aquelas que travaram aliança ofensiva e defensiva com a estúpida alegria, contra as intermitências dolorosas do espírito.

O amador ditoso tem horas de melancolia terna: essas são as melhores da sua vida. Ai dele quando o murmúrio do regato, e a cruz do ermo, e a lua espelhada nas águas, lhe não umedecer os olhos de dulcíssimas lágrimas!

O amante infeliz tem **sezões** aflitivas que o **excruciam** e desesperam. Para esses dois, tão diferentes no

---

Não se cura tão pressurosamente de valer ao homem: ninguém se preocupa prontamente em ajudar o homem.

* Silvestre afirma que procurava um remédio que eliminasse a hipocondria. Curiosamente, é o mesmo remédio buscado por Brás Cubas, personagem do romance *Memórias póstumas de Brás Cubas*, publicado por Machado de Assis em 1881. Brás Cubas tem a intenção de criar um emplasto anti-hipocondríaco, mas seu projeto não dá certo.

Premido: apertado.

Sezões: febres.

Excruciam: atormentam.

padecer, há uma só **panaceia**: é o coração da mulher, essa divina **botica** de todos os bálsamos para todas as feridas, abertas na **refrega** das paixões nobres.

Mas, afora a melancolia do amor, há uma outra sem causa, sem preexistência dolorosa, sem antecedentes que possam indicar ao médico da alma os meios terapêuticos.

Sentem-na aqueles mesmos que a fortuna acaricia com todos os mimos deste mundo.

É a que mata os ricaços da Grã-Bretanha e a que tortura os ricos ociosos de todas as nações, onde há sol e lua, onde o céu é azul e a atmosfera diáfana.

Não é costume nosso matarmo-nos quando o aborrecimento da vida nos enoja.

Em país algum seria maior a estatística dos suicídios do que em Portugal, se o tédio nos vencesse.

E no Porto?

Deus nos livre disso!

O vestíbulo do teatro lírico seria em cada noite um cemitério; nos bailes, a cada instante, se ouviria a detonação dum tiro; as senhoras levariam cristais de ácido prússico para se matarem ao cabo da tediosa **parolice** do par dançante; do jardim de S. Lázaro, aos domingos, iria o pároco levantar algumas dezenas de cadáveres; os próprios templos onde há organistas seriam borrifados de sangue suicida.

Aqui no teatro não se morre de tédio; mas abre-se a boca e buzina-se um **vagido** sonolento.

No baile ninguém se mata; mas devoram-se **gelados** para apagar o vulcão da ideia suicida, ou abarrota-se o estômago de sanduíches para que a alma bruta predomine sobre a outra, ou **trasfega-se** a **garrafeira** do dono da casa para alucinar e entreter o espírito, como coisa exótica, do ar artificial de uma estufa.

Mas estes remédios não passam de paliativos. A reação, depois, é pior. Falecida a vida de empréstimo, o espírito fica **letárgico**, **marasmado** e até inábil para exercer as funções da presidência de uma câmara municipal.

Depois do **artigo de fundo**, a coisa que mais brutaliza a alma é a melancolia.

Panaceia: remédio.

Botica: farmácia.

Refrega: combate, luta.

Parolice: tagarelice.

Vagido: gemido.

Gelados: sorvetes.

Trasfega-se: esvazia-se.

Garrafeira: local onde se guardam garrafas de vinho.

Letárgico: indolente.

Marasmado: melancólico, apático.

Artigo de fundo: principal artigo de um jornal, que geralmente expressa a opinião do editor.

O poeta, que nos encampa as suas amarguras em redondilha maior, escreveu as trovas, com ânimo folgado, no intervalo de duas orgias.

A melancolia é **sorna** e estéril. Camões escreveu a sua epopeia nos dias da esperança.

Quando a tristeza desanimadora o entrou, já não pôde escrever para o fidalgo, que lha pedia, uma paráfrase dos salmos.

Uma inteligência em quietismo não danifica os interesses materiais dum país, e até certo ponto pode considerar-se providencial o **pousio**; mas um cidadão analfabeto, embrutecido pela melancolia, se a sua qualidade civil é importante como deve ser, pode prejudicar gravemente os interesses da cidade.

Ainda bem que a melancolia raro se atreve a perturbar o funcionalismo intelectivo de certas cabeças, cuja organização é maravilha. Daí provém a traça metódica e auspiciosa com que o homem **supinamente** ignorante regula os seus negócios. Há nessa cabeça a perene claridade dum fundo de garrafa de cristal. As ideias **impendem-lhe** congeladas da abóbada craniana como as estalactites duma caverna. Dessa imobilidade imperturbável de cérebro resulta a fixidez da mira posta num alvo, a **pertinácia** das empresas e o conseguimento dos bons efeitos.

Ainda não vi tão cabal e logicamente explicado o fortunoso êxito de algumas riquezas granjeadas pela **inépcia**.

Não obstante, o número dos bastardos da fortuna é muito maior. O leitor é de certo um dos que tem em cada dia uma hora de enojo, de quebranto, de melancolia, de concentração dolorosa, de desapego à vida, de **misantropia** e de diálogo terrível com o fantasma da aniquilação.

É para esse que eu vim, à hora decretada pela Providência dos descobrimentos, com o coração a **trasbordar** de filantrópico júbilo, anunciar o antídoto contra a melancolia.

Bem pudera eu, à imitação de famigerados varões, apresentar, como de engenho meu, o invento da receita,

---

Sorna: sem energia, preguiçosa.

Pousio: momento de descanso.

Supinamente: grandemente.

Impendem-lhe: pendem.

Pertinácia: perseverança.

Inépcia: incompetência.

Misantropia: aversão aos outros seres humanos.

Trasbordar: transbordar.

que um obscuro químico deixou como legado de penosas **lucubrações**. Quem ele fosse não posso eu dizê-lo, porque o modesto inventor julgou-se um átomo da humanidade e, doando-lhe o seu **óbolo** de talento, não quis glorificar-se de um tesouro que não era mais que transitório depósito em suas mãos.

Eis aqui a receita:

Junco cheiroso — **onça** e meia.
Íris de Florença — uma onça.
Pau sândalo — onça e meia.
Pau de roseira — onça e meia.
Casca de laranja e limão — onça e meia.
Cravo-da-Índia — uma oitava.
Vinagre rosado — quatro onças.

Estes ingredientes lançam-se numa vasilha, que se coloca ao fogo. A pessoa melancólica aspira-lhe o perfume por alguns segundos. A primeira sensação é deliciosa para o olfato. Segue-se um geral sentimento de bem-estar físico, de desopressão cerebral, de transporte e contentamento de espírito.

Resta fazer uma reflexão toda pessoal que entende com o desinteresse do signatário do artigo. Não vão pensar que se tem de olho uma daquelas medalhas com que a Real Sociedade Humanitária **galardoa** os que socorrem o próximo em aflição. Por enquanto o instituto desta **munificentíssima** sociedade não **premeia** os socorros prestados à alma: a caridade destes bons tempos de máxima ilustração verte os seus bálsamos somente sobre o corpo. Quando, porém, **retrogradarmos** ao ponto de se considerarem beneméritos da Real Sociedade Humanitária os propagadores de receitas contra a melancolia, hipocondria e outras enfermidades espirituais, então, não só as medalhas humanitárias, mas até os hábitos de Cristo que a **munificência régia** dá aos pianistas virão galardoar os obreiros do espírito que se dedicam a melhorar a alma do seu semelhante.

Lucubrações: reflexões.

Óbolo: pequeno donativo.

Onça: antiga unidade de peso, equivalente a 28 gramas, aproximadamente.

Galardoa: premia.

Munificentíssima: generosíssima.

Premeia: o mesmo que premia.

Retrogradarmos: retrocedermos.

Munificência régia: generosidade do rei.

TERCEIRA PARTE
ESTÔMAGO

DE COMO ME CASEI

I

Procurei o refúgio dos **penates**, o lar **em que derivaram** bem-aventuradas as gerações dos meus passados. Saboreei-me nas delícias do repouso, posto que em volta de mim só visse as imagens da numerosa família que descansava no pavimento da pequenina igreja. Lá estavam todos, como operários, que findaram sua **jeira** e, ao entardecer, encostaram a face ao pedestal da cruz e adormeceram.

Meditei no suave viver de meus pais e comparei-o às dores, umas lastimáveis e outras ridículas, que me tinham **delido** o coração, e desconcertado o aparelho de pensamento. Viver segundo a razão, **alvitre** que os filósofos **pregoam**, é bom de dizer-se e desejar-se, mas enquanto os filósofos não derem uma razão a cada homem, e essa razão igual à de todos os homens, **o apostolado é de todo inútil**.

Melhor avisados andam os moralistas religiosos, subordinando a humanidade aos ditames de uma mesma fé; todavia — e **sem menoscabo** dos preceitos evangélicos que altamente venero —, parece-me que o homem, sincero crente, e devotado cristão, no meio destes **mouros**, que **vivem à luz do século**, e meneiam os negócios temporais a seu sabor, tal homem, se pedir a seu bom juízo religioso a norma dos deveres a respeitar, e dos direitos a reclamar, **ganha créditos de parvo**, e morre sequestrado dos prazeres da vida, se quiser poupar-se ao desgosto de ser apupado, procurando-os.

Penates: familiares.

Em que derivaram: de onde vieram.

Jeira: trabalho diário.

Delido: destruído.

Alvitre: sugestão.

Pregoam: apregoam, aconselham.

O apostolado é de todo inútil: a propagação dessa ideia é inútil, isto é, enquanto o comportamento racional não for comum a todos os homens, aquele que se comportar desse modo sofrerá. Portanto, Silvestre está abandonando a ideia de que a solução para seus males é viver de acordo com a cabeça.

Sem menoscabo: sem desprezo.

Mouros: muçulmanos.

Vivem à luz do século: vivem à luz da razão.

Ganha créditos de parvo: é considerado um parvo, um tolo.

Como sabem, eu nunca andei **em boas avenças** com a religião de meus pais; e por isso me abstenho de lhe imputar a responsabilidade das minhas quedas, seja dos **pináculos** aéreos onde o coração me alçou, seja do raso da razão, onde as quedas, **bem que** baixas, são mais **ignominiosas**. Eu comparo o cair das alturas do coração à queda que se dá dum garboso cavalo: quem nos vê cair pode ser que nos deplore; mas decerto nos não acha ridículos. Ora, o cair da baixeza dos cálculos racionais é coisa que faz riso aos outros, e por isso muito comparável ao tombo que damos dum ignóbil burro. O cavalo despenha-nos e, com as crinas eriçadas, resfolga e arqueia-se com gentis **corcovos**. O burro, depois que nos sacode pelas orelhas, não é raro escoicear-nos. É o mesmo, se a comparação **vos quadra**, nas quedas do amor e nas quedas do raciocínio. Das primeiras erguemo-nos sacudindo as folhas secas de umas ilusões, enquanto outros gomos vêm já desabrolhando na alma para mais tarde reflorirem. Das segundas não há senão lama a sacudir e muita **pisadura** a curar com o bálsamo do tempo e duma vida brutalmente desapegada de tudo que ultrapassa o momento da sensação*.

A este viver assim de convalescença é que eu, por não sei que simpatia com a víscera essencial das nobilíssimas funções animais e espirituais, denominei o estômago**.

Não cuidem, porém, que eu hei de consumir o restante da minha individualidade em comer. Há faculdades que não se **obliteram imolando-as** a uma única manifestação da vida orgânica: o mais que pode fazer o espírito é impulsioná-las, concentrá-las e convergi-las todas para um ponto. De maneira que todas as minhas faculdades de ora em diante em volta do estômago se movem, o estômago as rege***, e não há de alguma ideia preocupar-me sem sair elaborada nas mesmas cinco horas que os fisiologistas assinam às funções digestivas.

Em boas avenças: em boa paz.

Pináculos: picos.

Bem que: embora.

Ignominiosas: vergonhosas.

Corcovos: saltos ou pinotes.

Vos quadra: vos parece adequada.

Pisadura: contusão.

* Nesse parágrafo, Silvestre comenta a diferença que há entre ser infeliz por causa do amor (coração) e por causa da razão (cabeça).

** A fase "estômago" é uma espécie de um viver de convalescença, isto é, período de alimentar-se bem para recuperar a saúde, pois as outras duas fases (coração e cabeça) foram doentias.

Obliteram: eliminam.

Imolando-as: sacrificando-as.

*** A partir de agora, Silvestre vai ser guiado pelo estômago.

II

Logo que me aposentei para largo tempo na minha casa, curei de remover e prevenir todos os **empeços** ao sossego das minhas digestões.

Quando esta Providência falta, nenhum cálculo vinga. Nenhuma semente vos desabrocha bem prosperada, **se descurais o amanho da terra**. Antes sair com as mãos feridas do **arroteamento de carrascais e silvedos** que ver abafados os **renovos** entre o mato. Notem já que a minha linguagem vai adquirindo um corpo e cor e uma certa consistência que não tinha. Os entendidos hão de achar que esta gravidade sentenciosa só pode dá-la uma inteligência algum tanto espalmada pela pressão do estômago. E assim é que se explicam os **adiposos bacamartes do frade**, cujo intelecto se nutria e inflava nas roscas do **cachaço**, pedestal digno daquelas grandes e repletas cabeças. A ciência do frade, pois, era a ciência das funções alimentícias. Todo o estômago, bem regulado, produz um gênio.

Convinha-me, pois, **vassoirar** da minha testada um influência odiosa: era o regedor da freguesia que nunca me havia perdoado os artigos em que lhe **excruciei** a estúpida ferocidade contra recrutas. A segunda vítima, destinada ao sacrifício da minha pachorrenta paz, era o vigário.

Enquanto ao regedor, as dificuldades deviam ser enormes, visto que todos os governos tinham achado nele um **galopim**, que **vingava** trezentos e vinte **sufrágios**.

Era preciso **contaminar-lhe os créditos com a broca da retórica**. Acerquei-me de três lavradores influentes da freguesia, expus-lhe a decadência do país e a inevitável perda da independência nacional, se continuássemos a dar o nosso voto irracionalmente a deputados da confiança do regedor.

Dei em minha casa **preleções** de direito constitucional a estes e outros lavradores levados pelos primeiros. **Feri faíscas** naquelas cabeças tapadas como

---

Empeços: estorvos.

Se descurais o amanho da terra: se não cuidais da preparação da terra.

Arroteamento de carrascais e silvedos: eliminação dos matos para preparar a terra para o cultivo.

Renovos: brotos.

Adiposos bacamartes do frade: a gordura do frade.

Cachaço: pescoço.

Vassoirar: vassourar, varrer.

Excruciei: critiquei duramente.

Galopim: cabo eleitoral, pessoa que ganha para conquistar votos para determinado candidato.

Vingava: conseguia.

Sufrágios: votos.

Contaminar-lhe os créditos: sujar-lhe a reputação.

Com a broca da retórica: usando a retórica ou eloquência como ferramenta.

Preleções: aulas, lições.

Feri faíscas: fiz nascer uns lampejos de luz.

pedreiras de mármore negro, e posso **afoitosamente** asseverar que nunca a eloquência fez maiores milagres. Falei-lhes em nome do estômago, como **Menênio Agripa**, no monte sagrado, aos romanos fugidiços de Roma. Compreenderam o **apólogo** melhor que eu mesmo, e pediam-me com entusiasmo a repetição da história. O meu **fito**, **remedando** o meu ilustre predecessor no doutrinamento da plebe, mirava a convencê-la de que o regedor da freguesia era o **cancro** do estômago social. Fato admirável do instinto! Quando eu disse isto, levaram todos a mão à barriga. E assim se prova que o órgão mais sensível à eloquência é ela, e que a humanidade sofredora é um estômago desconcertado, e bem assim se prova que todos os regedores **facciosos** podem ser banidos da confiança popular mediante o argumento do cancro, que eu ofereço a todas as oposições.

Acertou de estar próxima a luta eleitoral. O regedor bateu às portas dos eleitores com o macete das listas, e encontrou em cada lavrador um doutrinário, um cidadão que falava da liberdade do sufrágio com muito menos **parvoiçadas** que a maior parte dos jornalistas. Enraivecido contra as minhas sugestões, o funcionário oficiou ao governador civil pedindo-lhe autorização para me prender. O governador civil deu a ordem pedida, mandando ao secretário que a lavrasse, e citou a lei do código eleitoral que me aplicava a captura. Ora, como quer que o secretário folheasse o código e não encontrasse o artigo, a autoridade superior do distrito oficiou ao regedor lamentando com ele a impossibilidade da minha prisão.

Seguiu-se perder o governo as eleições e o regedor adoeceu de **maleitas**.

Passados meses, caiu o Ministério, caíram as autoridades, e eu fui nomeado regedor.

Eis aqui o meu primeiro pulo na carreira política.

O meu velho inimigo, quando recebeu o ofício da demissão, tremia como **Marino Faliero ouvindo as fatais badaladas de S. Marcos**. Um meu criado — para

---

Afoitosamente: corajosamente.

Menênio Agripa: cônsul romano do século V a.C. que acalmou um levante popular contando uma fábula sobre os órgãos do corpo e o estômago, na qual dizia que os órgãos acusaram o estômago de se aproveitar do trabalho dos outros para viver bem. Por isso, pararam de nutri-lo. E assim todos, o estômago e os outros órgãos, começaram a passar mal, até que ficou claro que cada um tinha seu papel determinado a fim de manter a saúde do corpo. Relacionando isso com a administração da cidade, o estômago representaria os patrícios, enquanto os outros órgãos representariam as diversas classes populares.

Apólogo: fábula.

Fito: objetivo.

Remedando: imitando.

Cancro: câncer, doença.

Facciosos: parciais.

Acertou: calhou, aconteceu.

Parvoiçadas: bobagens.

Maleitas: malária.

Marino Faliero (...) São Marcos: Faliero (1279-1335) foi um governador (doge) de Veneza condenado à morte por tentativa de golpe para extinguir a República. Foi executado no palácio próximo à catedral de São Marcos, no momento em que se ouviam os sinos.

Infausto: infeliz, desafortunado.

Foguetes de lágrimas: fogos de artifício.

Sisado: furtado.

Orago: santo.

Bombo: bumbo, grande tambor.

Trompão: trombone.

* O final da cena é cômico, quebrando a seriedade do momento.

Industriei: orientei.

Garrano: cavalo pequeno e robusto.

Bouça: terreno com mato.

Equidade: retidão no modo de agir.

Indigno de ser castigado: não merecia ser castigado.

Arroio: riacho.

Azoado: perturbado.

Arengar: discursar. Preocupado com o destino de seu cavalo, o vigário não foi conversar com ninguém para conseguir votos.

Sentiu-se baldo de entusiasmo: sentiu-se sem entusiasmo.

Reboar: retumbar, soar.

nada faltar à comparação com o desastre do **infausto** doge — foi ao campanário da igreja e repenicou o sino. Ao mesmo tempo, o meu vizinho Joaquim do Quinchoso atirou aos astros dois **foguetes de lágrimas**, que tinha **sisado** ao mordomo da festa do **orago**. Na aldeia próxima saiu à rua o tio Manuel da Bouça com o **bombo**, e o meu compadre João da Fonte, que fora músico das milícias de Mirandela, acordou os ecos das serras com o seu **trompão**.

O ex-regedor, escorrendo o suor glacial da morte, ergueu-se sobre os joelhos no seu catre, inteiriçou os braços descarnados; e, quando ia morrer nos braços do vigário, comeu uma perna de galinha, e salvou-se*.

Mais um argumento da capacidade do estômago para afogar em si as decepções da política!

Como a câmara eletiva fosse dissolvida, decretou o poder executivo novas eleições. Deram-se contra mim os pés o vigário e o ex-regedor. A influência do primeiro era temível. Para contrariar-lha nas vésperas do sufrágio, **industriei** o meu fiel criado a prender a consciência política do padre com o cabresto do **garrano** do mesmo. O leitor acha dura de entender esta metáfora. Foi assim: o meu criado entrou numa **bouça**, onde pastava o garrano; tirou-o para o monte; desceu com ele a garganta de duas montanhas, e foi prendê-lo num recôncavo de matagal onde o vigário só pudesse encontrá-lo com tardias informações dalgum pastor desgarrado por aquelas brenhas. Cumpre, porém, dizer, em pró da minha **equidade**, que o garrano, **indigno de ser castigado** com o amo, recebia todas as noites porção de feno e bebia do **arroio** límpido que lhe banhava os pés.

O vigário, **azoado** com a perda, e tolhido de ir **arengar** aos paroquianos das aldeias vizinhas, **sentiu-se baldo de entusiasmo** e patriotismo e deixou o seu correligionário em campo.

Venci as eleições por espantosa maioria. Disse-o o sino a **reboar** por aquelas quebradas; disseram-no as violas e zabumbas de sete aldeias: o ar incendiou-se de foguetes de três estalos, e eu fiz subir às nuvens um balão, feito de jornais em que eu fora redator.

O garrano voltou, nesse mesmo dia, à porta do vigário, que o estreitou ao peito em fervoroso **amplexo** e exclamou:

— Fizeste-me perder a eleição; mas para outra vez a ganharemos! Vem, filho pródigo!

III

Dois meses depois recebi o hábito de Cristo, solicitado pelo governador civil.

Seguiu-se a romaria de S. João, e eu levei o hábito. O ex-regedor, quando me viu a cruz e a fitinha escarlate, estava encostado a uma pipa bebendo o seu **quartilho** e discorrendo acerca do **real d'água** e **quinto** para a amortização das notas, que ele chamava uma ladroeira. De repente, dá de cara comigo. Cai-lhe da mão convulsa o copo, encosta a fronte pálida ao ombro da taverneira, que tinha boas espáduas para suportar aquela esfera de granito, e ia desmaiar, quando, ao chegarem-lhe aos beiços uma caneca de água, ele disse que o mais acertado era chegarem-lhe vinho. E, bebendo, recobrou-se de cores, ganhou o aprumo e, para disfarce, deu um **piparote** no nariz da moça.

Deixá-lo lá com as suas **foscas**, o infeliz! Come-lhe as entranhas o rancor político. Um dia virá em que ele, **descoroçoado** de apanhar a regedoria, veja a pátria pelos olhos de **Bruto** e, com *b* pequeno, se deixe morrer duma fartadela de **rojões de porco**, sem alguma esperança de renome entre as vítimas do patriotismo. Não!, pobre tolo que tinhas em ti uma alma tal e qual, *ceteris paribus*, como a dos grandes estadistas, que se hão de rir de tuas agonias: não, meu **êmulo desditoso**, a posteridade falará de ti, as gerações provindouras lerão nesta página, mais durável que o bronze das estátuas, o teu infortúnio e a minha generosidade. ***Voere perennius victis***!

O hábito de Cristo foi causa a episódios **não despiciendos** nestas memórias.

Amplexo: abraço.

Quartilho: porção correspondente a meio litro.

Real d'água: antigo imposto de consumo que incidia sobre a carne, as bebidas alcoólicas e fermentadas, o azeite, o arroz e o vinagre.

Quinto: imposto no valor de vinte por cento do bem.

Piparote: pancadinha com a ponta do dedo médio ou indicador que geralmente se dá de brincadeira em alguém.

Foscas: disfarces.

Descoroçoado: desanimado.

Bruto (85-42 a.C.): político romano que, em nome do patriotismo, participou da conspiração que levou ao assassinato de Júlio César, considerado um ditador. Mais tarde, perseguido pelos que apoiavam César, suicidou-se.

Rojões de porco: torresmos.

Ceteris paribus **(em latim):** se todo o resto permanecer igual.

Êmulo desditoso: adversário infeliz.

Voere perennius victis **(em latim):** modificação da expressão *vae victis* (ai dos vencidos). A alteração feita na expressão introduz a ideia de uma eternidade da derrota do vigário.

Não despiciendos: não desprezíveis.

Mais que o ordinário: mais que o comum. Maneira irônica de dizer que ela era mais gorda.	
* Outra ironia para dizer que ela não tinha um corpo proporcional.	
Longes de cara: alguns traços de rosto.	
Rocas de cerejas: cerejas presas verticalmente pelo pedúnculo a uma cana, ficando o conjunto com o aspecto de rocas de fiar. Outra descrição sarcástica da mulher, que tinha apenas uns traços de beleza, mas o conjunto era feio.	
Endoenças: festa católica que se realiza nas quintas-feiras santas.	
Opa: capa sem mangas, mas com aberturas para enfiar os braços, usada por confrarias religiosas em cerimônias.	
Irmão das almas: certa irmandade composta de pessoas católicas.	
Pré: vencimento diário de um militar de graduação inferior a oficial.	
Lombos: no caso, lombos de porco.	
Teor: modo.	
Cevados: porcos gordos.	
Ominosas eras: abomináveis tempos.	
Reto: última parte do intestino grosso, que termina no ânus. Observe a referência, ofensiva à influência dos militares.	

No arraial de S. João andava o sargento-mor de Soutelo com sua filha única, Tomásia.

Tomásia era mulher de carne e osso **mais que o ordinário**. Vestia de amazona: mas ficava um pouco aquém dos limites da elegância, porque era mais larga na cintura que nos ombros — visível defeito do vestido*. Tinha uns **longes de cara** admiráveis: figurava-se-me uma flor de magnólia entre duas **rocas de cerejas**.

O sargento-mor, que também era cavaleiro de Cristo, desde 1812, pensava desde muito casar Tomásia com cavaleiro da mesma ordem. Conhecia-me ele de nome e formava de mim opinião desvantajosa: não assim a moça que me tinha visto anos antes, numa festa de **Endoenças**, e gostara de me ver com a **opa** verde de **irmão das almas**, funcionando nas cerimônias da igreja.

A casa do sargento-mor rendia quinhentas medidas de centeio, meia pipa de azeite e vinte carros de castanha; sustentava três juntas de bois e quatro irmãos padres.

O leitor ignora, talvez, a jerarquia dum sargento-mor. Pensa que é uma patente destas que enchem a cobiça do coração de uma costureira ou criada de sala, a quem o sargento oferece sua alma e oito vinténs diários de **pré**?

O sargento-mor das antigas milícias era um potentado, imediato na jerarquia ao capitão-mor, com quem por igual se repartiam os **lombos** e os respeitos sociais. O baque da monarquia absoluta, esmagando com os privilégios o acatamento que os privilegiados incutiam, respeitou o sargento-mor de Soutelo. Os povos reverenciavam-no no **teor** antigo e testemunhavam seu acatamento presenteando-o com os lombos dos **cevados**, tal e qual como nas **ominosas eras** em que o sargento e o capitão-mores representavam, no aparelho gástrico do absolutismo, um dos intestinos mais importantes — o **reto**, se quiserem.

Tomásia era um rapariga **desempenada** e com olhares derretidos. **De entendimento era escura**, como quem não sabia ler, nem tivera, alguma hora, desgosto de sua ignorância. Tinha vinte e seis anos e nunca estivera doente. Nunca tomara chá nem café. Almoçava caldo de ovos com **talhadas de chouriço**. O sol, ao nascer, nunca a surpreendeu em jejum. Trabalhava de portas adentro com as criadas: fazia as **barrelas**, fabricava o pão, administrava a **salgadeira** e vendia os cereais e as castanhas. Regularmente calçava **soquinhas debruadas de escarlate** e **sarapintadas de verde**. As meias eram de lã ou algodão azuis; mas não usava ligas, de jeito que as meias **caíam em refegos à roda do tornozelo** — o que não era feio. Nas romarias, calçava sapato de fitas e trazia chapéu desabado com plumas brancas. Os pulsos eram duma cana só, como lá dizem para exprimirem a força. Cada palma de mão parecia uma lixa; e elogiar-lhe o cuidado das unhas seria adulação indigna da minha sinceridade. Dentes nunca os vi mais ricos de esmalte. Limpava-os com erva do monte, que lá chamam mentrasto; e as pomadas das suas opulentas tranças louras eram a água cristalina do tanque em que ela mergulhava a cabeça todas as manhãs. Sentava-se depois à sombra dum castanheiro, nos dias festivos, a pentear-se, e era belo vê-la então coberta de seus cabelos até à cintura, que moura mais linda a não sonharam poetas, em orvalhadas de S. João, alisando as madeixas com pente de ouro*.

Assim foi que eu a vi quando cheguei à janela do quarto em que pernoitara na casa do sargento-mor, descendo eu duma feira onde fora vender um **macho** e comprar bezerros para criação.

IV

O pai de Tomásia, erguida a toalha da mesa, onde almoçamos, às sete horas da manhã**, sopa de ovos, salpicão, batatas ensopadas com toucinho e toucinho

Desempenada: desembaraçada.

De entendimento era escura: não era muito inteligente.

Talhadas de chouriço: fatias grandes de linguiça.

Barrelas: caldo coado de cinza ou de soda, usado para branquear ou limpar roupa.

Salgadeira: local ou vasilha onde se salga carne, ave ou peixe.

Soquinhas debruadas de escarlate: tamanquinhos com bordas enfeitadas de vermelho.

Sarapintadas de verde: cobertas de pintas verdes.

Caíam em refegos à roda do tornozelo: caíam em dobras em volta do tornozelo.

* As mouras encantadas são seres míticos que nas lendas aparecem penteando seus longos cabelos com pentes de ouro. Nesse parágrafo, Silvestre fala que Tomásia tinha uma beleza natural, sem os artificialismos das mulheres das cidades.

Macho: cavalo.

** A primeira refeição do dia era chamada de almoço.

cozido com batatas, disse-me que sua filha estava casadeira e ele disposto a casá-la comigo, se eu quisesse. Antes que eu respondesse, inventariou os seus cabedais, o valor do patrimônio dos seus quatro irmãos padres, os quais estavam presentes e unanimemente disseram que tudo deixavam por escritura a sua sobrinha.

    Pedi espera de alguns dias para responder; e **a instâncias de todos**, passei aquele dia em Souteio.

    Tomásia, que tinha almoçado na cozinha, segundo o seu costume, quando havia hóspedes em casa, apareceu-me, meia hora depois do almoço, perguntando-me se queria comer uma tigela de requeijão e beber um **pichel** de vinho verde.

    Gostei desta patriarcal franqueza e desci à cozinha, onde encontrei sobre a mesa do **escabelo**, adorno da lareira, uma tigela vermelha vidrada com requeijão e um pichel reluzente de estanho a transbordar de espumoso vinho verde. Tomásia sentou-se do outro lado e comeu e bebeu **como a filha de Labão com Jacó**.

    Conversamos nestes termos também patriarcais:

— Quantos anos tem a Sra. Tomásia? — perguntei.

— Vinte e seis, feitos pela Santa Luzia.

— Muito bem empregados. Admiro que vossemecê não esteja ainda casada!

— Ainda não é tarde.

— Também digo: mas quem é tão bonita como a Sra. Tomásia onde quer acha um noivo.

— Sou sã e **escorreita**. Deus louvado. Se lhe pareço bonita, isso é dos seus olhos. Coma uma colher de requeijão, e beba, que o vinho está muito fresco.

— Está excelente, mas eu não posso mais.

— Então fraco homem é!

— Almocei contra o meu costume. Estou afeito a almoços leves de café ou chá.

— Credo! Vossemecê bebe chá por almoço?!

— Pois então!

— Ora essa! Cá em casa há chá, que o compra meu tio padre João, mas é para as dores de barriga. À minha boca nunca ele foi, em boa hora o diga!

A instâncias de todos: por insistência de todos.

Pichel: vasilha para beber vinho.

Escabelo: arca ou baú comprido cuja tampa serve de banco, geralmente com encosto e braços.

Como a filha de Labão com Jacó: alusão a Raquel, personagem bíblica, filha de Labão. Jacó apaixonou-se por ela, que cuidava do rebanho de carneiros e também fazia todo tipo de trabalho doméstico. Tomásia era como Raquel: uma mulher forte, bonita e trabalhadora.

Escorreita: sem defeito.

— As comidas fortes dão-se bem com o seu estômago?
— Ora se dão! Nunca estive doente dois dias a fio.
— Costuma cear?
— Pudera não! Almoço, janto, merendo e ceio: é o costume cá de casa; e vossemecê?
— Eu começo agora, desde que vim para a aldeia, a comer melhor; mas não pude ainda habituar-me a cear.
— Pois quem não ceia, toda a noite **rabeia**: é ditado dos velhos. Então não come mais?
— Mais nada.
— Pois se quer vir daí até a casa da **eira**, eu vou lá ver o que fazem os moços. Isto de servos, se a gente lhe tira os olhos de cima, pegam a **mandriar** que não fazem nada. Quer vir?
— Com muito gosto.
Tomásia encheu um grande cabaz de fruta e uma **cabaça** de vinho.
— Levo isto aos moços — disse ela — porque eles, quando eu chego à sua beira, estão sempre a olhar-me para as mãos.
— Se quer, eu levo a cabaz e o vinho — disse eu.
— Não é preciso: eu posso bem com isto.
— Ao menos deixe-me levar uma das coisas.
— Então leve a cabaça, que pesa menos.
Caminhamos ombro a ombro para a casa da eira.
Tomásia parou muitas vezes a saudar os velhos e velhas que ia encontrando.
Os velhos diziam-lhe:
— Deus te guarde, flor.
E as velhas já de longe vinham dizendo:
— Aí vem o anjinho do céu, a mãe da pobreza.
E ela ia tirando do cabaz alguns punhados de fruta para dar às que não a tinham de sua casa.
Passamos no adro da igreja.
Em frente da porta principal, Tomásia depôs o cesto sobre o baixo muro do adro, fitou os olhos no santo, que tinha o seu nicho sobre a **padieira** da porta, fez curta oração, benzeu-se e tomou o cabaz.

Rabeia: agita-se na cama.

Eira: terreno onde se põem a secar e limpar legumes ou cereais.

Mandriar: vagabundear.

Cabaça: vasilha.

Padieira: peça de madeira ou de pedra que se coloca horizontalmente sobre as ombreiras de portas ou janelas.

Assomarmos:	aparecermos.
Lobrigaram:	avistaram.
Labutam:	trabalham.
São uns calaceiros daquela casta:	são uns típicos preguiçosos.
Rabaças:	inúteis.
Malápios:	um tipo de maçã.
Gelemendes:	uma variedade de pêssego.
Rima:	monte.
Eminência:	elevação.
Fímbria da saia:	borda da saia.
Rofegos:	pregas.
Viração:	vento.
Desairar:	ofender.
Vestida de amazona:	vestida com roupa de montar a cavalo.
Duraque:	tecido rígido usado em calçados femininos.
Romagem:	romaria.
Colmo:	um tipo de palha que serve para cobrir cabanas ou choupanas.
Tulhas:	celeiros, depósitos.
Bisca:	um tipo de jogo de baralho.

Ao **assomarmos** ao beirado da eira, os criados, que andavam a limpar o centeio com pás e peneiras, redobraram de canseira.

— Assim que nos **lobrigaram** — disse Tomásia —, olhe como eles **labutam**! **São uns calaceiros daquela casta**!

E, levantando a voz, disse:

— Venham à fruta, a ver se refrescam. O serviço que vocês todos seis têm feito fazia-o eu sozinha com uma perna às costas. Sempre estão umas **rabaças**, vocês!

Enquanto os criados comiam sofregamente as cerejas, as peras, os **malápios** e os **gelemendes**, Tomásia, ora com a pá, ora com a peneira, limpou uma **rima** de centeio, procurando a **eminência** mais ventilada da eira. O vento sacudia-lhe levemente a **fímbria da saia** de chita curta de grandes **rofegos** na cintura. Como erguia os braços ao alto, as largas mangas da camisa arregaçavam até os ombros, e os folhos alvíssimos do peitilho, soprados pela **viração**, descobriam-lhe o seio, até onde o vento pode descobrir sem **desairar** o pudor.

Pareceu-me bonita assim, muito mais que **vestida de amazona**, calçada de **duraque**, e implumada, qual a vi na **romagem** do S. João.

Voltaram os servos para o trabalho, e Tomásia veio sentar-se ao pé de mim debaixo dum coberto de **colmo**.

— Está fatigada? — disse-lhe eu.

— Agora estou! Vim para aqui fazer-lhe um migalho de companhia e depois torno lá. Hoje o pão há de ficar nas **tulhas**, custe o que custar.

— E deixa-me sozinho aqui?!

— Vossemecê, em se aborrecendo, vá para a casa, que lá está o pai e os tios. Vá jogar a **bisca** com os padres, que eles gostam muito. Sempre são!... Eu, se tivesse filhos, padre, Deus me perdoe, que não havia de ser nenhum!

— Por quê? Tem zanga aos padres?

— Agora tenho; os padres são a imagem de Deus; mas não fazem nada numa casa; dizem a sua missa, vão aos enterros e às festas, mas coisa de botarem a mão a uma **sachola** para tapar uma poça, ou **cortar um agueiro**, isso não é capaz! Olhe vossemecê ali em minha casa quatro padres duma assentada sem fazerem nada, a olharem uns pros outros e a lerem a gazeta de Lisboa... Eles aí vêm... é milagre saírem de casa a esta hora! Vêm cá **pr'amor** do Sr. Silvestre.

Chegaram os quatro clérigos, e um deles vinha com a *Nação* em punho, explicando aos outros um **relanço** difícil do artigo de fundo.

Fui consultado acerca da passagem obscura, e o meu parecer esclareceu as dúvidas. Tomásia, enquanto eu falava uma linguagem para ela **inapercebida**, estava com os olhos postos em mim. Os padres louvaram a minha esperteza, e o mais velho, **oráculo** dos outros, disse:

— Ora o senhor, com esse talento que Deus lhe deu, devia ser **realista**!... É uma ingratidão não defender a religião de nossos pais quem tanto deve à Providência.

Redargui que respeitava a religião de nossos pais e que a política era uma coisa incidental na vida das nações, **de todo o ponto** estranho à religião.

Discutimos mansamente uma hora.

Tomásia fatigou-se logo de nos ouvir e foi trabalhar.

V

À hora da sesta fui sentar-me num escuro **souto** de castanheiros e meditei.

Estava o estômago no mais ativo de sua **quilificação**. Havia uma insólita claridade no meu espírito. Nenhum devaneio dos que **arroubam** poetas em **ermos** e sombras me perturbava o cozimento das **pingues** substâncias em que abundara o jantar*. As minhas meditações eram pachorrentas, terra a terra, sem enlevos que me deslocassem da felicidade do momento para me transportarem ao passado, onde estava a saudade, ou ao futuro donde me podia estar mentindo a esperança**.

Que a saudade, para além dos trinta anos, é uma enchente de lágrimas que desdobra o peito daqueles mesmos que se não sentem viver no coração.

Sachola: enxada.

Cortar um agueiro: fazer uma valeta.

Pr'amor: em consideração.

Nação: nome de um jornal da época.

Relanço: passagem.

Inapercebida: incompreensível.

Oráculo: aqui tem o sentido de porta-voz.

Realista: partidário da realeza.

De todo o ponto: completamente.

Souto: mata, bosque denso.

Quilificação: digestão.

Arroubam: extasiam, arrebatam.

Ermos: solidão.

Pingues: gordurosas.

* Silvestre sente-se feliz e tranquilo durante a digestão, com o corpo saciado, sem nada de fantasias ou sonhos românticos em sua mente.

** Ele vive o momento presente, não pensa no passado nem se preocupa com o futuro.

E a esperança é uma virgem de encantos doidos, a qual vos não deixa gozar os encantos doutra virgem que vos **alinda** os bens presentes.

E a meditar assim adormeci, reclinado sobre uma moita de malmequeres e boninas.

Quando acordei tinha sobre a face um lenço de linho, branco de neve.

Enxuguei o suor, relanceei em derredor os olhos e vi, a distância de cem passos, Tomásia, sentada à beira dum tanque, coberto de **ramagens de parra**, costurando e cantando a meia-voz.

— Boas tardes, Sr. Silvestre! — disse ela, risonha. — Ande lá, que se regalou de dormir; e, se não sou eu, as moscas e os mosquitos chupavam-lhe o sangue.

— Muito obrigado, menina.

— *Menina!* — tornou ela. — Eu sou mulher, não sou menina.

Ergui-me e fui lavar a cara na bica do tanque. Tomásia tirou o seu avental de linho para eu me limpar. Sentei-me, depois, à sua beira, e vi que ela estava remendando uma camisa.

— Remenda o teu pano, e **chegar-te-á ao ano**; torna-o a remendar, e tornará a chegar — disse ela.

Estivemos silenciosos alguns segundos. Cortou Tomásia o silêncio, perguntando:

— Vai-se embora amanhã?

— Vou.

— Não gosta de estar conosco?

— Gosto; mas cada um de nós tem a sua casa.

— Isso é verdade... — disse ela, com a mão da agulha suspensa e os olhos fitos em qualquer coisa distante.

— É feliz, não é, Sra. Tomásia?

— Feliz é quem está no céu. Diz meu tio padre João que neste mundo ninguém é contente da sorte que tem.

— Que lhe falta a si? Não tem tudo o que deseja?

— Eu desejo pouco...

— Então que mais quer para ser feliz?

Alinda: enfeita, embeleza.

Ramagens de parra: ramos de videira.

Chegar-te-á ao ano: durará até o próximo ano.

— Queria que o Sr. Silvestre se deixasse estar mais alguns dias por aqui; mas, se tem que fazer na sua casa, vá. Lembra-se quando estivemos, faz dez anos para a Semana Santa, nas Endoenças de Santo Amaro?

— Lembro.

— Pois olhe que nunca mais me esqueceu! Vossemecê lembra-se de me ver?

— Mal me recordo...

— Lá me parecia...

— Por quê? Tem razão para supor que eu não a devia lembrar?

— É um modo de dizer... Nem se lembra que eu lhe dei duas **cavacas** em casa do Sr. vigário?

— Ah!, agora me lembro... que me deu duas cavacas a *Madalena*.

— Pois era eu que ia de *Santa Maria Madalena* na procissão do enterro...

— Ora, se lembro!... levava os cabelos louros com laços de fita, não levava?

— E vestido vermelho de cetim.

— Tal e qual. Que linda ia! Fiquei a pensar em si muitos dias...

— Mas esqueceu-se, e nem me conheceu agora. Uma rapariga em dez anos muda de cara; estou já velha...

— Não está sequer mudada, menina.

— E ele a dar-lhe!... não gosto que me chame *menina*. Chame-me Tomásia.

Neste momento chegou o sargento-mor e disse com muito afável gesto:

— Ó rapariga, olha que teus tios já lá estão perguntando se tu fugiste com o Sr. Silvestre.

— Estamos a tratar disso, meu pai; quer vossemecê fugir também conosco? — respondeu ela com muita graça e desembaraço.

— Pois vamos lá com Deus.

E o velho, aproximando-se mais, reparou na costura de Tomásia, e disse:

Cavacas: bolos secos cobertos de açúcar.

— Não tens vergonha de estar a remendar camisas diante deste senhor?

— Agora tenho! Pois isto é vergonha? Vergonha é trazê-las **rotas**. Ó Sr. Silvestre, ainda que eu seja confiada, diga-me: quem lhe arranja a sua roupa?

— A minha roupa está sempre desarranjada; quando se rompe, compro outra.

— É bom governo esse! — tornou ela —, assim é que há de **ir para diante** a sua casa!... Se eu morasse mais perto de si, dizia-lhe que mandasse a roupa para cá... Ri-se? Talvez cuide que eu não sei engomar! Veja o colarinho da camisa de meu pai como está rijo!

— Pois o melhor de tudo — atalhou o velho — é que o Sr. Silvestre venha cá para casa de vez, e então lhe tratarás da roupa.

Tomásia compreendeu **o figurado do dizer** e pôs os olhos na costura.

Chegavam os padres, discutindo outro ponto do artigo de fundo da *Nação*, e caminhamos todos **polemicando**, até chegarmos a um campo marginal do rio, onde o sargento-mor tinha uma pequena casa com adega.

Entramos na adega, cuja frescura consolava. Pouco depois chegou uma rapariga com o cesto da merenda. Era uma travessa de barro vermelho **cogulada** de trutas fritas.

Tomásia foi a uma **poça** colher **celgas** e agriões, de que fez salada, depois de esfregar as mãos com areia da margem do rio.

Rodeamos uma **dorna** de fundo ao alto, sobre a qual se colocou a travessa das trutas e o alguidar da salada, donde nos servimos todos com garfos de ferro mui lustrosos.

Tomásia tirou uma truta para cima duma fatia de pão e sentou-se **no socalco da pipa**, donde tirava o vinho, que **ressaltava** espumando pelo **batoque**. Bebíamos todos do mesmo pichel de estanho; e o pichel, quando caia na mão dum padre, voltava vazio à torneira.

Rotas: rasgadas.

Ir para diante: progredir.

O figurado do dizer: o modo figurado ou simbólico de dizer, isto é, o pai referia-se ao casamento dela com Silvestre.

Polemicando: polemizando, discutindo.

Cogulada: carregada, cheia.

Poça: cova pouco funda.

Celgas: acelgas.

Dorna: pipa, grande tonel.

No socalco da pipa: no degrau em que ficava a pipa.

Ressaltava: jorrava.

Batoque: espécie de rolha (geralmente de madeira) com que se tapa o orifício que há no alto das pipas.

— Dão-me que fazer os tios!... — disse Tomásia a rir.
— Anda lá, rapariga — acudiu o padre João —, que tu também gostas de ver o fundo à caneca... Essas cores não se criam com água.
— Bebe, bebe, **cachopa** — disse o sargento-mor —, que o vinho é meia **mantença**.
Quando o pichel passou da minha mão à de Tomásia, reparei que ela assentou os lábios no rebordo molhado por onde eu tinha bebido. E, como visse que eu **dera fé**, **corou**.
Ao entardecer voltamos a casa.

VI

Depois da ceia, Tomásia saiu a uma varanda de cantaria que dominava **dilatadas** várzeas orladas de arvoredo.
Os padres, o sargento-mor e eu ficamos **praticando** em sistemas de governo e discutindo as vantagens da representação nacional sobre o **alvitre** dum só homem. Os ardores da polêmica eram refrigerados com **beijos no pichel**, beijos longos, longos, e absorventes como beijos de amantes.
O sargento-mor, como já não entendesse as teorias absolutistas dos irmãos, nem as minhas de emancipação social, adormeceu encostado ao espaldar duma cadeira de couro.
A questão foi esmorecendo **consoante** as forças intelectuais iam convergindo para o **lavor** da digestão. A ceia tinha sido pouco menos **chorumenta** que o jantar. Afora duas galinhas, amarelas de gordas, com o seu **préstito** de salpicões, no centro da mesa, estava o alguidar do **anho** assado, que **lourejava** estirado sobre um vasto plano de arroz, **atauxiado** de rodelas de linguiça.
Três padres foram deitar-se, e o mais letrado dos quatro, padre João, disse-me se eu queria ir à varanda ver o rio prateado pela lua e as penumbras dos altos **serros circumpostos** à graciosa aldeia.

Cachopa: garota.

Mantença: sustento.

Dera fé: percebera.

Corou: ficou ruborizada. Ela ficou envergonhada ao ver que Silvestre percebeu que ela estava apaixonada.

Dilatadas: extensas.

Praticando: conversando.

Alvitre: arbítrio, juízo.

Beijos no pichel: goles na vasilha de vinho.

Consoante: conforme.

Lavor: esforço, trabalho.

Chorumenta: farta.

Préstito: aqui tem o sentido de acompanhamento.

Anho: carne de cordeiro.

Lourejava: mostrava sua cor dourada.

Atauxiado: guarnecido. As descrições minuciosas das refeições abundantes destacam a importância do estômago na felicidade dessas pessoas.

Serros: montes.

Circumpostos: situados em volta de.

Quando passávamos para a varanda, parei, e pedi ao padre que parasse.

Estava Tomásia cantando uma toada popular, triste como todas as cantilenas populares do Minho e Trás-os-Montes. A melancolia não a dava a letra menos que a música. Dizia assim:

> Teus cabelos me prenderam,
> E teus olhos me mataram;
> Teus lindos pés me fugiram,
> Quando morta me deixaram.
> Entre as mãos frias de neve
> Um raminho me puseste;
> Levaste as rosas e os cravos,
> Deixaste murta e cipreste.

Entrei de surpresa na varanda e disse à maviosa cantora:

— Quem lhe ensinou essa letra tão triste e bonita?

— Ai! — exclamou ela —, não cuidei que estava aí... Estas cantigas eram as da menina de Chaves.

— Quem era a menina de Chaves?

O padre tomou à sua conta a resposta, e disse:

— Era a namorada dum meu condiscípulo no Seminário de Braga, que morreu de amores por ele no Convento de Sant'Ana, e ele também morreu por ela. Eram ambos de Chaves. Eu fiquei com o papelinho em que a coitada escreveu as **coplas** que minha sobrinha canta a chorar.

— E está a chorar! — disse eu, vendo-lhe nos olhos espelhado um raio da lua.

— Não que eu — disse Tomásia entre risonha e lagrimosa — tenho uma pena da criatura!...

— Dela somente? — interrompi.

— E dele, que lá foi procurá-la ao outro mundo.

"As lágrimas desta mulher que nome têm se não são a sublime poesia da ternura, que eu ainda agora encontro pela primeira vez!...", disse eu entre mim, de

Coplas: estrofes.

modo que o estômago me não ouvisse. E as cinzas, que foram coração, estremeceram levemente*.

VII

Ao amanhecer do dia seguinte ouvi a voz do sargento-mor, que passeava no pomar contíguo à casa.

Desci ao pomar e perguntei-lhe se tinha resolvido seriamente dar-me sua filha.

O velho encostou o queixo às mãos, que assentavam sobre uma bengala alta de cana **encastoada** em marfim, e disse:

— Eu tenho uma só palavra: sou o sargento-mor de Soutelo, cavaleiro professo na Ordem de Cristo desde 1812 e cavaleiro da Ordem da Verdade, filha de Cristo, desde que me conheço. Dou-lhe minha filha, com a condição de que o Sr. Silvestre há de viver comigo, enquanto eu vivo for; depois, se quiser, leva a mulher para sua casa. Não a doto com isto nem com aquilo. Tudo que eu tenho e têm meus irmãos dela é. O senhor entra aqui mais como filho que como genro. Come, bebe e veste da casa. Os rendimentos da sua aplique-os ao desempenho dela, que, pelos modos, o senhor lá por esse mundo gastou muito e mal. Pagou o tributo: todos o pagam cada um por seu feitio. Eu também as fiz boas, e vi-as fazer piores a meus irmãos padres, **quando já tinham a cabeça rapada**. Agora com águas passadas não mói o moinho. Faça-se homem, e descanse. Mande ao diabo as extravagâncias e os prazeres das cidades. Aqui é que reina a paz e a alegria nas boas consciências.

Prosseguiu o sargento-mor até que a filha assomou à janela da cozinha, dizendo:

— Venham daí ao almoço.

— O senhor vai hoje ou fica? — perguntou, no caminho para casa, o velho.

— Vou dar as providências necessárias e voltarei, passados vinte dias, para ficar.

— Isso é decidido? É palavra de cavaleiro?

* **Silvestre sente-se emocionado ao ver as lágrimas de Tomásia; era o amor voltando "levemente" ao seu coração. Mas ele procura não demonstrar essa paixão para que o "estômago" não perceba, isto é, não quer se deixar envolver novamente pelo coração.**

Encastoada: trabalhada.

Quando já tinham a cabeça rapada: quando já eram padres.

— Não mereço que o respeitável pai de Tomásia me faça essa pergunta.

— Desculpe à minha satisfação estas dúvidas. Boas são as **venturas** de que a gente duvida, quando as tem já na mão.

E abraçou-me com os olhos úmidos.

Estávamos à mesa. Tomásia, segundo o seu costume, andava da sala para a cozinha, levando e trazendo pratos e iguarias.

O pai mandou-a sentar ao meu lado.

Padre João, meu vizinho da direita, rolou o abdômen para dar lugar à sobrinha.

Tomásia parecia outra no acanhamento e não desfitava os olhos do pai.

— Tu que me queres, moça, que olhas tão sisuda para mim? — disse ele. — Ó rapariga, o sangue parece que te quer saltar pela cara! É assim, é assim que eu vi tua mãe há trinta e dois anos. O casamento dela foi tal qual como o teu. Soube-o na véspera do dia, como tu, e eu resolvi-me, de a noite para pela manhã, porque ela era virtuosa, trabalhadeira e pura como as estrelas do céu. Aí tens o teu noivo, Tomásia. Bebamos à saúde do nosso Silvestre!

Saíram do armário sete canecas de louça da Índia com que as **saúdes** se fizeram.

— São as mesmas que serviram há trinta e dois anos em casa de meu sogro — disse o sargento-mor.

Eu fiz um brinde em **termos chãos** à minha nova família.

Durante o almoço, Tomásia nunca me esperou um olhar.

Findo o almoço, perguntei por ela para despedir-me, e soube que estava na igreja.

Esperei-a. **Entretanto**, padre João entregou-me a certidão de idade da sobrinha e pediu-me que no mais breve **termo** lhe remetesse a minha **para se lerem os banhos**.

Voltou Tomásia acelerada porque a foram chamar. Logo que pôde falar-me a sós, tirou do peito um embru-

---

Venturas: felicidades.

Saúdes: brindes.

Termos chãos: palavras simples.

Entretanto: nesse meio tempo.

Termo: tempo.

Para se lerem os banhos: para se fazer o anúncio público do casamento.

lho e deu-mo, pedindo-me que lançasse ao pescoço o que ia dentro do lenço. Despedi-me e abracei-a. Tomásia não quis que outra pessoa me segurasse o estribo quando eu montava.

— Já cuida dele como de coisa sua! — disse o velho a rir, e os padres riram todos.

Depois tornou ela dentro à casa, mandando-me que esperasse um pouquinho, e veio logo com um pequenino **alforge**.

— É para o caminho — disse ela, atando-os às fivelas da sela.

Dei o último adeus, e Tomásia subiu ao topo de um **outeiro** donde se avistava grande espaço de estrada, e ali estava acenando-me até que me sumi numa baixa de serra.

Abri o embrulho: era um ***Agnus-Dei***, encastoado em prata. O lenço que o envolvia tinha no centro um coração com muitos **aleijões**, atravessado por uma flecha que a caprichosa bordadeira deixava ver em todo o seu comprimento, de modo que parecia uma seta grudada ao coração.

Dali três léguas sentei-me à sombra duns azinheiros e abri o alforge: era uma galinha assada, uma cabaça de vinho e um pão*.

A leitora de coração fino e melindroso pergunta-me se eu gostei daquilo, se me não seria mais saboroso encontrar um ramo de flores.

Não, minha senhora, eu gostei muito mais de encontrar a galinha, o pão e a cabaça.

Os prazeres das flores cedo-os **bizarramente** aos amadores de Vossa Excelência e a Vossa Excelência não levo a mal que se ria da filha do sargento-mor de Soutelo, que punha flores aos santos e cuidava seriamente do estômago das pessoas que lhe eram **caras**.

VIII

Cheguei a minha casa e estranhei-a como se não fosse a minha.

Alforge: alforje, bolsa.

Outeiro: pequena elevação num terreno.

Agnus-Dei (em latim): espécie de medalha em que se acha impressa a figura de um cordeiro, que representa Jesus Cristo.

Aleijões: defeitos.

* Observe que Tomásia leva em conta o coração, o amor, mas não se descuida do estômago.

Bizarramente: gentilmente.

Caras: queridas. Em vez de flores e presentinhos de amor, Silvestre declara que prefere os cuidados com o estômago, muito mais necessários e eficientes à garantia da felicidade.

Vi uns velhos criados, que se moviam taciturnos e tristes. Pesava-me no peito aquela solidão, mais amargurada pelas lembranças da infância. O espírito refugiava-se em Soutelo, e eu pasmava de não sentir renascer o coração ao calor daqueles desejos, que semelhavam saudades.

Abreviei os meus arranjos, fazendo ler o primeiro **proclama do meu casamento** no dia imediato, que era domingo, dispondo novos arrendamentos dos bens, demitindo-me da regedoria e comprando na vila próxima algumas prendas de noivado.

Nestes preparativos, andava comigo um contentamento plácido e sereno como eu nunca houvera experimentado. Adormecia e acordava alegre, bem que esta alegria do despertar não fosse um alvoroço, uma embriaguez de gozo como eu sentira em outra idade, nos efêmeros prazeres, ou meras esperanças de os alcançar. Agora, a minha satisfação era toda ver-me sequestrado do mundo, estimado de cinco velhos felizes, ligado a uma mulher inocente, moldada pelas doces imagens que eu julgava extintas nos tempos bíblicos. Figurava-se-me a minha vida futura no decurso de trinta anos, que podia ainda viver. Antevia a uniformidade dos meus dias, iguais, sossegados, vividos na intimidade, no trabalho sem fadiga e no respeito e estima dos meus conterrâneos. Lia da minha pequena **livraria** os poetas bucólicos, e especialmente relia e decorava uma ode de **Meléndez** que principiava assim:

> Ya vuelvo a ti, pacífico retiro.
> Altas colinas, valle silencioso,
> Término a mis deseos,
> Faustos me recibid: dadme el reposo,
> Por que en vano suspiro
> Entre el tumulto y tristes devaneos
> De la corte engañosa.
> Con vuestra sombra amiga
> Mi inocencia cubrid, y en paz dichosa
> Dadme esperar el golpe doloroso
> De la parca enemiga...*

Proclama do meu casamento: anúncio de casamento lido nas igrejas.

Livraria: biblioteca.

Juan Meléndez Valdés (1754-1817): poeta espanhol.

* Tradução livre dos versos: "Já volto a ti pacífico retiro. / Altas colinas, vale silencioso, / Término dos meus desejos, / Felizes recebei-me: dai-me o repouso, / Por que em vão suspiro / Entre o tumulto e tristes devaneios / Da corte enganosa. / Com vossa sombra amiga / Minha inocência cobri, e em paz ditosa / Dai-me a esperar o golpe doloroso / Da inimiga parca..." (parca: figura mitológica que representa a morte).

Algumas vezes interrogava a minha consciência, perguntando-lhe se eu amava Tomásia. Não me respondia, por se julgar desautorizada para a resposta. Ao coração é que tocava o discutirmos semelhantes pontos de pouquíssima importância para o complemento da minha felicidade*. Eu tinha lido a Bíblia e não vira lá os patriarcas oferecendo ou pedindo amor às mulheres com quem se esposavam. Booz não diz a Rute que a ama. Jacó, conquanto **dessimpatize** com os olhos doentios de Lia, não se declara amoroso de Raquel. Abraão casou com Sara **sem se despender em maravalhas** do coração. Na **idade de ouro**, a mulher era a fêmea do homem: casavam para procriarem, segundo suas espécies, e procriando envelheciam **ditosos**.

O amor inventou-o depois o estragamento dos bons costumes gregos e romanos, como coisa necessária e **acirrante** aos paladares **botos** dos filhos viciosos das cidades**.

Ainda agora nas aldeias, afastadas dos focos da corrupção, coisa que eu nunca ouvi dizer é: "A Maria do Ribeiro *ama* o Antônio da Capela." Lá não se diz *ama*; é *querem-se*. "Querem-se" é outra coisa; é **amalgamarem-se** num só ser, em uma só vontade, numa identidade de alma e corpo tal, e tão uma que nem sequer cogitam se há desgraça com força de desuni-los aquém da morte. E para lá da sepultura ainda eles têm como segura a vida imortal em união de penas ou glórias.

O amor dispensa-se onde está a profunda estima. Lá nesses **consórcios** bem-aventurados que florescem obscuros nas gargantas das serranias e nas selvas que bordam as margens dos rios não há tempo nem ocasião de discutirem sutilezas do coração. Crê-se ali que o vínculo é eterno e o sacramento do matrimônio uma religião, ou o dogma mais sacratíssimo dela. Pode ser que nem isto mesmo pensem: o que eles deveras sabem é que são felizes***.

Eu cismava estas e outras coisas quando me estava preparando para entregar a minha vida às quietas delícias dum casamento que faria rir de piedade os meus amigos.

* **Considerando a transformação que se dera em Silvestre, por que o fato de saber se amava ou não Tomásia era algo de pouquíssima importância?**

Dessimpatize: não simpatize.

Sem se despender em maravalhas: sem se incomodar com coisas pequenas.

Idade de ouro: período mais feliz da humanidade.

Ditosos: felizes. Nesse parágrafo, Silvestre cita vários casais da história bíblica para reafirmar que foram felizes sem se importarem com devaneios sentimentais. O amor não era uma condição para a felicidade.

Acirrante: estimulante.

Botos: entorpecidos.

** **Silvestre vê o amor como uma degradação dos costumes, como algo artificial que surge no ambiente decadente das cidades. Por isso, não se encontra presente na vida campestre.**

Amalgamarem-se: fundirem-se.

Consórcios: uniões.

*** **A felicidade seria natural, sem ter necessidade dos artifícios românticos.**

IX

Fui.

No **carvalhal** que forma o **ádito** da povoação de Soutelo esperavam-me os quatro clérigos, o sargento-mor, o abade, o boticário e o juiz eleito. Abraçaram-me todos sem ser apresentado aos três personagens que ampliavam o círculo das minhas relações. Aquela boa gente das aldeias vem direita a um homem, dá-lhe um abraço de **amolgar** as costelas e levanta-o ao ar na veemência de sua credulidade. Coisa que nunca por lá me disseram foi: "Aqui lhe apresento o Sr. Fulano".

Os Fulanos da aldeia julgam-se sempre assaz visíveis para dispensarem que outrem diga deles: "Aqui lho mostro".

Abalamos dali para casa.

Tomásia veio receber-me ao patim da escada e logo me perguntou pelo *Agnus-Dei*. Mostrei-lho, tirando-o do peito. A contente moça beijou a relíquia e disse:

— Vê, meu pai? Cá o tem ao peito. Vossemecê dizia que o Sr. Silvestre não punha isto!... Eu bem sabia que ele era cristão!

Estava a mesa posta e coberta de pratos de trutas e **escalos**, entre **açafates** de fruta.

Merendamos e ficamos em palestra na varanda de cantaria até o toque das ave-marias.

Depois da reza saíram os convidados: os padres também saíram para rezar o breviário, o sargento-mor foi tomar um banho no rio e eu fiquei sozinho com Tomásia.

Coaxavam as rãs e zumbiam os besouros. Dos **soutos** e carvalheiras vinha o pio gemente das corujas e dos mochos. Os morcegos voejavam por entre os pilares da varanda. Nas **cortes** vizinhas da casa **balavam** os cordeiros, e **refocilavam-se** as cabras, produzindo o som cavo do **embate das marradas** — divertimento que a humanidade usa com menos estrondo e mais às claras.

Tomei a mão de Tomásia e disse-lhe:

— És muito minha amiga?

Carvalhal: mata de carvalhos.

Ádito: entrada.

Amolgar: achatar.

Escalos: um tipo de peixe.

Açafates: cestos.

Soutos: bosques.

Cortes: currais.

Balavam: davam balidos; baliam.

Refocilavam-se: brincavam.

Embate das marradas: choque dos chifres. Observe que a cena em que Tomásia e Silvestre ficam a sós pela primeira vez depois de oficializar o noivado é marcada pelos sons da natureza, reforçando a ideia da felicidade como uma integração do homem ao ambiente natural, sem os artificialismos da vida urbana.

— Sou — respondeu ela, dando a outra mão, que eu apertei entre as minhas.

— És feliz em casar comigo?

— Agora é que tenho quanto desejo.

— E se eu não voltasse, se eu não casasse contigo, eras desgraçada?

— Deus me livre! Morria como a menina de Chaves.

— E se te dissessem que eu gostava doutra mulher, querias-me?

— Se o Sr. Silvestre gostasse doutra não me queria a mim.

— Mas se eu viesse a gostar depois de casado?

Tomásia retirou as mãos. Não sei se perdeu a cor, que era insuficiente a claridade das estrelas para este estudo.

— Por que tiras as tuas mãos das minhas?! — perguntei.

Tomásia deu-as outra vez, sem responder.

Insisti na pergunta.

— Isso não pode ser — disse ela.

— O que não pode ser?

— Casar comigo e gostar doutra depois... Meu pai quis sempre muito a minha mãe, e todos os casados que conheço são como era meu pai.

— E eu serei como eles, minha amiga. Não penses mais nestas perguntas.

Abracei-a, dei-lhe um beijo na face e deixei-a ir dar as ordens para a ceia.

O beijo recebeu-o sem estremecimentos de pudor, como as donzelinhas dos romances.

X

Dois dias depois, às seis horas da manhã, ouvi um tiroteio que vinha soando das montanhas e vales convizinhos da aldeia.

Eram os amigos do sargento-mor, chamados e não chamados a festejar o casamento da *morgada*. Assim a **denunciavam** por ser filha única.

Denunciavam: chamavam.

Encheram-se os extensos casarões de gente. Chamavam lá cobrados e casarões ao que nas terras onde já chegou a ilustração das palavras se chama "salas".

Vinham à mistura com os lavradores muitas moças de alegres rostos, com **abadas** de flores desfolhadas.

O juiz eleito vestia casaca e o boticário parecia trazer na gola da sua todo o laboratório farmacêutico.

Tomásia trajava vestido de cetim azul. Fora mandado vir de Chaves o vestido. A irmã do juiz eleito, que estivera a banhos na **Foz**, penteou-a à moda do Porto; mas a minha noiva, vendo-se ao espelho, desmanchou o penteado e formou da grande trança loura um diadema, sem mais enfeites que uma **rosa de Alexandria**. Por cima dos ombros, que o vestido deixava nus, lançou Tomásia um **xaile** de **Tonquim** escarlate, que eu havia mandado a minha mãe e ela nunca vestira.

Saímos para a igreja entre alas de ativo bombardeamento. Eram centenares de pessoas de ambos os sexos.

As velhas erguiam as mãos aos céus, exclamando:

— Como tu vais linda! Bendito seja Deus! Pareces Nossa Senhora!

Confessamo-nos, comungamos e recebemos as bênçãos.

Desde que saímos da igreja até a entrada de casa caminhamos sempre debaixo de nuvens de flores. O estrondo dos bacamartes era **atroador** e os dois sinos da freguesia repicaram desde que saímos do templo até o anoitecer desse dia.

Meia hora depois que chegamos, entrei no quarto de minha mulher e encontrei-a de joelhos diante duma imagem de *S. João dos Bem-Casados*.

Ergueu-se ela, benzendo-se, e esperou que eu a beijasse pela segunda vez. Penso que o público me releva a confissão de que, ao dar-lhe este segundo beijo, encontrei os lábios. Era o instinto das sensações agradáveis, mas honestas, que ensinou a minha mulher o segredo do máximo prazer de um beijo.

Estava o almoço na mesa*.

Abadas: grande quantidade.

Foz: nome de uma cidade litorânea portuguesa.

Rosa de Alexandria: nome de um tipo de rosa.

Xaile: o mesmo que xale.

Tonquim: cidade que faz parte hoje do Vietnã.

Atroador: muito forte, estrondoso.

* Observe que a cena do casamento termina com um beijo dado de forma espontânea e natural, seguido de um almoço; afinal era preciso pensar no estômago.

O EDITOR AO RESPEITÁVEL PÚBLICO

Os autógrafos do meu amigo Silvestre da Silva carecem de nexo e ordem desde a data do seu casamento. Salta logo aos olhos que o ilustre autobiógrafo, chegado ao marco da bem-aventurança, quedou-se a repousar da peregrinação — Deus sabe quão penosa! — que trouxera pelas precipitosas veredas do seu passado.

Vejo aqui muito fragmento de obras bosquejadas, sobre assuntos de higiene caseira. Os mais aproveitáveis tendem a mostrar que a deusa da fortuna é a predileta amiga dos que submetem a vida ao regime suave da matéria e só exercitam seu espírito para corrigir-lhe as demasias. Estes trechos soltos acho-os enfeixados sob o título: *A felicidade pelo estômago*.

Há outros manuscritos que encarecem o egoísmo, mas o racional egoísmo de **Bentham**. É esta uma das suas máximas: "O homem só vive bem com os outros quando vive mais para si". E neste ponto de sentenças podia eu mostrar, se tivesse paciência para copiá-las, que Silvestre da Silva, se cultivasse o gênero, poderia ser um **La Rochefoucauld** fora de Soutelo.

Pospondo como coisas da segunda ordem as manifestações intelectuais de Silvestre, vou tentar, auxiliado pelos apontamentos dele, e notícias que alcancei, organizar a sucessão dos fatos posteriores ao casamento.

Silvestre foi eleito presidente da Câmara de Carrazedo de Montenegro, que assim se denomina o concelho onde a ventura lhe bafejara o outono da vida. Estreou-se nas funções municipais mandando construir uma porca nova para o sino da igreja e compor uma estrada descalçada que lhe passava à porta; depois propôs em sessão que se pedisse ao governo uma estrada do Porto a Chaves, com um ramal por Soutelo.

Este alvitre criou-lhe créditos, que foram um **espeque** à sua reputação algum tanto abalada com o fato

Jeremy Bentham (1748-1832): filósofo e jurista inglês.

François de La Rochefoucauld (1613--1680): escritor francês, famoso por seus escritos moralistas.

Espeque: amparo, proteção.

de consumir os dinheiros do cofre municipal na reconstrução do caminho de sua exclusiva serventia*. Mais meiga lhe soprou a aura popular, quando ele, mediante a solicitude do deputado, que fizera eleger, conseguiu que o concelho de Carrazedo absorvesse, na divisão do território, outro concelho limítrofe.

Nas próximas eleições, Silvestre da Silva, sem inculcar-se aos povos, nem recomendar sua candidatura, foi eleito deputado, contra a vontade das autoridades.

Tomásia, sabendo que seu marido se apartava dela no segundo ano de casada, fez tamanha e tão sincera choradeira que Silvestre desistiu da candidatura e fez que no **escrutínio** suplementar saísse deputado o juiz eleito, que também não serviu por se ter recusado a prestar o juramento, como **legitimista** que era **de entranhas**.

O governo chamou ao seu partido a influência de Silvestre e conseguiu fazer eleger no seu círculo um candidato desconhecido dos eleitores. Ganhou com isso o genro do sargento-mor uma comenda para seu sogro e outra para ele, e uma abadia **pingue** para o padre Atanásio, tio de sua mulher. Em consequência do que todos os padres voltaram a **sotaina** e proclamaram a legitimidade da senhora **D. Maria II**, com grande desgosto do juiz eleito, que rompeu relações com a família dos renegados, ou *arrenegados*, como ele dizia.

Desta desavença resultou que os jornais do Porto agrediram Silvestre da Silva, **acoimando-o** de desviar os dinheiros do município em benefício das suas propriedades.

Agora é tempo de dizer que Silvestre saíra muito **empenhado** do Porto e os credores o tinham em conta de insolvente por saberem que a sua pequena casa estava hipotecada a dívidas mais antigas. Ora, como quer que os credores o vissem tratado nos periódicos como proprietário e indagassem, até saber que ele casara rico, e onde, remeteram **deprecadas** para ele ser citado com sua mulher. Então se saiu Silvestre com uma escritura nupcial, em que os bens havidos e por haver de sua

---

* **Isto é, ele usou dinheiro público para fins particulares.**

Escrutínio: votação.

Legitimista: pessoa que achava legítima a reivindicação ao trono de Portugal por D. Miguel de Bragança (1802-1866), contra os descendentes de seu irmão D. Pedro IV (D. Pedro I do Brasil).

De entranhas: profundamente.

Pingue: lucrativa, rendosa.

Sotaina: batina.

D. Maria II: foi rainha de Portugal de 1826 a 1828. Era filha de D. Pedro IV (D. Pedro I do Brasil).

Acoimando-o: acusando-o.

Empenhado: endividado.

Deprecadas: pedidos de um juiz a outro para que lhe cumpra algum mandado ou ordene alguma providência.

mulher ficavam isentos de pagar as dívidas do marido, contraídas até a data do casamento. Os credores mais antigos saíram com as suas ações de execução sobre as hipotecas e retiraram pasmados de verem cópias de escrituras anteriores. O certo é que Silvestre da Silva, se necessário fosse, mostraria que seus avós tinham hipotecado a casa, alguns séculos antes de ela existir.*

É mui pouco de louvar-se este proceder; mas uma razão ilustrada concede que um homem maltratado pelas mulheres se vingasse nos credores. Um espírito sublime, quando trata de **despicar-se**, vinga-se **em globo**. Verdadeiramente **inultos** são aqueles que nem credores têm, sequer!

O sargento-mor, conquanto fosse caráter dos bons tempos, **transigiu** com as velhacadas do genro e admirou-lhe a esperteza. A comenda iluminara-lhe o espírito, a cuja luz ele viu as coisas, os homens e a época.

Ao terceiro ano de casado, Silvestre **formava com o peito e abdômen um arco**. A gordura embargava-lhe a ação e abafava-lhe o espírito nas **enxúndias**.

Vi-o na Foz, e conheci então a Sra. D. Tomásia, e seu pai, e um menino de dois anos, que era a doidice do avô.

Falei em assuntos literários com o meu antigo colega na imprensa. O homem ria-se de mim e dizia:

— Ainda estás nisso, pobre **zote**?! Esquece-te, brutaliza-te, faze-te estômago, se quiseres viver à imagem do deus, que faz os homens neste tempo!

O único livro que lhe vi à cabeceira da cama era a *Fisiologia do paladar*, de **Brillat-Savarin**, e a *Gastronomia*, poema de **Bouchet**.

Pediu-me que fosse passar com ele uma temporada a Soutelo, se queria voltar ao mundo com alma nova. **Anuí**, e lá me detive dois meses, voltando com o **estômago arruinado pelo sarro do muito toucinho** sobre o qual o meu amigo me prometia reconstruir o aparelho espiritual.

Observei, na Foz, que Silvestre procurava a distração do jogo: dizia que a fortuna dos seus credores dependia

---

* **Como se vê, Silvestre não tinha fama de honesto.**

Despicar-se: vingar-se.

Em globo: em todos.

Inultos: os que não se vingaram.

Transigiu: tolerou.

Formava com o peito e o abdômen um arco: maneira sarcástica de dizer que ele estava engordando muito.

Enxúndias: banhas.

Zote: idiota.

Jean Anthelme Brillat-Savarin (1755-1826): advogado e político francês que ficou famoso por seu livro de gastronomia *Fisiologia do paladar*, em que destaca a importância da alimentação adequada para o bem-estar. É dele a famosa frase: "Dize-me o que comes que te direi quem és".

Bouchet: na verdade, trata-se do poeta e humorista francês Joseph de Berchoux (1760-1838), autor do poema *Gastronomia*. Aliás, foi ele que criou o termo *gastronomia*.

Anuí: concordei.

Estômago arruinado pelo sarro do muito toucinho: o amigo de Silvestre comeu tanto toucinho que ficou com problemas no estômago.

dos ganhos que ele obtivesse. Os credores do meu amigo perdiam com ele, como pessoas infelicíssimas que eram.

Explicava Silvestre a excentricidade deste modo:

— Quando eu me entregava de olhos fechados ao mundo, julgando-o bom e de nenhum modo interessado em ludibriar-me, o mundo **folgou de explorar** um tolo que abria o coração e a algibeira a todas as perfídias e zombarias. Não tive um sincero amigo que me desse dinheiro sem primeiro me furar as algibeiras para o aparar com uma das mãos, enquanto a outra mo emprestava, já cerceado dos juros. Os meus mais dedicados amigos serviam-me de indicadores de **usurários**, que me davam o décimo do valor da letra, que eu assinava. Era um jogo de ladrões; foram empréstimos da infâmia; só podem ser pagos com infames meios. A consciência de Santo Antônio e de S. Francisco das Chagas não foram mais puras do que há de ir a minha à presença do **Supremo Juiz**. Creio que não devo nada, porque os juros que paguei excedem o capital: ora o que eu não devo só por absurdo posso pagá-lo com o que não for meu.

Parece-me que a lógica **manqueja** nesta argumentação. Seja como for, há muito quem deixe de pagar como Silvestre da Silva; mas não pagar, firmado em raciocínios, à primeira vista, irrefutáveis, nisso é que ele foi **singular**.

Direi o que me pareceu a vida doméstica do meu amigo.

D. Tomásia adorava-o e, sem o querer, polira-se por amor dele, a ponto de renunciar às suas antigas ocupações de portas adentro. **Andavam à competência** de quem engordaria mais; e, nas horas de dormir, excediam a toda a gente, menos um ao outro. Silvestre levara do Porto um cozinheiro, que contribuiu grandemente para **derrancar** o estômago do sargento-mor e dos padres. A mesa de Silvestre cobrou fama nos arredores, principalmente depois que o boticário, comensal insaciável,

---

Folgou de explorar: divertiu-se em explorar.

Usurários: agiotas, pessoas que fazem empréstimos com juros abusivos.

Supremo Juiz: Deus.

Manqueja: falha.

Singular: original.

Andavam à competência: andavam competindo.

Derrancar: estragar.

morreu de uma indigestão de almôndegas. Estava sendo no verão que eu lá passei muito concorrida a casa de famílias remotas, entre as quais vi gente que o dilúvio respeitou*, e eu também.

Posso jurar que Silvestre nunca deu sombra de ciúme a sua mulher. A segurança em que mutuamente se tinham é escusado dizê-la. D. Tomásia era **folgazã**, ria até rebentar, fazia rir com as suas simplicidades: porém, no que diz respeito à invulnerabilidade da sua castidade de esposa, nunca ninguém, exceto a leitora casada**, me deu tão alto grau de certeza. E era bela, a não poder ser mais, aquela mulher de trinta e dois anos! A mesma exuberância de carnes parecia enfeitar-lhe as formas duma certa majestade, que faria o terror de Vossa Excelência, menina de Lisboa, cuja cintura, como a quebrar-se, vai ondeando ao capricho da brisa***.

Mais de uma vez tentei **espertar** o entorpecido engenho do meu amigo, recordando as nossas palestras literárias nos cafés e citando passagens mais conhecidas dos seus folhetins. Silvestre acordava por instantes, ouvia-me com aspecto melancólico de saudade; mas logo retomava o ar **alarve** e **motejador de quem se bandeia com os mofadores das letras**. Aqui se me depara agora uma poesia, que ele, em hora bem-humorada, tirou desta mesma pasta para me ler. Quando a releio e **aquilato** a tendência satírica de Silvestre, mal posso perdoar ao mundo que o exilou da pátria luminosa do espírito para as trevas estúpidas de uma vida cuja felicidade eu desejaria, como vingança, a quem ma aconselhasse****. Aqui tem o leitor os versos:

Da oca ostentação as vãs negaças,
E os tantos seus ridículos tamanhos,
Fazem chorar e rir.
Ó eras primitivas dos rebanhos,
Ó tempos patriarcais,
Deixai que possa esta alma reflorir!

* Observação cômica e sarcástica sobre a idade das pessoas.

Folgazã: brincalhona.

** Outro comentário jocoso, que se dirige diretamente à leitora, como se ele conversasse com ela.

*** Mais uma vez, destaca-se o contraste entre as formas gordas de Tomásia e o modelo das mocinhas românticas, sempre preocupadas com sua silhueta magra e elegante.

Espertar: despertar, estimular.

Alarve: tolo.

Motejador: zombeteiro.

De quem se bandeia com os mofadores das letras: de quem passa a fazer parte do grupo dos ridicularizadores da literatura.

Aquilato: avalio.

**** O "editor" se mostra inconformado com a opção de Silvestre de abandonar as letras em favor de uma felicidade baseada numa vida puramente materialista. Essa "felicidade", ele a desejaria como vingança a quem o aconselhasse a seguir tal vida.

Negaças: provocações.

A filha de Labão enchia a bilha;
Penélope, a rainha, ensaboava
Os carpins conjugais.
Lucrécia com a roca cirandava,
E muito grandes damas,
Faziam tudo aquilo, e muito mais*.

E era um gosto ver como elas tinham
As casas **petrechadas**, **trastejadas**,
Mourejadas, varridas!
Curavam por mãos suas as **meadas**,
Teciam suas teias
E tinham sempre as arcas bem fornidas.

Ao domingo, depois de ouvirem missa,
Cuidavam do jantar à portuguesa,
Farta sopa e cozido.
Depois, para ajudar a natureza,
Iam dar seu passeio
Desentourindo o bucho entumecido.

Ao **lusco-fusco**, as portas se trancavam,
E marido e mulher, numa só alma,
E numa cama só,
Ressonavam em doce e mansa calma;
Sonhavam sonhos d'ouro,
E amor os estreitava em mago nó.

Ó tempos patriarcais!... Com que saudade
Eu, filho destas eras pataratas,
Invejo os meus avós!
Vivíeis pendurados dos **rabichos**,
Virtudes portuguesas!
O rabicho caiu, caístes vós.

E agora... ai!, que desmancho, que **toleimas**,
Que gente, que nação e que costumes
Os teus, ó Portugal!

---

* **Nesta estrofe são citadas várias mulheres famosas da antiguidade**, como Raquel (a filha de Labão, personagens bíblicas), Penélope (esposa de Ulisses, herói do poema grego *Odisseia*, de Homero), Lucrécia (dama romana).

Petrechadas: apetrechadas, munidas de todas as coisas necessárias.

Trastejadas: mobiliadas.

Mourejadas: moirejadas, cuidadas com muito esforço.

Meadas: novelos.

Desentourindo o bucho entumecido: desinchando o bucho cheio.

Lusco-fusco: entardecer.

Rabichos: espécie de trança ou rabo de cavalo que se costumava fazer nas perucas usadas antigamente.

Toleimas: tolices.

Se há civilização, é só nos lumes,
Nos **lumes-prontos** só;
E, se teimam que há luz, é infernal!

Vão ver o que se passa em cada casa,
Que vive à lei de gótica nobreza,
E seus festins nos dá!
Se é jantar, o talher que vem à mesa,
O usurário o dera
Em troca do serviço que é do chá.

Se é baile, vai em troca do serviço
A inútil baixela do jantar;
E assim se faz figura;
E, se é jantar e chá, vão-se alugar
Ao **sórdido judeu**
Ambas as coisas, que absorve a **usura**.

As famílias do tom mais **miserandas**
Aquelas são que têm sege em cocheira
E seu guarda-portão;
Que dos riscos de giz do **merceeiro**
Deduz-se que a barriga
É **imolada às glórias do brasão**.

São moda agora uns fofos vaporentos
Omelettes soufflées denominados,
E omelettes sucrées;
Emblema são do tempo estes bocados,
De todo o ponto avessos
Ao estômago sincero português!

Pondera alguém que as raças se depuram
Ao passo que a tintura vermelhaça
Dos semblantes se some;
Dizem que a palidez **extrema** a raça;
Mas eu de mim não creio
Que seja perfeição: acho que é fome.

Lumes-prontos: fósforos.

Sórdido judeu: avarento judeu — o preconceito contra os judeus era forte na época.

Usura: juros abusivos de um empréstimo.

Miserandas: lastimáveis.

Merceeiro: dono de venda.

Imolada: sacrificada.

Às glórias do brasão: às glórias do nome da família.

Extrema: exalta, engrandece.

Em **caução** da minha crítica, declaro que me afasto dos admiradores de Silvestre, se alguns ele tem, como poeta. A genuína poesia não é aquilo, nem o foi nunca. O poeta puro-sangue levanta-se sobre o lodo da vida real e senhoreia-se dos milhares de mundos que Deus criou para os gênios e os gênios tomaram das mãos de Deus para cantá-los. Poeta que canta a sopa e o cozido falseia a sua vocação de medíocre cozinheiro. Assim é que eu, zeloso sacerdote da arte, entendo a poesia, e nem aos mortos indulto. Antes quisera ter de o criticar somente por umas bagatelas métricas com que Silvestre da Silva algumas vezes rastreou Nicolau Tolentino. A **mordacidade** distancia-se da poesia quanto *as sátiras* de **Boileau discriminam** das *contemplações* de Victor Hugo. Aqui se **traslada**, ainda assim, o gênero em que **prelevou** Silvestre, à competência com Faustino Xavier de Novais, ambos, para assim o dizer, **feridos do mesmo dente da musa mordente**:

....
....

Eu já fui rapaz **do tom**,
E, com pesar de o ter sido,
Resolvi fazer-me bom;
E ao mundo que hei ofendido,
Em paga, faço-lhe um dom.

Dos meus colegas, é certo,
Que os artifícios traidores
Hei de mostrar bem de perto.
Quero pôr a descoberto
Seus planos sedutores*.

Quando a vítima incauta
(Quero dizer a donzela),
Chilreando *em tom de flauta,*
Lança à noite da janela
Cartinha escrita por pauta:

Caução: **garantia, sinal de honestidade.**

Mordacidade: **sarcasmo.**

Boileau (1636-1711): **poeta francês.**

Discriminam: **estão distantes.**

Traslada: **reproduz.**

Prelevou: **destacou.**

Feridos do mesmo dente da musa mordente: **inspirados pela musa da poesia satírica.**

Do tom: **da moda.**

* **Propõe-se a mostrar nos versos como agem os rapazes sedutores.**

Chilreando: **conversando, tagarelando.**

O **poetastro** entra em casa,
Devora, sôfrego, a empada,
E, **se não é maré vaza**
De inspiração desgrenhada,
Bate do **estro** a negra asa.

O que primeiro lhe acode
Não é o ardente dizer,
Que pintá-lo melhor pode;
Primeiro, cumpre saber
Se há de ser canção ou ode.

Vai, depois, pondo em fileira
As regrinhas **desasadas**;
Arrepela a cabeleira,
Rói as unhas mal lavadas,
E, por fim, rebenta asneira.

Borra a pintura que fez,
E versos novos **maquina**;
Recorda doutros que, há um mês,
Mandara a certa menina,
Que, com ele, amava três.

Nova edição incorreta
Da cataplasma daninha
Impinge o vesgo poeta
À analfabeta vizinha
Que engole os versos e a **peta**.

Engole, digo, pois quando
Ela, com custo, os soletra,
Parece está-los mascando;
E admira não ver **setra**
Com dois corações sangrando!

Repete os versos à amiga
Que diz nunca os vira iguais;

Poetastro: poeta medíocre.

Se não é maré vaza / de inspiração desgrenhada: se não estiver com falta de inspiração confusa.

Estro: imaginação poética.

Desasadas: desajeitadas.

Arrepela a cabeleira: arranca os cabelos.

Maquina: produz.

Da cataplasma daninha: do remédio danoso.

Impinge: aplica.

Peta: mentira.

Parece está-los mascando: parece que os está mascando. Além de satirizar os sedutores, os versos satirizam também as moças analfabetas e simplórias.

Setra: seta.

Mas, não sabendo o que diga
Em resposta a mimos tais,
Manda-lhe velha cantiga.

Os diques da inspiração
Rompem-se **alfim** em torrentes
De frutos de maldição;
Não são trovas, são candentes
Jorros de aceso vulcão.

Já começa a dar gemidos
A imprensa pouco honesta
Com os versos nunca lidos,
Que leitor grave detesta
Porque os fins são já sabidos.

E não leva a bela a mal
Que o mundo diga que é ela
Quem figura no jornal,
Disfarçada em **nívea** estrela
Com promessas de imortal.

À inveja de certa amiga
Nem isto quer que se esconda.
E, soberba, **se impertiga**,
Vendo-se em letra redonda,
Do pai cruel inimiga*.

Já o **vate exímio** abarca
Um pensamento profundo,
Vem-lhe à memória **Petrarca**,
Que deixou cá neste mundo
Laura **zombando da parca**;

E est'outra Laura, tão sua,
Quer fazê-la eterna em verso;
E, quando pensa que atua
Na admiração do universo,
Não o conhecem na rua**.

Alfim: enfim.

Nívea: branquíssima.

Se impertiga: se mostra altiva.

* Vendo os comentários sobre ela nos jornais, ela afronta o próprio pai.

Vate exímio: poeta habilidoso.

Petrarca (1304-1374): poeta italiano que, com seus versos, imortalizou Laura, sua amada.

Zombando da parca: zombando da morte, porque ganhou fama imortal.

** O poeta sedutor pensa que ficará famoso como Petrarca, mas é completamente ignorado por todos.

Trinta cadernos apronta
De pavorosa escritura,
Tira prospectos por conta
De equívoca assinatura,
Que por um terço desconta.

Sai a lume, e em trevas morre,
Filho da asneira e do amor,
Livro que insônias socorre;
Mas quem risco amargo corre
É decerto o **impressor**.

Entretanto, a virgem meiga
Os versinhos, doce prenda,
Cada vez mais n'alma **arreiga**,
A tempo já que na **tenda**
Se embrulha nela manteiga*.

Vive na fé, todavia,
Que do amante a loquaz fama,
Que até aos astros a envia,
Já seu talento proclama
Muito além da **freguesia**.

E, convicta disto assim,
Tendo-se em conta de eterna,
Julga ser **mister** ruim,
Coser ceroula paterna
Ou remendar o **carpim**.

Infeliz pai!, que aflições
Não tens tu de amargurar
Ao tirar dos gavetões
A **peúga** sem calcanhar
E a camisa sem botões!

Em velhice **desditosa**,
Dói-me ao ver-te submerso!

Tira prospectos: manda imprimir (os versos).

Por conta: para pagar mais tarde.

Sai a lume: é publicado.

Livro que insônias socorre: é um livro tão enfadonho que só é lido por quem sofre de insônia.

Impressor: o impressor é que corre o risco de não ser pago.

Arreiga: arraiga, cria raízes.

Tenda: venda, mercearia.

* Os versos impressos servem para embrulhar manteiga na venda.

Freguesia: bairro. Acreditando nas palavras do seu poeta, ela imagina que já está ficando conhecida até fora de seu bairro.

Mister: ocupação, trabalho.

Carpim: meia curta de homem. Julgando-se uma famosa musa inspiradora, ela acha que não deve mais fazer trabalhos domésticos tão vulgares, como remendar as roupas do pai.

Peúga: meia.

Desditosa: infeliz.

Enquanto a filha radiosa
Se fez imortal em verso,
*Morres tu em **chilra** prosa.*

....
*Mas, ó **patusca** poesia,*
És a varinha de condão,
És no deserto água fria,
És tábua de salvação,
És farol que à pátria guia!

Sem ti, doce companheira,
Amiga, sócia fiel,
*A **fábrica da Abelheira***
Não venderia o papel,
Nem teria prêmio a asneira,

***Nem seria a mulher rola**,*
Nem celeste o seu sorriso,
Talvez fosse menos tola,
E tivesse mais juízo;
Mas isso de que consola?
....

Aí têm as futilidades com que, a grandes intervalos de tempo, se saía aquele espírito, que tão bem **sorteado** entrara na república das letras! Vejam como **se descompadecem** a felicidade estúpida do marido de Tomásia e o engenho! Quão melhor lhe fora pedir ele à sociedade que lhe rasgasse de novo as cicatrizes e instilasse nelas o veneno que transpira depois em vociferações eloquentes na comédia, no poema e no romance! Ao menos, aquele brilhante astro, afogado no charco do estômago, irradiaria como tantos outros infelizes em volta da região intangível da felicidade, e o mundo, que o crucificara, seria depois o primeiro a apregoá-lo grande.

Saí de Soutelo no fim do verão.

Chilra: desprezível.

Patusca: ridícula.

Fábrica da Abelheira: conhecida fábrica de papel da época.

Não seria a mulher rola: a mulher não seria comparada à pomba-rola.

Sorteado: favorecido pela sorte.

Se descompadecem: se opõem.

Silvestre acompanhou-me aos banhos da Póvoa e já vinha com todos os sintomas de **caquexia**, resultante da imobilidade, e cansaço das molas digestivas. Retirou-se para a província logo que os primeiros banhos e as primeiras perdas ao jogo lhe molestaram o corpo e o espírito. De lá me escreveu, contando os progressos da doença e prognosticando o seu próximo fim. Nesta carta prometia o meu amigo legar-me os seus papéis, com plena autorização de divulgá-los, se eu visse que podiam ser de proveito para a iniciação da mocidade. À maneira do moralista **Duclos**, dizia ele: *"J'ai vécu, je voudrais être utile à ceux qui ont à vivre"*.

Poucos meses depois recebi da mão de um **almocreve** uma **chapeleira** de couro repleta de embrulhos, que me enviava a Sra. D. Tomásia, e uma carta do sargento-mor asseverando-me que seu genro morrera como um passarinho — a morte do justo; com a diferença que não ajustou contas com os credores, para quem a salvação do meu amigo é coisa muito duvidosa...

Na carta do saudoso sogro vinha o seguinte soneto, que o moribundo fizera, à imitação dos distintos gênios de ambos os sexos, que **sonetaram** à hora da morte, tais como a poetisa D. **Catarina Balsemão** e **Bocage**.

O soneto reza assim:

Abri meu coração às mil **quimeras**;
Encheram-mo de fel, e tédio, e lama,
Tive, em paga do amor, riso de infama...
Ai!, pobre coração!, quão tolo eras!

Dobrei-me da razão às leis austeras;
Quis moldar-me ao viver que o mundo ama
O escárnio, a detração me suja a fama,
E a lei me pune as intenções severas.

Cabeça e coração senti sem vida,
No estômago busquei uma alma nova
E encontrá-la pensei... Crença perdida!

Caquexia: enfraquecimento geral do corpo.

Charles Duclos (1704-1772): escritor e gramático francês.

J'ai vécu, je voudrais être utile à ceux qui ont à vivre (em francês): vivi e gostaria de ser útil àqueles que hão de viver.

Almocreve: condutor de animais de carga.

Chapeleira: caixa para guardar chapéus.

Sonetaram: fizeram sonetos.

Catarina Micaela de Sousa César e Lencastre, viscondessa de Balsemão (1749-1824): poetisa portuguesa, hoje praticamente esquecida.

Manuel Maria Barbosa du Bocage (1765-1805): famoso poeta lírico e satírico português, considerado o melhor do século XVIII.

Quimeras: fantasias.

Mulher aos pés o coração me **sova**;
Foge ao mundo a razão espavorida;
E por muito comer eu desço à cova!

 Bem se vê que o soneto era o da morte. Um grande merecimento tem ele: é ser o último.

Sova: esmaga.

CORAÇÃO, CABEÇA E ESTÔMAGO
Comentários sobre a obra

A obra *Coração, cabeça e estômago* ocupa um lugar à parte na produção literária de Camilo Castelo Branco. É uma obra de crítica social expressa de forma cômica e satírica, como algumas outras que ele escreveu, mas sua composição é diferente. Camilo se apresenta como editor de um manuscrito autobiográfico deixado por um falecido amigo chamado Silvestre José da Silva, no qual ele conta e comenta o que lhe aconteceu ao longo das três fases sucessivas de sua vida, quando se deixou guiar pelo coração, pela cabeça e, por fim, pelo estômago.

Mas o editor do texto não se limita a reproduzir o manuscrito. Ao contrário, intervém em vários momentos com notas pessoais, algumas bem longas, nas quais comenta e discute o que foi escrito pelo amigo.

Na primeira e mais extensa parte do livro, vemos Silvestre guiado pelo coração, agindo romanticamente diante das mulheres em busca do verdadeiro amor. Tomado por um ultrarromantismo exacerbado, idealiza as mulheres e se deixa levar pelas aparências, vendo nelas sempre um anjo de bondade e pureza e dedicando-se a escrever-lhes poesias amorosas no mais exagerado estilo romântico. Passa por situações hilárias e é enganado e ridicularizado o tempo todo. Depois dessas experiências frustrantes, Silvestre decide deixar-se guiar apenas razão; é a fase da "cabeça", que constitui a segunda parte do livro.

Nesse segundo momento de sua vida, Silvestre procura agir objetivamente, avaliando de forma racional as possibilidades de suas conquistas amorosas e de sua ascensão social. Recordando o que já sofreu, ridiculariza o romantismo exagerado da fase anterior e adquire uma postura mais crítica e realista. Entra na carreira jornalística e indispõe-se com muita gente por causa de seus artigos polêmicos e suas críticas à hipocrisia e corrupção política e social. Tenta casar-se com mulheres ricas, mas não é bem-sucedido. Acaba sendo preso e conclui que agir com a cabeça também não é a melhor estratégia para conseguir subir na vida e ser feliz.

Muda então seu comportamento e deixa-se conduzir pelo "estômago". Nessa fase, que compõe a terceira e menor parte do livro, o personagem busca o conforto material e o bem-estar físico. Silvestre se aposenta, procura estabelecer-se sossegadamente na vida e comer bem. Vai viver no interior, casa-se com Tomásia, uma mulher do campo, simples, vigorosa, trabalhadora, quase analfabeta, mas de família com certas posses. Não se trata de amor romântico, mas de uma busca de paz, companheirismo e acomodação. A narração desse momento de sua vida termina exatamente com a descrição da festa do casamento.

Essa última parte é seguida de um apêndice em que o editor se dirige ao leitor para contar os últimos anos de vida de Silvestre, que se entregou aos prazeres da mesa, assim como a mulher. Engordou muito, levou uma vida sedentária, viciou-se em jogatina e endividou-se. Abandonou completamente suas preocupações literárias e intelectuais, enfim brutalizou-se. E acabou morrendo de tanto comer.

O editor comenta e lamenta esses anos finais de Silvestre, que lhe deixou como legado o manuscrito que o leitor tem nas mãos e acabou de ler. Aliás, Silvestre tinha dado autorização ao amigo para que publicasse esses papéis, se achasse que isso serviria de "proveito para a iniciação da mocidade". Seria o livro, portanto, uma advertência de como não se deve viver? Afinal, o que caracteriza a vida de Silvestre é seu extremismo: ele entregou-se totalmente ao coração, depois à cabeça e depois ao estômago. Mas esses órgãos, sozinhos, não podem servir de guia absoluto. Cada um tem seus limites. Seria talvez uma advertência sobre os excessos do Romantismo, do Realismo e do Naturalismo, três correntes literárias que despertavam muitas polêmicas na segunda metade do século XIX?

De qualquer forma, *Coração, cabeça e estômago* é um dos exemplos mais criativos da obra de Camilo Castelo Branco. A metalinguagem, as sutis observações psicológicas, o humor reflexivo e irônico, as intervenções do "editor" comentando o que está sendo narrado — tudo isso nos lembra também muitas características da literatura de Machado de Assis, o grande escritor brasileiro do final do século XIX.

Lançado em 1862 — mesmo ano de *Amor de perdição,* sua novela romântica mais famosa —, *Coração, cabeça e estômago* surpreende pela originalidade e é um exemplo da inspiração criativa de Camilo Castelo Branco, um dos mais importantes escritores da literatura portuguesa.

CONVERSANDO SOBRE A OBRA

1. O livro se divide em três partes, cujos títulos são: *Coração, cabeça, estômago*. Cada uma tem subtítulos com vários capítulos. Na primeira parte,

Silvestre relata como foi sua iniciação amorosa e conta seus casos de amores frustrados. Reler a aventura dele com uma francesa (cap. V, p. 38) e explicar como essa história ilustra bem o ultrarromantismo exagerado de Silvestre, que o torna cego ao que acontece no mundo real.

2. No episódio intitulado *A mulher que o mundo respeita*, Silvestre conta a história de uma jovem chamada Paula. Reler o cap. I (p. 45) e explicar a sátira feita ao visual romântico que Silvestre procura exibir.

3. A história de Paula é contada no episódio *A mulher que o mundo respeita*. Considerando as peripécias da vida dessa mulher, por que esse título pode ser visto como uma ironia e uma crítica social?

4. O título do episódio seguinte — *A mulher que o mundo despreza* — também pode ser entendido como uma crítica social? Por quê?

5. Na segunda parte, intitulada *Cabeça*, Silvestre dedica-se ao jornalismo. Ao comentar sobre as mulheres da alta sociedade da cidade do Porto, no cap. II (p. 102), Silvestre destaca a má influência da literatura romântica sobre essas leitoras. Quais efeitos negativos ele aponta?

6. No cap. VII dessa parte, há uma longa nota do editor (p. 133), em que ele faz uma reflexão sobre a seguinte questão: o mundo elegante da cidade do Porto será o mundo patarata de toda a parte? O que é esse "mundo patarata"? Será que podemos dizer que ainda hoje vivemos num mundo assim?

7. No fim da nota do cap. VII da segunda parte, o editor reproduz um artigo de Silvestre dedicado às pessoas melancólicas (p. 133). Por que Silvestre considera a melancolia uma doença tão terrível que, segundo ele, "brutaliza a alma"? E o que ele imagina fazer para salvar a humanidade desse mal?

8. Na terceira parte do livro, surge a personagem Tomásia, que se torna a esposa de Silvestre. Que diferenças físicas e psicológicas há entre ela e as chamadas mulheres "românticas" em geral?

9. Com o casamento, o que acontece com a vida ativa e produtiva que Tomásia costumava levar?

10. Com o passar do tempo, a que se reduz a vida de Silvestre? Qual é a causa de sua morte?

11. No apêndice final, o editor diz que Silvestre lhe autorizara publicar seus manuscritos, principalmente se ele achasse que o livro ajudaria na instrução da mocidade. Em que sentido a história de vida de Silvestre poderia ser útil aos jovens?